岩 波 文 庫

32-739-1

ダイヤモンド広場

マルセー・ルドゥレダ作
田 澤 　 耕 訳

Mercè Rodoreda

LA PLAÇA DEL DIAMANT

1962

目次

↑ティビダボ山へ
バルトラン通り
グエイ公園
ジュザペッツ教会
サン・ジャルバジ地区
ディアグナル通り
グラシア街
ミラー邸
プルベンサ通り
アシャンプラ地区
聖家族教会
(サグラダ・ファミリア)
グラシア通り
ペラヨ通り
カタルーニャ
広場
ランブラス通り
ホテル・コロン
バルセロナ
大聖堂
旧 市 街
シウダデリヤ
公園
ゴシック街
動物園
ムンジュイック
の丘
バルセロナ港
バルセロナ市街略図

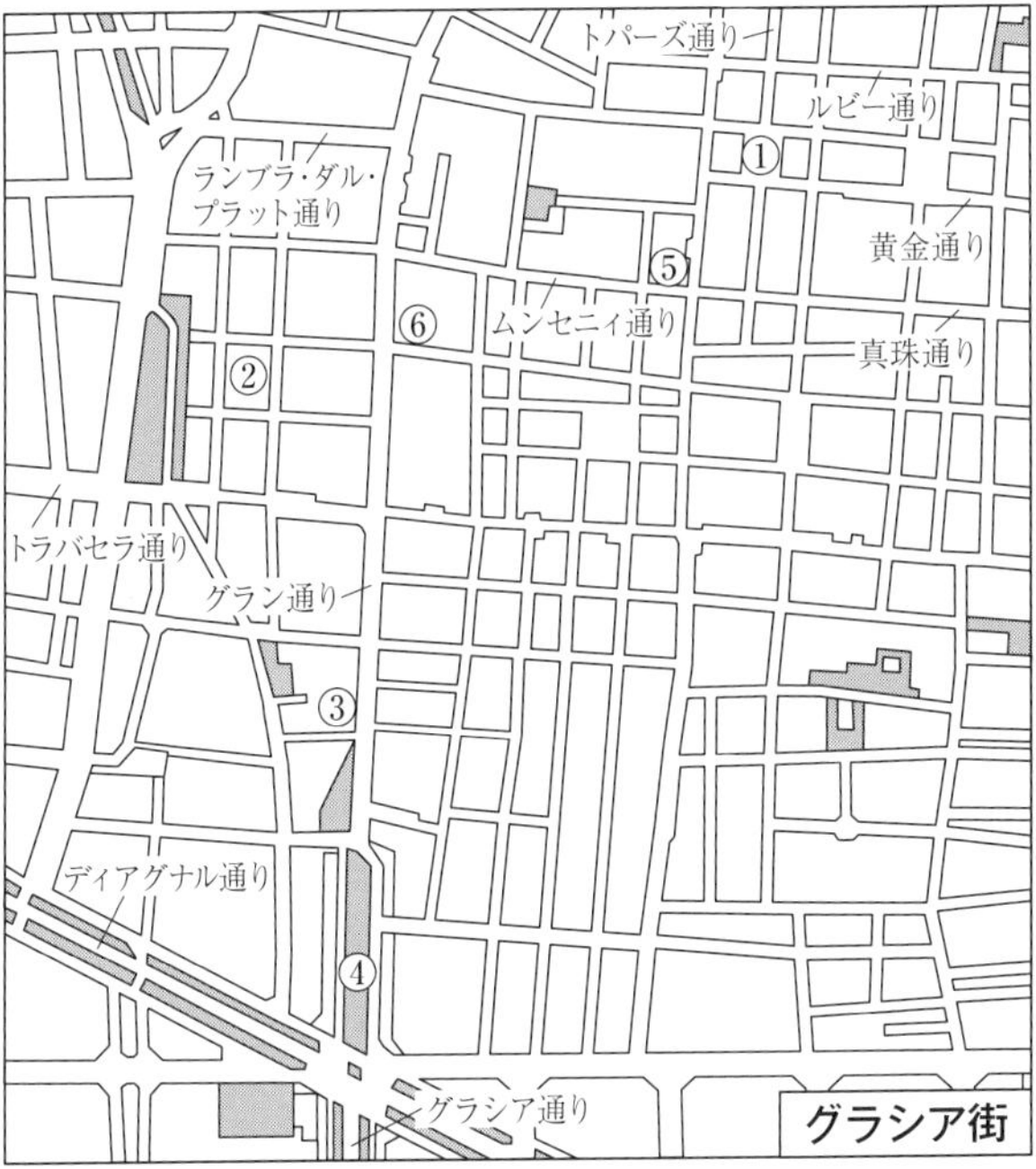

①ダイヤモンド広場
②クルメタが通ったと思われる「リィバルタット市場」
③カフェ・ムヌマンタル
④ジャルディネット小公園
⑤自由劇場
⑥スマート劇場

この小説の舞台は、スペイン第二共和制下（一九三一－三九）およびスペイン内戦（一九三六－三九）の戦中・戦後のバルセロナである（訳者）。

ダイヤモンド広場

J.P.[(1)]に捧ぐ

My dear, these things are life.

Meredith[(2)]

1

ジュリエタはそれを伝えるためにわざわざケーキ屋に来てくれた。ブーケより前に、コーヒーポットのくじ引きがあるって。見てきたけど、コーヒーポットは、それはそれは可愛《かわい》くて、白地に半分に切って種が見えているオレンジが描かれているんだって。私は踊りになんて行きたくなかった。出かける気にさえなれなかった。だって、一日中ケーキを売り続けていて、金色のリボンをしごいて飾り結びにしたり、取っ手を作ったりして指の先が痛くて仕方がなかったから。でも、ジュリエタのことはよくわかっていた。夜は三時間寝る時間が減ってもへっちゃら、そもそも寝ようが寝まいがどうでもいい、

（1）J.P. はフランス、スイスの亡命生活を通じてルドゥレダの伴侶であった Armand Obiols の本名 Joan Prat の頭文字。
（2）ジョージ・メレディス。十九世紀のイギリスの詩人・小説家。引用は詩 Modern Love 第二十五連より。

そんな子なんだ。しかも、私がどう言おうが、どこへでも引っ張って行こうとする。で、私も誘われて嫌と言うのは、なんか悪い気がする方だから……。私は上から下まで真っ白な出で立ちだった。白のドレスに糊をきかせた白のペチコート、ミルクみたいに真っ白な靴、白い樹脂製イヤリングにそれとセットになった三重の白いブレスレット、金色の貝の形の留め金がついた白い小銭入れ――ジュリエタは本革じゃないでしょ、って言っていた。

私たちが着いたときには、もう楽団の演奏は始まっていた。テントの天井は色とりどりの紙で作った花や鎖で飾られていた。鎖の列、花の列、と代わりばんこに並んでいる。中に電球が入っている花もある。天井全体が大きな傘をひっくり返したみたいな形になっている――ていうのは、中心から四方八方に伸びた鎖や花の列の端が全部、中心よりも高いところに留められているから。ペチコートのゴム紐がお腹を締め付ける。とっても苦労してかぎ針でウエストの穴に通して端を糸の輪っかで小さなボタンにとめてあるゴム紐が。もうお腹に赤い跡がついているに違いない。深呼吸をしてみるけど、口から息を吐くとすぐにすごく痛くなる。楽隊の舞台にはアスパラガスみたいな柱を巡らした柵があって、アスパラガスにも細い針金で紙の花が留めてある。楽団員は上着を脱いでいるけどそれでも汗びっしょり。お母さんは何年も前に死んじゃって、私に何も教えてくれないし、お父さんはほかの人と結婚している。お父さんはほかの人と結婚しちゃってて、私のことばかり気にかけてくれていたお母さんはいない。お父さんは結婚しちゃってて、年端もいかない私はひとりぼっちでダイヤモンド広場、コーヒーポットのくじ引きを待っている。ジュリエタは音楽に負けないように声を張り上げて、「座っちゃだめよ、皺になるから！」。目の前には紙の花をまとった電球や、水とメリケン粉の糊でくっつけた鎖、みんな楽しそう。私がボーっとしてたら耳元で、「踊らない？」と言われた。

私はほとんど無意識に、私、踊れないから、と言いながら振り向いた。顔がぶつかりそうなくらい近くにあったんで、どんな顔だかわからなかったけど、ともかく男の子の顔だった。かまやしないさ、と彼は言った。俺はうまいんだ、教えてやるよ、って。私は可哀《かわい》そうなペラのことを思った。今頃は、白いエプロンをしてホテル・コロンの地下で料理しているはず。で、馬鹿なことを言っちゃった。

「私の許嫁《いいなずけ》に知られたらどうするの？」

その男の子はもっと体を寄せてきて、こんなに小さいのに許嫁？って笑いながら言った。笑うと口が横に開いて、歯が丸見えになった。お猿さんみたいな目をしていて、一番上のボタンをはずして着ている青い縦縞《たてじま》のシャツの脇に汗が染みている。その子は急に私に背中を向けるとつま先立ちになって、右左に体を揺らしたかと思うと、またこっちを向いて言った、ごめんな。そして叫びだした。おーい！　俺のジャケット見なかったか？　バンドの横に置いといたんだ！　椅子の上にね！　おーい！…でもって、ジャケット、盗まれちゃったよ、って私に言った。それから、すぐに戻って来るから、待っててくれって。おーい、シンテット、シンテットたら！ってまた叫びだした。

カナリアみたいな黄色に緑の刺繍のある服のジュリエタがどこからか現れて、ちょっと陰に隠して、靴が脱ぎたいの、もう我慢できない、と私に言った……。でも、ここから動けないの、ジャケットを探しに行った男の子がいて、私とどうしても踊りたいから待っててくれって言われてるの、と答えた。ジュリエタは、いいわ、踊りなさい、踊りなさい、ですって。それにしても、なんて暑いんだろう。広場の角では子どもたちがロケット花火や爆竹をやっている。地面にはスイカの種、そして隅にはスイカの皮、それに空のビール瓶。屋根の上からもロケット花火が。バルコニーからも。汗で光る顔、顔。顔をハンカチで拭いている男の子たち。楽団は元気よく、さあやるぞ。なにもかもがデコレーションみたい。あ、パソ・ドブレだ。私はいつの間にか行ったり来たり、踊っている。同じところにいるのに、まるでずっと遠くから来たみたいに息を切らして。あの男の子の声が聞こえた、なんだ、踊れるじゃないか！　汗のきつい臭いと消えかかった香水の香りがする。お猿さんの目が私の目のすぐそばで輝いている。顔の両側から小さなメダルみたいな耳がのぞいている。ゴム紐がお腹に食い込んで、お母さんは死んじゃって何も教えてくれない。私がその男の子に、だって、私の許嫁はホテル・コロンでコックをしてるの、って言うと、彼は笑って、それは気の毒に、だって、一年後には君は俺の奥さん、俺の女王さまになっているはずだからって言った。で、俺たちはダイヤモンド広場で賞品のブーケを持って踊るんだ、って。

俺の女王さま、ですって。

一年後には君は俺の女王さまだって俺は言ったのに、君は俺のことを見てもくれない、なんて言うので、私は彼のことを見た。そしたら、そんなに見るなよ、地面にぶっ倒れちゃうよ、ですって。そこで私がお猿さんの目みたい、って言ったら、大笑い。ゴム紐はナイフみたいにお腹に食い込んでるのに、楽団は、タラリララ! タラリラブ! ジュリエタの姿はどこにも見えない。消えちゃった。私はといえば、そのお猿さんの目にじっと見つめられて、まるで世界中がその目になっちゃったみたいで、逃げ場所はどこにもないような。北斗七星の動きと一緒に夜は進んで行く。パーティも進んで行く。青いブーケと、ブーケが当たった女の子、青ずくめの女の子はぐるぐると回って…私のお母さんはサン・ジャルバジのお墓の中、そして私はダイヤモンド広場……　甘いものも売っているのかしら？　蜂蜜とか砂糖菓子とか……　楽団員たちはくたくたで、楽器をケースにしまおうとするけれど、誰かがワルツもう一曲分お金を払うと言ったんで、また取り出して、みんな独楽《こま》みたいにくるくる回って踊ってる。ワルツが終わるとみんな帰り始めた。私が、ジュリエタを見失っちゃったわ、と言うと、その男の子は、俺はシンテットを見失った、と言った。みんなが家に入っちゃって、二人っきりになったらダイヤモンド広場でつま先立ちでワルツを踊るんだ…ぐるぐる回ってね……　クルメタ、(3)小鳩ちゃん。私はむっとして彼の顔をにらみつけた、私の名前はナタリアよ。私の名前はナタリア、って言っているのにまだ笑いながら、君の名前はクルメタ、小鳩ちゃん、それしかあり得ない、ですって。私は走り出した。彼が後を追いかけてくる。そんなに怖がらないで…一人で行っちゃだめだよ、わからないのか？　誰かにさらわれちゃうぞ。私の腕をつかんで引き留めると、さらわれちゃうのがわからないのか、クルメタ？　お母さんは死んじゃって、私は馬鹿みたいに突っ立って、ゴム紐はお腹に食い込む、食い込む、まるでアスパラガスの柱に針金で留められているみたい。

私はまた走り出した。彼はまた追ってくる。お店のシャッターは降りていて、ショーウィンドーではいろんな物がじっとしている——インク壺と吸い取り紙、絵葉書、お人形、広げた洋服、アルミの容器、ニット製品…グラン通りに出たんで私は上へと走ったら、彼もついてきて、二人とも走りづめで、一年後にも彼はまだそのときのことを言いふらしてた。クルメタときたら、ダイヤモンド広場で知り合った日に、突然走り出したかと思うと、市電の停留所の真ん前でいきなりバサッてペチコートが地面に落っこちたんだぜ。

糸の輪が切れて、ペチコートは地面に落下。私は足を引き抜いて、ひっかかりそうになったけどなんとか飛び越えて、地獄中の魔物たちに追いかけられているみたいに、ともかく走り続けた。家に着くと、暗闇の中で、私が小さいころから使っている真鍮《しんちゅう》のベッドに飛び込んだ。まるで飛んできた石みたいに。恥ずかしかった。恥ずかしい気持ちにうんざりすると、足を振って靴を脱いで、髪を解いた。

そして一年後になってもキメットはまるでつい昨日のことのように言いふらす。彼女はゴム紐が切れたのに、まるで風みたいに走って行って……

(3) Colometa. coloma はカタルーニャ語で鳩の意。それに「小さい」などを表す語尾 -eta がついたもの。

とても謎めいていた。私はローズ・ウッド色の服を着て、季節の割にちょっと薄すぎたんで、鳥肌を立てて街角でキメットを待っていた。待ちぼうけがみっともないなって思え始めたころ、窓のブラインドの影から誰かが私のことを見ているような気がした。なぜって、ブラインドの片側がちょっと動くのが見えたから。キメットとは、グエイ公園のそばで待ち合わせていた。一軒の入り口から、ベルトにリボルバーを差した子どもが、小銃をこちらへ向けて飛び出てきた。私のスカートすれすれのところを通りながら、「メーキ、メーキ」って叫んだ。

留め金が降りて、ブラインドが全開になると、パジャマ姿の若い男の人が、唇で「チッ、チッ」と音を立てながら指を鉤《かぎ》型にまげて、私にもっと近くに来いと合図した。誰に言っているのか自信が持てなかったので、指で自分の胸を指して男の人の方を見ながら小声で「私?」と言った。声が届いたわけでもないのだけれども、男の人は私の言いたいことがわかったらしく、とても素敵な形の頭で、そうだ、ってうなずいた。私は通りを渡って近づいて行った。ベランダの下までくると、男の人は、入って、一緒に一休みしようよ、と言った。

私は赤くなったり青くなったり、腹が立ってしかたがなかった、とくに私自身に。あの若い男が私を後ろからねめまわして、その視線が服や皮膚を貫いているのが感じられて悔しくて、悔しくて。私はパジャマの若い男から見えないところに隠れたけれど、キメットにもみつけてもらえないのではないかと心配で中途半端な隠れ方になった。いったいどうなるんだろう、って思った。なぜなら公園で待ち合わせるのは初めてだったから。午前中はたくさん失敗をした。午後のデートのことばかり考えて気もそぞろだったから。キメットは三時半ごろって言ったのに、現れたのは四時半ごろだった。でも私は何も言わなかった。彼が一言も遅れた言い訳をしないんで、私が聞き間違えたのかもしれないって思って……。エナメルの靴を履いて長い間待ってたから足が蒸れて痛くなったとも、若い男が失礼なことをした、とも言えなかった。私たちは一言もことばを交わさずにのぼって行った(4)。一番上に着くころにはすっかり暑くなって、肌もふつうのすべすべの肌に戻っていた。私はペラと別れたからもう問題はなくなったということを話し

(4) グエイ公園は丘の斜面に作られている。

たかった。私たちは、人気《ひとけ》のない片隅の、細い葉っぱをつけた二本の木の間にある石のベンチに座った。下から上がってきたツグミが、ちょっとしゃがれた短い鳴き声をあげながら木から木へと渡っている。しばらく姿が見えなくなったかと思うと、忘れたころに下から現れる。それの繰り返し。私は、遠くに小さく見える家々を眺めているキメットのことを見るともなく見ていた。そしたらキメットは、お前、あの鳥怖くないか？って言った。

私は鳥は大好きよって答えたら、彼は、黒い鳥は、たとえツグミでも、縁起が悪いもんだってお母さんがいつも言っている、って言った。ダイヤモンド広場での出会い以来、デートのたびに、キメットが前のめりになるようにして最初に聞いてくるのは、もうペラと別れたか、ってことだった。なのにその日は聞かれなかったので、私はどうやって切り出したものかわからなかった。ペラに私のことはもう諦めてって言ったのに。ペラには気の毒なことをした。だってペラったら、私のことばを聞くと、火がついたとたんに吹き消されたマッチみたいな顔をしていたから。ペラと別れたときのことを考えると胸が痛んだ。痛いのは私が悪いことをしたからなんだ。間違いない。だって、私の心はいつだってすごく自然体で、あのときのペラの顔を思い出すと、心のずっと奥深いところで気持ち悪い痛みを感じたから。まるでそれまでの平和な気持ちの中で、サソリの巣を封じ込めてあったドアが開いたみたいな。サソリたちは巣から抜け出して痛みと混ざり合って、痛みに毒を持たせる。その毒が血の中に散って、血が黒くなる。だって、ペラは、くすんだ色の目をきょときょとさせながらかすれた声で、私が彼の人生を台無しにした、って言ったんだもの。おかげで自分はとるにたらない土だんごみたいになっちゃった、って言ったんだもの。

そのときキメットはツグミを見ながらガウディさんのことを話し始めた。父さんはガウディさんが市電にはねられた日にガウディさんと出会ったんだ、父さんはガウディさんを病院に運んだうちの一人なんだ、気の毒なガウディさん、あんなにいい人だったのに、あんなみじめな死に方をして……。世界中にグエイ公園みたいな素晴らしいものはほかにはない、サグラダ・ファミリア教会やミラ邸だってそうだ、って。私は、でもカーブや尖《とん》り《が》が多すぎる、って言った。キメットは私の膝に手刀を入れた。私の足はいきなりの刺激にぴょこんと宙を蹴った。そして、もし俺の嫁さんになりたければまず、俺がいいと思うものをいいと思えるようになるんだ、って言った。それから男と女、それぞれの権利について長々とお説教を始めた。切れ目をうまくみつけて聞いてみた。

「じゃ、もし、なにか、どうしても好きになれないものがあったら?」

「好きにならなきゃならないんだ。お前はなにもわかっちゃいないからだ」

それからまたお説教を始めた。すごく長いのを。彼の家族がたくさん出てきた。両親、小さな祭壇とお祈り用の椅子を持っていたおじさん、おじいさんとおばあさん、それとカトリック両王(5)の母上たち、彼によると、彼女たちが両王に正しい道を教えたんだそうだ。

それから、かわいそうなマリア…と言った。他のことに紛れて言ったんで、最初はよくわからなかったんだけど。次にまたカトリック両王の母上たちが出てきたかと思うと、俺たちはもしかしたら早く結婚した方がいいかもしれない、というのは、友だち二人が家を探してくれているんだ、ですって。お前に家具を作ってやるよ、見たら腰を抜かすようなのをな、俺だってれっきとした家具職人なんだから、俺が大工の聖ヨセフ、お前が聖母マリアってわけだ。

とっても満足げに話していたけれど、かわいそうなマリアって誰だろう…って考えているうちに、日が陰っていくのといっしょに私の気分も陰っていった。ツグミは相変わらず下の方から現れて木から木へと飛び移っていたかと思うと、まるで何羽もいるみたいにまた下の方から現れる。

「二人の服が入るようなドレッサーを作るよ。中が二つのセクションに分かれているやつだ。ブナの木を使ってな。アパートの内装が済んだら、ベビーベッドだ」

子どもは好きでもあるし、嫌いでもあるって私に言った。もう一つよくわからないらしい。お日様は沈みかけていて、日が当たっていないところの陰が青く見えて不思議な風景だった。キメットは木のこともあれやこれや話してた。ジャカランダとか、マホガニーとか、樫とか、チークとか……。そのときだった。今まで忘れたことはないし、これからもずっと忘れないと思う、彼が私にキスしたのだ。彼がキスし始めるやいなや、私には見えた。神様がそのお家の上で、みかん色の縁飾りがある膨らんだ雲に包まれていた。縁飾りは片側から色が褪せていき、神様はながーい腕をいっぱいに広げて雲の両端をつかむとそれを内側に引いて、ドレッサーの中に入るようにその中に消えて行った。

「今日は来るべきじゃなかったんだ」

彼がもう一度キスすると、空には靄《もや》がかかった。少しずつ雲が去って行くのが見えた。ほかの、もっと薄い雲がやってきて、最初の濃い雲を追いかけて行く。キメットはミルク・コーヒーの味がした。彼が叫んだ、閉まっちゃうぞ！

「どうしてわかるの？」

（5）アラゴン王フェルナンド二世とカスティーリャ女王イサベル一世。一四六九年に結婚してスペイン王国の元を作った。イベリア半島からイスラム教徒を駆逐した功績でこう呼ばれている。

「笛の音が聞こえなかったのか?」

私たちは立ち上がる。ツグミが驚いて逃げる。風が私のスカートを吹き上げる……。小道を下へ下へと下って行く。タイルのベンチに座って鼻の孔《あな》に指を突っ込んでいる女の子がいた。それからその指で、ベンチの背中にある八つ角のある星をなぞっていた。私のと同じ色の服を着ている、そう私はキメットに言った。答えない。通りに出ると私は言った。まだ入っていく人がいるじゃない……。心配するな、すぐに追い出されるさ、って言った。私たちは通りを下って行った。ねえ、ペラと別れたの、って言おうとしたその瞬間、彼は急に立ち止まって私の前に立つと私の両腕をつかんで、まるで悪漢かなにかのような目で私を見て言った、かわいそうなマリア……

もう少しで、心配しないで、マリアがどうしたのか言ってごらんなさい…て言いそうだったけど、止めておいた。私の腕を離すと、また私と並んで、下へ向かって歩き出した。ディアグナル通りとグラシア通りの交差点まで。家々の周りを回り始めたけど、私はこれ以上無理っていうくらい足が痛かった。三十分もそうしてから、彼はまた立ち止まって、私の両腕をつかんだ。私たちは街灯の下にいて、私は彼がまた、かわいそうなマリア、って言うだろうと思って息を止めて身構えていると、腹立たしげにこう言った。

「急いで降りてきていなかったら、あそこでツグミやなんかに囲まれて、どうなって

いたかわかりゃしないぞ！…いいか、おれのことを甘く見るなよ、調子に乗ってると
ひっつかまえて目にもの見せてやるからな！」

私たちは八時まで家々の周りを回っていた。一言も口をきかずに。まるで生まれつき言葉がしゃべれないかのように。私が独りになって空を見上げると、真っ黒だった。わからない…すべてがとても謎めいていた。

3

彼が角に立っているのを見て私は驚いた。今日は迎えに来るはずではなかったから。

「あのケーキ屋で働くのはやめろ！　店主が店の女の子たちの尻を追いかけまわしているって聞いたぞ」

私はぶるぶると震えた。お願いだから大声ださないで、って言った。そんないい加減な理由で店を辞めるわけにはいかないわ、第一失礼じゃない。ご主人だって私には格別変なことを言ったこともないのに気の毒な、ケーキを売るのは好きだし、私に辞めさせてどうするつもりなの……。そしたら、じつは冬になってから、このあいだの午後に私

の働きぶりを見に来てみたんだけど、私がお客さんがショーウィンドーの箱入りチョコレートを選ぶのを手伝っているときに、店主が私のことを目で追っているのを見たんですって。しかも私の顔じゃなくってお尻を。私は、考えすぎよ、私のことが信用できないならお付き合いは止めた方がいいわ、って答えた。

「信用はしてるさ。でも店主の野郎が楽しんでるのが我慢ならないんだ」

「頭がおかしくなったの？」と私は言った。「ご主人は商売のことしか頭にないの。わかった？」

私はあまり腹が立ったので、頰が火のように熱くなった。彼は襟元をつかんで私のことを揺さぶった。もう帰って、帰らないと警察を呼ぶわよ、って言った。それから三週間というもの、私たちは一度も会わなかった。ペラに、私たちはもう終わりよ、って言ったことを後悔した。だって、ペラは結局のところ、いい子だったし、一度だって私に不愉快な思いをさせたことなんてなかったんだもの。ただ仕事に夢中で、一生懸命働いていただけ。そう思い始めたころに、キメットは、まるで木の幹かなんかみたいに平然とした態度でまた現れた。ポケットに両手をつっこんだまま、私に最初に言ったことばは、かわいそうなマリアはお前のせいで散々だ……。

私たちはランブラ・ダル・プラット通りを通ってグラン通りに向かっていた。彼はたくさんの大袋が店頭に並んでいる食料品店の前で立ち止まると、えんどう豆がいっぱいにつまった袋に手を突っ込んで、なんてきれいな豆なんだ…とつぶやいて、また歩き出した。手に豆が数粒くっついていたようで、私がボーっとしていたときに、それをブラウスの首から背中に入れられた。私を服がたくさんならんだショーウィンドーの前に立たせると、見てごらん、結婚したら、お前はあんなようなスモックを買うんだ、って。私が、孤児院みたいって言ったら、母さんがあんなのを着ていたんだ、って言うから、そんなの関係ない、あんな孤児院みたいなのは嫌だ、って答えた。

彼は私を母親に紹介する、と言った。私のことはもう話してあって、お母さんも自分の息子が選んだ娘がどんな顔をしているか見たくてしかたがないんだそうだ。ある日曜日、一緒にお母さんに会いに行った。お母さんは一人で住んでいる。キメットは下宿に住んでいる。その方がお母さんの仕事が減るし、一緒に住んでいると喧嘩ばかりするけれど、そうやって離れている方が仲がいいんだ、って。お母さんは、高台の「ジャーナリスト」地区の小さな家に住んでいて、そのテラスからは海や、ときどき海を覆う靄が見えた。お母さんは小柄でちょこまかとよく動く人で、たくさんカールのある美容院仕上げの髪型をしていた。家はリボンだらけだった。そのことについてはキメットから聞いていた。ベッドの上のキリスト像の上にリボン。ベッドは黒いマホガニーで、マットレスが二枚並んでいる。赤いバラの模様があるベージュのベッドカバーの波打つ縁飾りも赤い。ナイトテーブルの鍵にもリボン。箪笥《たんす》の引き出しの鍵ひとつひとつにもリボン。ドアの鍵ひとつひとつにもリボン。

「リボンがお好きなんですね」私は言った。

「リボンが無い家なんて家じゃないわ」

お菓子を売るのは好きか、って聞くから、大好きです、とくにハサミの刃でリボンをしごいて飾り結びを作るのが。たくさんの包みを作って、レジスターがチン、チン、って音を立て、店のドアの鈴がひっきりなしに鳴る祭日が来るのが待ち遠しくって、って答えた。

「冗談を言ってるのよね」ってキメットのお母さんは言った。

夕方、キメットが肘で私をつついて、もう行こう、って合図した。ドアから出ようとしていたとき、お母さんが私に聞いた。家事も好きなの？

「ええ、とっても」

「それはいいわ」

そして、ちょっと待ってて、と言って部屋に戻ると、黒い珠のロザリオを持って戻ってきて、私にくれた。家を出て少し行ったところで、キメットが私に、気に入られたな、って言った。

「台所に母さんと二人っきりだったとき、何て言われたんだ?」

「あなたは小さい頃とってもいい子だったって」

「そうじゃないかと思ったよ」

地面をみつめて、つま先で小石を蹴りながらそう言った。私は彼に、このロザリオ、どうしようか、って聞いた。引き出しにでも入れてしまっておけよ、いつか役に立つかもしれない、なんにも捨てちゃいけない、って答えた。

「女の子なら役に立つかもな、俺たちに女の子が生まれたらだけど……」

そして私の二の腕の内側をつねった。本当に痛かったんで、そこをさすっていると、何だか忘れちゃったけど、あれ、覚えているかって聞いてきて、もうすぐバイクを買うんだ、結婚したら便利だぞ、国中を旅行できるから、お前は後ろに乗るんだ、って。男が運転するバイクの後ろに乗ったことがあるかって聞くから、ない、って答えた、あるわけないわ、だってすごく危なそうだもの。そしたら小鳥みたいに満足して、ケッ、これだから女は…って言った。

私たちはカフェ・ムヌマンタルに入って、小ダコをつまみに軽く一杯飲むことにした。そこでシンテットにあった。シンテットは牝牛《めうし》みたいに大きな目をしていて口が少し曲がっている。彼が、ムンセニィ通りに、手ごろなアパートがあるって言った。でも、かなり荒れていて、家主は面倒が嫌だから、補修は借主負担だって言ってる、って。アパートは最上階。最上階っていうのが私たちはすごく気に入った。しかも屋上は私たちだけのものだっていうんだからなおさらだ。屋上が私たちのものだっていうのは、一階には専用の庭がついているし、二階の住人は住人で、外付けの長い階段で鶏小屋と洗濯場のある小さな裏庭に出られるようになっているからだった。キメットはすっかり夢中で、シンテットに絶対にこいつを逃しちゃだめだぞ、って言った。シンテットは翌日、マテウと一緒に行くから、私たちも来るようにって言った。みんな一緒にってわけだ。キメットはシンテットに、中古のバイクが売りに出てないか、って聞いた。というのもシンテットのおじさんが修理工場を持っていて、シンテットはそこで働いているからだ。シンテットは見ておくよ、と言った。二人は、まるで私がそこにいないかのようにしゃべり続けた。私のお母さんは、私に男の人たちについて教えてくれたことは一度もなかった。お母さんとお父さんは、何年も喧嘩し続けたあげくに、何年も口をきかずに過ごした。日曜の午後なんて、二人でダイニングに座っているのに一言も話さない。お母さんが死んだとき、その言葉のない生活はもっと広がった。そしてその数年後にお父さんが再婚すると、私と家とをつなぐものは何もなくなった。私は、たぶん猫はこうやって暮らしているんだろうな、という風に暮らしていた。尻尾《しっぽ》を垂らしたり立てたりしてあちこちうろついて、お腹が減ったら食べ、眠たくなったら寝て。ただ違うのは、猫は生きるために働かなくてもいいってこと。

家では私たちは言葉をつかわずに生きていた。私は自分の心の中にあるものが怖かった。なぜならそれが私のものかどうかわからなかったから……

市電の停留所わきでキメットにさよならを言ったとき、シンテットが彼に言っているのが聞こえた。あんなかわいい子どこでみつけてきたんだ……。そしてキメットの笑い声が聞こえた。ハ、ハ、ハ……

私はロザリオをナイトテーブルにしまって、体を乗り出して下の中庭を見た。兵役に就いている下の階の息子さんが夕涼みをしていた。私は紙を丸めて投げつけて、さっと隠れた。

4

「私は正解だと思うよ、若いときに結婚するのは。旦那と家は必要だもの」

スマート劇場の角で冬は焼き栗と焼き芋、夏の大祭の頃はピーナッツと茹で豆を売っているアンリケタおばさんはいつもよい助言をしてくれる。私たちは、出窓の下に向かい合って座っていた。おばさんはときどき袖をたくし上げる。たくし上げるときには黙って、たくし上げ終えるとまた話し始める。おばさんは背が高くて、アンコウみたいな口とアイスクリームのコーンみたいな鼻をしていた。夏も冬も白いストッキングと黒い靴を履いていた。いつでもとても清潔だ。コーヒーが大好きだった。黄色と赤のまだらの紐で吊るした絵があった。金の王冠を被ったエビが一面に描かれている。顔は人間で、女のような髪型。井戸からはいあがって来るエビたちの周りの草は焦げている。背景の海と上に見える空は牡牛《おうし》の血の色で、エビたちは鉄の鎧をまとい、尻尾をふるって敵をやっつけている。外は雨だった。細かい雨がすべての屋根の上に、すべての通りの上に、すべての庭の上に落ちる。海の上にも降り落ちる。まるで海の水が十分ではないかのように。もしかすると山の上にも。ものがひどく見えにくくなっていた。夕暮れが始まっているのだ。洗濯物を干す針金には雨の粒。粒たちが追っかけっこをしている。落ちるのもあるんだけど、落ちる前にピューっと伸びて、なかなか針金から離れられず落ちそうで落ちない。雨はもう八日も降り続いていた。細かい雨。強すぎもしないし弱すぎもしない。雨をたっぷりと含んでふくらんだ雲が、屋根を撫でている。私たちは雨を見つめていた。

「私はキメットの方がペラよりあんたには向いてると思うね。キメットは自分の店を持っているけど、ペラは雇われだ。キメットは目端《めはし》が利くし、生活力がある」

「でも、悲しそうに溜息をついて、かわいそうなマリア…って言うことがあるの」

「でも、あんたと結婚するんだろ?」

足が凍りそうにつめたかった。靴が濡れていたから。反対に頭のてっぺんがとても熱かった。私がキメットはバイクを買うって言っているの、って言ったら、ずいぶんモダンな子だと思ってたよ、って答えた。そして花嫁衣裳や嫁入り道具一式を作るための生地を買うのについていってくれたのもアンリケタおばさんだった。もしかすると、私たちはおばさんの家のそばのアパートに住むかもしれない、って言ったら、とっても嬉しそうだった。

アパートは荒れ放題だった。台所はゴキブリの臭いがするし、キャラメル色の細長い卵がある巣までみつけた。探せばもっと出てくるぞ、ってキメットは言った。タイニングの壁紙には細い線でいくつも輪が描かれていた。キメットは、青りんご色のがいい、子ども部屋のは生クリーム色、そこにピエロの絵の縁取りをつけるんだ、と言った。台所は新しくする。そしてシンテットに、マテウに連絡してくれ、会いたいから、って言った。日曜日の午後、みんなでアパートへ行った。マテウはすぐに台所を解体し始めた。そして、つぎはぎだらけのズボンをはいた人夫が瓦礫《がれき》を、通りに停めてある荷車に運んでいく。ところが人夫が階段を汚したので、一階の女の人が出てきて、帰る前にきれいに掃除して行ってちょうだいよ、滑って足なんか折りたくないから、って言った。キメットは、荷車を盗まれるかもしれないぞ、って何度も言っていた。私たちはシンテットとダイニングの壁を濡らして、コテで壁紙をはがし始めた。しばらくすると、キメットがいないことに気付いた。シンテットが、キメットは気が乗らないと、ウナギみたいにスルスルって逃げ出しちゃうんだ、って言った。私は台所に水を飲みに行った。マテウはシャツの背中を汗でびっしょりにして、顔に汗を光らせて、絶え間なく金槌で石鑿《いしのみ》をたたき続けている。私はまた壁紙をはがし始めた。シンテットは、キメットは戻ってきてもきっと涼しい顔さ、第一、しばらく戻って来ないよ、絶対に、って言った。壁紙はなかなかはがれなかった。上の紙がはがれたと思ったらその下から別のが出てくる、そうやって次から次へ、結局五枚はがすことになった。暗くなって、私たちが手を洗っていると、キメットが帰ってきた。人夫が瓦礫を荷車に乗せるのを手伝っていたら、お客さんに会っちゃってさ……。それでいつの間にかずいぶん時間が経ってた、てわけだろ？ってシンテットが言った。キメットは、彼のことをろくに見もせずに、思ったよりやらなきゃいけない事は多いけど、みんなで協力すればなんとかなるよ、ですって。階段を降りかけているときに、マテウが私に、女王さまの台所みたいなのを作ってやるよって言ってくれた。するとキメットが屋上に上がってみようって言い出した。屋上は風通しがよくて、たくさんの屋根が見えたけれど、二階の出窓が邪魔で、通りは見えなかった。私たちは屋上から降りた。私たちのアパートと二階の間の壁にたくさん落書きがあった。名前や人の絵なんかだ。名前や人の絵の間にとてもよく描けた天秤の絵があった。錐《きり》でも使ったかのように線が深く彫られている。一方の皿がもう一方よりほんの少し下がっている。私は一方の皿の輪郭を指でなぞった。私たちは小ダコをつまみに一杯飲みに行った。その週の中ごろ、私たちはまた喧嘩した。キメットがケーキ屋さんのご主人のことをまたごちゃごちゃ言い始めたから。

「こんどあいつがあのいやらしい目でお前の尻を見ているのを見つけたら、入ってって目にもの見せてやる」って怒鳴った。それから二、三日、姿を消してしまった。次に現れたときに、もう気にならなくなったの？ って聞いたら、真っ赤になって怒って、今日はお前に聞きたいことがある、って言った。ペラと一緒に歩いているところを見かけたんだって。誰か他の人と見間違えたんでしょ、って言うと、いいや、あれはお前だった、と言った。誓ってもいいけど、それは私じゃない、って言うと、彼も、誓ってもいいけどあれはお前だった、って言い張る。最初はふつうに受け答えしていたけれど、彼が私のことを信じようとしないので、最後は怒鳴り返した。私が怒鳴るのを見て、女はみんな気違いだ、なんの値打ちもない、ですって。じゃ、どの通りでペラといるところを見たっていうの？　って聞くと、

「通りだ」

「どの通りよ？」

「通りだ」

「だから、どの、どの通り？」

そしたらキメットは大股で行っちゃった。私は一晩中眠れなかった。翌日またやって来ると、二度とペラと出かけないって約束しろ、って言うんで、怒るとすっかり変わってしまう彼の声をそれ以上聞かなくて済むように、あなたの言うことは信じるわ、もうペラとは出かけない、って言った。そしたら、満足するどころか、鬼みたいな顔をして、もう嘘はたくさんだ、お前に罠をしかけたんだ、そしたらお前はネズミみたいにまんまと引っかかった、ペラと散歩に出かけたことを謝れ、出かけていないと言ったことも謝れ、って。最後には、私は本当に自分がペラと出かけたんじゃないかと思い始めた。あげくの果てに、土下座しろって言うから、

「通りの真ん中で？」って聞いたら、

「心の中で土下座しろってことだ」

私は、別れて以来一度も会っていないペラと散歩に出かけた罪で、心の中で土下座させられた。かわいそうな私。日曜日になると、私は壁紙をはがしに行った。キメットは、作りかけの家具があるとかで、終わりごろまで現れなかった。マテウの台所はもう少しで出来上がるところまできていた。もう一回、午後に来ればおしまいだ、と言った。腕の辺りの高さまで、白いタイル張りだ。コンロの上のタイルは艶のある赤いタイル。マテウは、タイルは全部、現場から持ってきた、二人の結婚のお祝いだ、と言って、キメットとハグし合った。シンテットは、牝牛の目でじっと見つめながら手を拭いていた。みんなで小ダコをつまみに一杯飲みに行った。シンテットは、指輪が必要なら、安く売ってくれる宝石屋を知っている、と言った。マテウも、半額で売ってくれる宝石屋を知っている、と言った。

「どんなからくりなんだろうな」ってキメットが言った。

金髪で青い目をしたマテウは、満足げに笑って、私たちの顔をゆっくりと順番に見た。

「コツがあるのさ」

5

聖週間の聖枝祭(6)の前の晩、お父さんが私に、お前たちはいつ結婚するんだ、って聞いた。お父さんは、ダイニングの方に向かって私の前を歩いていたので、靴の踵《かかと》の外側がひどくすり減っているのが見えた。私は、まだわからないけど…アパートが完成したら、って答えた。

「まだ、だいぶかかるのか?」

どれぐらい時間を割《さ》かなきゃならないか次第だから、なんとも言えない、少なくとも五枚も古い壁紙があって、キメットは一枚も残すなって言うし…彼は、物事は一生もつようにきちんとしなきゃいけないっていう主義だから、って答えた。

「キメットに日曜日、昼飯を食べに来いって言ってくれ」

キメットにそう伝えたら、スズメバチみたいに怒った。

「俺が結婚の許しを得に行ったときは、あんなに気乗り薄で、君で三人目だ、さて、君が最後になるかな、なんて俺を焦《じ》らせるようなことを言っておいて、今さら、食事に来いだって？　俺たちが結婚したら……」

私たちは棕櫚《しゅろ》を祝福してもらいに行った。通りでは、男の子は葉がまっすぐな棕櫚の枝を持って、女の子はきれいに葉を飾り織りにした棕櫚の枝を持っている。男の子たちはやかましくガラガラを鳴らし、女の子たちもガラガラを鳴らしている。中にはガラガラじゃなくて木槌を持って、そこいらじゅうの壁や地面や空き缶や古バケツをユダヤ人に見立てて叩きまわっている子たちもいる。私たちがジュザペッツ教会に着くと、誰もが叫び声をあげていた。マテウも私たちと一緒だった。お花みたいにかわいい子を肩車して。マテウはその子を本当のお花みたいに大切にあつかっていた。カールした金髪をお下げにしていて、マテウと同じ青い目。でもその子は笑わない子だった。半分マテウに手伝ってもらって持っている棕櫚の枝には、サクランボの砂糖菓子がいっぱいつけられている。もう一人、男の子を肩車して、青い絹のリボンとキラキラ光る星がついた小さな棕櫚の枝を持ったお父さんがいた。二人のお父さんは人ごみに押されて知らないうちにだんだん近づいていった。男の子はマテウの娘さんの棕櫚のサクランボをちぎり取

（6）聖週間の初日。エルサレムに入城するイエスを群衆が棕櫚《しゅろ》の枝をもって迎えたことに因んで、枝を購入して教会でそれを祝福してもらう。

り始めた。私たちが気付いたときには、その棕櫚の片側のサクランボはおおかた消えてしまっていた。

私たちはキメットのお母さんのところでお昼を呼ばれた。テーブルの上には赤いリボンを結んだたくさんの柘植《つげ》の枝が置かれていた。それと空色のリボンを結んだ小さな棕櫚の枝も何本か。お母さんは、毎年、こうやって準備するの、お友達に差し上げるために、って言った。私が棕櫚を祝福してもらった、って言ってあったので、お母さんは私に赤いリボンがついた柘植をくれた。中庭からおばさんが入って来て、お母さんが私たちに紹介してくれた。近所の人なんだけど、旦那さんと喧嘩したんで、キメットのお母さんが泊めてあげているんだそうだ。

昼食の時間になって、皆が食べ始めてから、キメットが塩が欲しいと言い出した。するとお母さんがキッと顔を上げて、塩加減はいつもぴったりよ、と言った。キメットは、だけど今日はちょっと甘いって答えた。近所のおばさんは、辛すぎも甘すぎもしない、ちょうどいい、と。キメットは、これ以上ないくらいに甘い、という。お母さんはスッと立ち上がって台所へ行って塩を持って戻ってきた。ウサギの形をしていて耳から塩が出るようになっている。塩をテーブルの上に置くと、塩よ、とそっけなく言った。キメットは料理に塩を振る代わりに、聖書に出てくる例のロトの妻が、まっすぐ前を向いて進まなきゃいけないのに、旦那のことばを信じずに振り返ったとき以来、俺たちがみんな塩になっちゃってたらどうだろうな、と言った。キメットのお母さんは黙って食べなさい、って言ったけど、キメットは近所のおばさんに、ロトの妻は振り返るべきじゃなかった、俺の言ってることはあってるかい、間違ってるかい？ って聞いた。おばさんは、とてもお行儀よく食べ物を噛んで、飲み込んでから、何を言ってるのかわからない、と答えた。

そしたらキメットは、悪魔だよ、悪魔、て言ったきり黙ってしまい、ウサギの塩入れから皿に塩を振ってから、お母さんの方に向き直って、どうだい、塩なんか一粒も入ってないよ、午前中、リボンばっかり作ってたから、塩なんか一粒も入れてないんだ、と言った。そこで私はキメットのお母さんの味方に回って、たしかに塩を入れてたわ、って言った。近所のおばさんが、塩がききすぎた食べ物はすぐ飽きる、って言うと、キメットは、なるほどそういうわけか、母さんはおばさんを満足させるために塩抜きで料理したんだな、でもね、近所のおばさんの気に入るような料理を作ることと、息子に、入れてもいない塩が入っているって信じこませようとすることは別だよ、って言った。キメットは塩を振り続け、お母さんは十字を切った。十分に塩をかけおわるとキメットは塩入れをテーブルの上に置いて、またしても塩の話を始めた。

誰でも知ってるよ、悪魔が…… するとお母さんが、もういい加減に止めてちょうだい、頭がおかしくなるわ、と言うけれどキメットは全然平気、悪魔が糖尿病患者を作ったんだ、彼らは砂糖でできてるんだ、ただの嫌がらせだよ……。俺たちはみんな塩でできてるんだ、汗だって、涙だって……、で、私に言った。自分の手をなめてみなよ、どんな味がするか。また悪魔がどうのこうのって言うから、近所のおばさんが、悪魔を信じてるなんて子どもみたい、って言ったら、キメットはまた、悪魔が、って言うから、お母さんが、お黙りなさい、って。しかもキメットはまだ食べ始めてさえいなかった。ほかのみんなが半分ぐらい食べたころにキメットは、悪魔は神様の影で、神様と同じようにどこにでもいるんだ、って。植物にも、山にも、外にも、通りにも、家の中にも、地面の下にも上にも。全身真っ黒で、青や赤にテカテカ光る蠅に変装してて、蠅でいるあいだは、ゴミや肥溜《こえだ》めに投げ込まれる、腐りかけの動物の死体なんかで満足してるんだ、って。それからお皿を片付けて、食欲がないからデザートだけ食べる、って言った。

次の日曜日のお昼はうちに食事に来た。私のお父さんに葉巻をプレゼントしてくれた。私は店からカスタードのロールケーキを持って帰った。食事のあいだじゅう、キメットはいろんな木材とその強度の話をしていた。コーヒーを飲んでいるとき、キメットが私に、早めに出かけるのと遅めとどっちがいいか、って聞くから、どっちでもいい、って答えた。でも、お父さんの奥さんが、若い人は楽しまなくっちゃって言うから、私たちは日がカンカン照りの三時にはもう外に出ていた。私たちはアパートに壁紙をはがしに行った。シンテットがもう壁紙を二巻き持って来ていて、マテウとそれを見ていた。壁紙張りの職人を知ってて、お友達価格で張ってもらえそうだと言う。ただ、キメットがテーブルの脚をプレゼントすることが条件だ、って。というのも、その人の家のテーブルの脚はずいぶん虫が食っている上に、留守のあいだに子どもたちがそのうち一本をわざと揺らせて外そうとするんで、もうぐらぐらだからだそうだ。その条件で話がまとまった。

台所の壁紙張りが終わったと思ったら、さっそく右側に染みが出た。職人を呼んで聞いたけど、自分のせいじゃない、って言う。染みは張った後にできたに違いない、壁の欠陥で、中で何かが割れたせいだ、って。キメットは、この染みは前からあったはずで、職人は湿気が出てるって言わなきゃならなかったんだ、って反論した。マテウは隣へ行ってみよう、もしかするとこっち側の壁寄りに排水管があって、そこに穴が開いているなら、困ったことになる、って言った。男三人が隣の家に行ったけれど、けんもほろろで、そんな染みは知らない、彼らのところには出ていない、と言って、自分たちのところの家主の住所をくれたようだ。その家主は誰か見にやろう、と言っていたのだけれど、誰も来なくて、結局、本人がやってきて、染みの様子を見て、これは私たちか、私たちの家主が払うべき欠陥だ、なぜなら、私たちが壁を叩いたりしていて出てきた染みだから、と言った。キメットが、叩いてなんかいない、って言ったら、家主は、台所を作ったときにガンガン叩いたのが原因で、自分は関係ない、と答えた。キメットはかんかんになった。マテウは、もし修理しなければならないなら、費用は折半にすべきだ、と言ったけど、隣の家主は、そんなのはとんでもない、自分のとこの家主と相談しろ…と譲らなかった。

「もし染みがあんたのところから来てるなら、うちの家主とどういう関係があるんだ?」

隣の家主は、自分のところから出てる、って言うが、自分のところには染みの原因になるようなものはなんにもない。証明できる、と言った。隣の家主は帰ってしまい、私たちは文句たらたらだった。あっちへ行ったり、こっちへ行ったり、交渉したり、腹を立てたりしたけれど、結局、何にもならなかった。そんなにこだわる必要もなかったのだ。前に食器棚を置いたら隠れちゃったんだから。

日曜日ごとに私たちはカフェ・ムヌマンタルへ行って小ダコをつまみに一杯飲んだ。あるとき黄色いシャツを着た男が近づいてきて、昔パリで女王と呼ばれた女優の絵葉書を売りつけようとした。彼はその代理人で、彼女は王侯貴族の愛人だったんだけれども、今は一人で住んでいて、自分のものや思い出の品を売って暮らしているんだそうだ。キメットはその男を大声で追い払った。カフェを出るとキメットは私に一人で帰ってくれ、寝室を三つ改装してほしいっていう客と会わなきゃならないから、って言った。私はショーウィンドーを見ながらグラン通りをすこしぶらぶらした。ビニールクロス屋さんのショーウィンドーのお人形とか。馬鹿な男の子たちが寄ってきてからかう。中でも一番下品な子が、ほかの子たちよりも近づいてきて、うまそうだな、って言った。まるで私がスープかなにかのように。全然愉快じゃなかった。お父さんはいつも、私は生まれつき気難しいって言ってたけど、それは本当。でも、実は、私はなぜ自分がこの世に存在しているのかよくわからなかったのだ。

6

キメットは私をジュアン神父に見せに行く、と言った。向かっている途中で、アパートの家賃は半分ずつ負担するべきだ、と突然言い出した。友達同士がそうするように。

家でその話をしたらお父さんは怒鳴りだした。お父さんの奥さんが食事代を引いた後の私のお金はお父さんが管理していたからだ。結局、私が家賃を半分払うことに渋々同意した。でも、キメットはその家賃の話をジュアン神父に会いに行く道すがら言ったのだ。ジュアン神父は、蠅の羽でできているみたいだった。つまり、着ているものが、っていう意味だ。蠅の羽みたいな褪せた黒だってこと。まるで聖人のような様子で私たちを迎え入れてくれた。キメットは神父さまに、俺は結婚式なんて…まあ、一瞬のことで、費用は安ければ安いほどいいし、十分のかわりに五分で終われば、それに越したことはないと思う、って言った。キメットを小さいころから知っているジュアン神父は、開いた両手の平を膝の上に乗せて前かがみになり、歳のせいで濁った眼で見つめて、そういうもんじゃないんだよ、と言った。結婚は一生のことだ、大切にしなければ。お前は日曜日にはおしゃれをするだろ？　結婚の始まりは、大きな日曜日みたいなものだ。儀式が必要なんだ。何一つ大切に考えないとしたら、私たちはまだ文明人になり切れていないってことになってしまう…お前だって文明人でありたいだろう。キメットはうつむいて聞いていたが、何かジュアン神父に言おうとすると、神父は手でそれをさえぎって言った。

「お前たちの結婚式は私が執り行おう。お前たちだって安心して結婚できる方がいいだろう。今の若い者たちが、なにかにとりつかれたみたいに生き急いでいるのは知っている…人生が人生であるためには、ゆっくりと少しずつ生きなければならない……。お前の婚約者はウェディング・ドレスが着たいだろう、みんなが新婦だってわかるようにな。いくらおろしたてでも普段着じゃいけない…若い女性とはそういうものだ。私が執り行ったすべての婚礼では――すべての良い婚礼では、新婦はウェディング・ドレスを着たよ」

神父さまのところを出ると、キメットが、神父さまのことはとても尊敬している、善人だからだ、って言った。

私が家からアパートへ持って行ったのは、唯一自分のものである真鍮《しんちゅう》のベッドだけだった。シンテットは私たちに鉄製のダイニングの照明をプレゼントしてくれた。葉っぱが三枚ある鉄の花から出ている三本の鉄の鎖で天井から吊り下げるようになっていて、イチゴ色の絹の房がついている。私はロングスカートのウェディング・ドレスを着た。キメットはダークスーツ。徒弟とシンテットの家族――三人姉妹に、二人の既婚の兄弟とその奥さんたち――も来てくれた。私のお父さんも私を祭壇までエスコートするために出席した。キメットのお母さんは黒いシルクのドレスでやってきて、彼女が動くたびに体中から衣擦《きぬず》れの音がした。ジュリエタはグレーのニットドレスにバラ色のリボンを付けていた。全員合わせるとけっこうな数になった。グリゼルダという名前のマテウの奥さんは、ぎりぎりになって気分が悪くて来られないことになった。マテウはよくあることなんだ、と言って悪がっていた。なにもかもがすごく長かったけれど、ジュアン神父さまはとてもすてきなお説教をしてくれた。アダムとイブ、そしてリンゴや蛇のお話だ。女は男の肋骨から作られたのだけれども、アダムは、気が付いたらイブが自分の隣で寝ていたんですって。神様は別に彼を驚かせようとしたわけではないんだけれども。天国がどんなものかってことについても話してくれた。小川が何本も流れていて、短い草が生えた草原に空色の花々が咲いている。イブが目を覚まして最初にしたのは花を一つ摘んで息を吹きかけること。葉っぱはしばらく宙を舞っていた。それを見てアダムは彼女を叱った。花を傷つけてしまったから。なぜならアダムは全人類の父で、善だけを望んでいたから。最後は命の樹を守る炎の剣のお話だった……。自業自得《じごうじとく》ってやつだね、私の後ろに座っていたアンリケタおばさんがささやいた。私はジュアン神父さまがいつかあの、変てこな頭をしたエビたちが尻尾で敵を殺している絵を見ることがあったら何て言うだろう、って考えていた。みんな、ジュアン神父さまがこれまでにした説教の中で一番よかったって口ぐちに言っていたら、徒弟がキメットのお母さんに、彼のお姉さんの結婚式でもジュアン神父は天国やアダムとイブ、天使や炎の剣について話したし、何もかも一緒だった、違うのは、お姉さんの結婚式のときは花が黄色だったことと、小川の水が午前中は青で、午後はバラ色だったということぐらいだ、って言った。

私たちは聖具室で署名をしたあと、みんなで車でムンジュイックの丘へ行って、お腹を減らすために散歩した。散歩が済んで、招待客が食前酒を飲んでいる間に、キメットと私は記念撮影に行った。キメットが立っていて、私が座っている写真、キメットが座っていて、私が立っている写真、と撮ってもらった。二人とも座って背中を向けあっている写真と、二人向き合って座っている写真も。いつも喧嘩しているように見えないようにね、とカメラマンは言った。ほかにも二人とも立って並んで、私がぐらぐらする三本脚の小さなテーブルの上に手を載せたポーズ、二人でベールと紙でできた木の横のベンチに座ったところ、っていう具合に。カフェ・ムヌマンタルに私たちが着いたときには、みんな待ちくたびれていたんで、私たちは、カメラマンが芸術的写真を撮ろうとしたんで時間がかかったんだ、って言い訳した。オリーブもアンチョビももう残っていなかった。キメットはすぐに食事だから、どうでもいいけど、行儀の悪い奴らだとだけは言っておきたい、と言った。で、食事中、キメットはずっとシンテットと言い合いをしていた…オリーブがああだ、こうだ、と。マテウは口をはさまず、ときどき私の方を見て笑った。そして私のお父さんの椅子の背中越しに、こいつらいつも笑わせるのさ、って私に言った。食事はとてもおいしかった。食後は、レコードをかけてみんなで踊った。お父さんも私と踊った。最初はベールをつけたままで踊っていたけれど、最後は、もっと楽に踊れるように取ってアンリケタおばさんに渡した。踊るときには、裾《すそ》を踏んづけないように持っていた。マテウとはワルツを踊ったんだけど、マテウはとても上手で、私を羽根のように扱ってくれたので、私はこの世で一番得意なのが踊ることであるかのように感じた。頬がほてった。徒弟とも踊ったけど、彼はあまり踊れなくて、キメットは意地悪にもそれを見て嘲笑《あざわら》っていた。でも徒弟は我関《われかん》せずで、踊り続けた。ダンスの途中で、隣のホールで食事をしていた四人の男の人が入ってきて、一緒に踊っていいか、と言った。四人ともかなり歳が行っていて、四十歳ぐらいだっただろうか。それからさらに二人入ってきた。合計六人だ。グループの一番若いメンバーの盲腸手術の快気祝いをしていたらしい。その男の人の耳からは補聴器の紐が垂れ下がっていた。耳が少し悪いのだ。見ての通り、手術はうまくいった。隣のホールで結婚式のダンスパーティをやっているのを知って、仲間に入れてもらおうってことになった、少し若返って楽しみたいからね、って言っていた。その男の人たち全員が私におめでとうと言ってくれた。誰が新郎か、って聞いてから、キメットに葉巻をプレゼントしてくれた。みんな私と踊って、みんな愉快そうに笑っていた。その、手術の成功のお祝いをしていた人たちが私たちのパーティに加わっているのを見て、食後酒を給仕していたボーイさんが、新婦と踊らせてもらえないだろうか、いつもできればそうするようにしていて、そうすると幸運に恵まれるんだ、って言ってきた。それと、もしよかったら名前をノートに書かせて欲しい、そこには一緒に踊った新婦の名前が書いてあるんだ、って言った。彼が私の名前をそこに書いたので、ノートを見せてもらうと、七ページにわたって名前がいっぱい書いてあった。まるでアスパラガスみたいな人で、頬がこけて歯が一本しかなかった。禿《は》げた部分を隠すために、髪を全部一方になでつけていた。ボーイさんは、踊るならワルツがいい、って言ったけど、キメットがすごく激しいパソ・ドブレをかけたんで、ボーイさんと私はまるで矢みたいにあっちへ行ったり、こっちへ行ったり、みんなは大喜びだった。キメットは途中で、私と知り合ったときに踊ったのがパソ・ドブレだったから、曲の残りは私と踊りたいって言って、ボーイさんに譲らせた。ボーイさんは、カーテンみたいな髪の毛を手で整えようとしたけれど、すっかり乱れてしまって、それぞれの髪の毛が好き勝手な方向を向いてしまっていた。手術をお祝いしていた男の人たちはドア付近に立っていて、皆、黒ずくめで襟の穴に白いカーネーションをさしている。私は踊りながら彼らのことを横目でちらちら見ていたんだけど、まるで別世界の人たちみたいだった。踊りながらキメットは、あいつら何様のつもりだ、パーティを台無しにするつもりか、これでジュアン神父がいてお説教でも垂れれば完璧だな、って言った。そしてダンスは終わった。みんなが拍手をして、私は息が切れてしまって、胸がどきどきしていたけれど、私の目は幸せでいっぱいだったと思う。全部が終わってしまったとき、もう一度昨日に戻って、また最初からやり直したいぐらい、素敵だった……

7

結婚してから今日で二か月と七日。キメットのお母さんは私たちにマットレスをプレゼントしてくれた。アンリケタおばさんは、鉤《かぎ》編みの花がついたアンティークのベッドカバー。マットレスの生地は青で、光沢のあるちぢれた羽根の模様がある。ベッドは明るい色の木製。ヘッドボードと足元には球を重ねたような細い柱が並んでいる。ベッドの下には、人ひとりが十分隠れられるぐらいの空間がある。それは自分で試したからわかったのだ。自分で作った、クリーム色の薄い襟がついた栗色のドレスをおろした日に。ドレスのスカートは全部プリーツが入っていて、前は上から下まで金色のボタンで留めるようになっている。夕食が終わって、キメットが、テーブルの上に明るい輪を落としている鉄製の電灯の下で家具のデザインをしている隙に、私は驚かせてやろうと黙って新しい服を着て、ダイニングに入って行った。キメットは、仕事から顔も上げずに聞いた。

「ずいぶんおとなしかったな、なにしてたんだ?」

彼は私のことを見た。イチゴ色の房の影が顔の上半分を暗くしている。何日も前から言っていた、もっと照明を高く上げましょうよ、そうすればもっと全体が明るくなるのに、って。私は彼の前に突っ立ったけれど、彼は一言もいわない。じっと黙りこくっている。私はもう辛抱しきれなくなってきたけれど、彼は相変わらずじっと見ている。影になっているので目はいっそう小さく、奥目に見える。もうこれ以上無理、ってなったときに、両腕を上げて、指と指との間が割けそうになるほど手をいっぱいに広げて、噴水の水みたいにすくっと立ち上がったかと思うと、「ウーウーウーウーウーウー、ウーウーウーウー」てうなりながら飛びかかってきた。私は廊下を走って逃げたけど、キメットは「ウーウーウーウーウー、ウーウーウーウーウー」て追いかけてくる。私が寝室に入ってもまだ追いかけてきて、私を床に押し倒して足でベッドの下に押し込んだかと思うと、ベッドの上に飛び乗った。私がベッドの上下左右、どこから這い出ようとしてもパシッと頭をたたいて、お仕置きだ! って叫ぶ。このいたずらは、その後もずいぶん何度もやられた。

ある日、とっても可愛いホット・チョコレート用のカップをみつけたので、六つ買った。真っ白で厚手のやつ。キメットに見せると怒り出した。こんなカップどうするんだ！

ちょうどそこへシンテットがやってきて、あいさつもそこそこに、マテウの友達がバルトラン通りに住んでる人を知っていて、この人が家じゅうの家具を修理して欲しいって言っている、さっそく明日一時に行ってもらいたい、家は三階建てで、結婚式の出費を埋め合わせることができるだろう、なぜならその人は急いでいるんで、時間外手当が当てにできるから、って言った。キメットは住所をメモしてから、台所の食器棚を開けた。見てくれよ、どんなことで時間を無駄にしているか…こいつも俺もホット・チョコレートなんて好きじゃないんだぜ。まったく好き好《すこの》んで無駄をしてるってわけだ…シンテットは笑いながらカップを一つとって飲む真似《まね》をしてからもとに戻した。私がホット・チョコレートが嫌いだってことがまるわかりになった。

キメットはバルトラン通りの家の家具の修理でもらったお金で中古のバイクを買った。交通事故で死んだ人のバイクを買ったのだ。その人の死体は翌日までみつからなかったんだって。そのバイクで私たちは風のように道路を走って、村の鶏や人を驚かしたりした。

「よくつかまってろよ、かっこいいのをやるからな」

一番怖かったのは曲がるとき。私たちはほとんど地面にくっつきそうになり、直線になるとやっとまっすぐになるのだった。俺と知り合ったとき、こんなに何キロも何キロも走ることになるだろうって思ってたか？　カーブでは私の顔は凍りそうになって、ボール紙みたいにごわごわになった。目からはひとりでに涙が出て、私は、もう家には帰れないだろうな、って覚悟しながらキメットの背中にずっと頰を押し付けていた。

「今日は海岸線を行くぞ」

私たちはバルセロナから十キロぐらいのバダロナでお昼ご飯を食べて、それより先には行けなかった。起きるのが遅かったから。曇っていたんで、海は悲しげな灰色、まるで水でできているんじゃないみたい。海面が膨れ上がるのはお魚さんたちが息をしているから。もっとうねりが大きくなって白い波頭や泡が立つときは、お魚さんたちが怒っているとき。私たちがコーヒーを飲んでいたら、突然、ナイフで刺すようにまた、かわいそうなマリア……

私は鼻血が出て、なかなか止められなかった。十セント硬貨を眉と眉の間に載せて、うなじに、うちの建物の入り口の大きな鍵を当てた。ボーイさんが洗面所までついてきて、頭に水をかけるのを手伝ってくれた。席にもどるとキメットが、唇をキッと結んで、鼻を紫色にして怒っていた。あいつめ、出るときに目にもの見せてやる。チップなんて一文も置いてやらないぞ。

ボーイさんは、私について行くべきじゃなかった、って言うから、じゃ、なぜあなたが来てくれなかったの？て言うと、子どもじゃないんだから一人で行きゃいいんだ、ですって。バイクに乗ったらまた、かわいそうなマリア、この百馬力を見せてやりたかった……

私も、そのことを真剣に考え始めていた。かわいそうなマリア、って言うときは、数日前に、ああ、もうすぐ、かわいそうなマリアって言うな、ってわかった。キメットの元気がなくなるから。かわいそうなマリアって言ってしまうと彼は、心配そうな私を見ても私がまるでそこにいないかのように平然としていた。でも、私は彼が心の中でほっとしているのがわかった。私はマリアのことが頭から離れなかった。拭き掃除をしているときは、マリアならもっとうまく拭けたんだろう、って考えた。お皿を洗っているときは、マリアならもっときれいに洗えたんだろう、って。ベッドを作っているときも、マリアならもっとシーツをぴっしりと敷けたんだろう、って。そうやって、絶え間なく、いつも、マリアのことばかり考えていた。私はホット・チョコレート用カップを隠した。

キメットの許可なく買ったということを思うと、心臓がきゅっと縮んだから。キメットのお母さんは、私を見るとすぐに、何か変わったことない？　って聞いた。

キメットは、両腕を体から離さずに下にさげて、開いた手の平は外側に向けて肩をすくめるだけで何も言わなかった。でも私にはキメットの心の声が聞こえた、俺のせいじゃないよ、っていう声が。お母さんは私のことを見た。私を見つめる目がまるでガラスのようだった。あまり食べないのかしら…私の腕を触って、見かけほど痩《や》せてるってわけじゃないわね……。

「着やせするのさ」キメットはそう言って、私たち二人を見た。お母さんのところへ行くといつも、二十万ペセタの豪華版ランチを作っといたわよ、って言われた。おいとまするとと必ずキメットは、母さんの料理の腕はどうだ？　って聞いてきた。それから二人でバイクにまたがって、ブルルルルルル…、稲妻みたいに。夜、服を脱ぎながら、今日は日曜日だから子作りに励む日だって思った。翌朝は、キメットは竜巻みたいにシーツを巻き上げて飛び起きるんで、私はむき出し。彼は屋内物干し場へ一直線に行くと深呼吸。大騒ぎをして体を洗ってから、歌を歌いながらダイニングに現れる。テーブルに腰かけて、足を椅子の脚に巻きつける。私は彼の店をまだ見たことがなかった。ある日、ついて来いと言われた。ペンキの剝げたショーウィンドーのガラスがほこりだらけで中から外も見えないし、外から中も見えなかったんで、拭いてあげようか、って言ったら、店のことには口をはさむなって言われた。とっても素敵な道具と糊が二ビンあった。糊がビンの外側に滴《したた》ったまま乾いている。私がビンの中の棒に触ったら、私の手をたたいて、おい、おい、世話を焼かせんなよ！　と言った。

それから、まるで初対面であるかのように、私を徒弟に紹介した。クルメタ――俺の女房だ。徒弟はずるそうな顔で、まるで枯れ枝みたいな手を差し出した。アンドラウエットといいます、お見知りおきを、とあいさつした。

いつも同じ。クルメタ、クルメタ……。彼のお母さんは、何か変わったことない？ある日、あまり料理の盛りがいいので、こんなに食べると気分が悪くなるので、ちょっと減らしてもらえますか、って言ったら、キメットのお母さんは、いよいよね！って言って私を寝室に連れて行った。ベッドの四隅の柱の頭には――あの赤いバラのついたベッドカバーをかけた黒いベッドだけど――それぞれ青、紫、黄色、橙色のリボンが結んであった。私をその上に横にならせると、まるでお医者さんみたいに私のことを触ったり、体に耳をつけて聞いたりした。まだのようね、ダイニングに戻りながらお母さんは言った。キメットは、葉巻の灰を床に落としながら、そんなこったろうと思ったよ、って言った。

8

キメットが椅子を作った。幾晩も幾晩も図面にかかりっきりで、私が眠ってからベッドに入ってくる夜が続いた。私が目を覚ますと、一番むずかしいのはバランスを取ることなんだ、って言った。お天気が悪くて、外に出かけない日曜日には、シンテットやマテウとそのことについて議論していた。その椅子はすごく奇妙だった。ふつうの椅子のようでもあり、揺り椅子のようでもあり、安楽椅子のようでもあった。ずいぶん長いことかかっていた。マリョルカ椅子っていうのさ、と言った。ぜんぶ木でできている。ちょっとだけしか揺らせない。私に、照明の房と同じ色のクッションを作ってくれって言った。二つ、一つはお尻の下、もう一つは頭をもたせかける部分に。その椅子には彼しか座っちゃいけないことになった。

「男の椅子だ」って彼は言う。私は逆らわないことにした。毎週土曜日にはワックスをかけるように、とも言われた。ぴかぴかに磨いて木目がはっきり見えるようにするんだって。キメットはその椅子に座って、足を組む。タバコを吸っているときには、煙を吐き出しながら、目を少し閉じてまるで体中がとろけそうな表情をしていた。私はそのことをアンリケタおばさんに話した。

「それでなにか都合が悪いことがあるわけじゃないだろ？　バイクで馬鹿なことするより、椅子に座ってボーっとしてる方がましさ」

キメットのお母さんには用心したほうがいいよ、とも言われた。ともかくキメットに私が考えていることを知られないように、もし彼が人に嫌がらせをすることに生きがいを感じるような男だったら、弱点をつかまれないようにしないと、ですって。リボン好きっていうかわいい趣味があるし、お気の毒なキメットのお母さんのことを、私はちょっと気に入ってるんだ、って答えたら、アンリケタおばさんは、リボンは周到に用意した計略さ、だまして、自分が無邪気な人間だって思わせたいのさ。ともかく、あんたがお母さんのことが好きだって思わせておかなきゃいけない、お母さんがあんたを気に入れば、キメットだって満足なんだから、って。

雨が降っていて、外に出かけない日曜日で、しかもマテウもシンテットも来ないときには、私たちは午後をベッドでごろごろして過ごした。あの、球を重ねたような柱の、はちみつ色のベッドで。そんなある日、お昼を食べているときに彼が、

「今日は子作りをするぞ」って宣言した。

そして私はいくつものきらめく星を見させられた。アンリケタおばさんは、ずっと前から、結婚初夜の話をすごく聞きたい、って匂わせていた。でも私は話してあげられなかった、だって私たちには「結婚初夜」ってものがなかったから。私たちのはむしろ「結婚初週」とでもいえばいいか……。そのときまで、彼が服を脱いでいるときちゃんと彼のことを見ることができないでいた、って言っていいと思う。私はベッドの隅に座って、身動きできなかった。最後には、キメットが、俺の前で裸になるのが恥ずかしいなら、外に出てるよ、もしそうじゃないんなら、俺が始めるから。そんな大したことじゃないってことはすぐにわかるさ、って言った。キメットは、丸い頭の上に髪が森みたいに生えていた。エナメルみたいにテカテカしている。櫛《くし》で勢いよくとかすんだけど、櫛でとかすたびにもう一方の手で押さえつけていた。櫛がないときは両手の指を大きく開いて、サッ、サッ、と素早くとかす。まるで片っ方の手がもう片っ方を追いかけるみたいに。髪をとかしていないと、横に広くて縦にはちょっと狭い額に前髪が垂れかかった。眉毛も濃かった。髪の毛と同じくらい真っ黒。それがネズミみたいな小さくてキラキラ光る目の上にある。目の周りはいつも、クリームでも塗ったみたいに湿っていて、それが素敵だった。鼻は大きすぎも小さすぎもせず、上を向いているわけでもない。もし上を向いていたら嫌だっただろう。頬は丸く張っていて、夏にはピンクで、冬には赤かった。両耳は上の部分がちょっと開いていた。唇は厚くて、いつも赤い。下唇がちょっと前に出ている。しゃべったり笑ったりすると、歯茎《はぐき》にずらりとお行儀よく収まった歯が見えた。首は筋張っていない。さっき言ったように大きすぎも小さすぎもしない鼻の、それぞれの穴には寒さやほこりが入ってこないように鼻毛の網がついている。どちらかというと細めの足の後ろ側だけに蛇のような血管が浮いていた。全身がすらっとしているのだけれども、必要なところはちゃんと丸味を帯びている。胸は高く張っていて、お尻はきゅっと小さい。足は長くて細い。すこし扁平足で、裸足で歩くとピタピタと音がした。キメットはなかなかの見た目だった。私がそう言うと、すこしずつ体を回転させて、どうだい？　って聞いた。

隅の方にいて、私はとっても怖かった。

キメットが、さっき言ったように、「お手本を見せる」ためにベッドに入って来て初めて私は服を脱ぎ始めた。私はずっとこの瞬間を恐れていた。最初は有頂天だけど最後は涙だ、っていつも言われていた。その有頂天についごまかされるんだって……。小さい頃、体を割《さ》かれちゃうんだ、って聞いたことがある。体を割かれて死ぬなんて怖くてしかたがなかった。女は体を割かれて死ぬんだ、って……。結婚したときにもう、割かれ始めるんだ。それでも十分に割けていないと、お産婆さんがナイフか割れたビンのガラスで切り裂くんだって。で、そのまま一生、割けたままでいるか、縫い合わされるかするんだそうだ。だから結婚している女の人は、ちょっと長く立ったままでいるとすぐ疲れるんだって。そのことを知っている男性は、電車が満員で立ってる女の人がいると席を譲るけど、それを知らない男性は座ったままでいる。私が泣き始めると、キメットはシーツの折り返しから頭をのぞかせて、どうしたんだ? って聞いてきた。私は本当のことを言った。割かれて死ぬのが怖いんだ、って。そしたら笑って、たしかにそういうことはあったな、女王ブスタマンテがそうだ、彼女の夫は、手間を省くために、馬を使って彼女を引き裂かせた。当然、彼女はお陀仏《だぶつ》だ、って言った。それから笑うこと笑うこと、ぜんぜん止まらない。だから私は初夜のことをアンリケタおばさんに話してあげられなかった。だって結婚式の日、アパートに戻ると、キメットは私に食べ物を買いにいかせてから、ドアに鍵をかけて、初夜が一週間続くようにしたんだもの。かわりに私がアンリケタおばさんに話してあげたのは女王ブスタマンテのこと。するとおばさんは、たしかに女王ブスタマンテがされたことは酷《ひど》いけど、おばさんのご主人がおばさんにしたことの方がもっと酷かった、と言った。おばさんのご主人はもう何年も前にお墓に入っていて、その上に雨も降って、草も生えているんだけど、その人はおばさんをベッドに大の字に縛り付けていたんだって。いつも逃げ出そうとするから。アンリケタおばさんが、ちょっとしつこく初夜のことを聞こうとしたときは、なんとか気をそらそうとした。気をそらすのに一番いいのは揺り椅子の話題だった。それと失くした鍵の話。

9

ある晩、カフェ・ムヌマンタルを出たあと私たちは、夜中の二時までシンテットといっしょに街を歩き回っていた。

うちの前まで来て、シンテットは帰ろうとしたのだけれど、私たちは家に入ることができなかった。建物の入り口の鍵が見当たらないのだ。キメットは、私に鍵を渡して、小銭入れに入れておくようにと言った、という。シンテットはその日うちで晩ご飯を食べていて、キメットがいつも鍵を掛けてある、建物の入り口のドアの裏から鍵を取ってポケットに入れたような気がすると言った。キメットは穴が開いてないかどうか、全部のポケットをひっくりかえして調べた。私は、持ったつもりだっただけじゃないの、って言った。キメットは自分がシンテットに鍵を持ってくれ、って言ったんで、シンテットはなにげなく鍵を取ったけど、それを忘れてしまって失くしたんだろう、と言った。

それから、二人は私が鍵を取ったんだって言い始めたけど、いつ取ったかは言えなかったし、私が取るところを見たかどうかもあやふやだった。シンテットは二階の人に開けてもらえ、って言ったけど、キメットは嫌がった。当然だ。二階の人たちを起こすなんてとんでもない。最後にキメットは、運がいいことに作業場の鍵はあるから、道具を持って来よう、と言った。

二人ともドアを開ける道具をとりに行っちゃった。私は入り口で一人ぼっちで、この辺の鍵をみんな持っている夜警が来るんじゃないかと待っていた。一つ目の角で夜警を呼ぶために一つ手を叩いたんだけど、まだ姿を現していなかったから。立っているのに疲れたので、地べたに座り込んだ。入り口の框《かまち》に。頭をドアにもたせかけて、建物の間にのぞいている空を見ていた。ちょっと、ほんのちょっとだけ風が吹いていて、とても暗い空に雲が流れていた。目をとじないようにするのは大変だった。眠気にさらわれそうだった。夜、ちょっとだけ吹いている風、それと風に押されてみんな同じ方向に流されて行く雲、それが私を眠くさせた。キメットとシンテットが戻って来て、ドアの足元に眠気の塊《かたまり》みたいになった私を見つけたらなんて言うだろう。眠りこけてうちまで上がれない私を見つけたら…ちょっと離れたところから、石畳を踏む足音が聞こえてきた。

キメットが錐《きり》でドアの鍵穴の上に穴を開けた。シンテットは、そんなことすると捕まるぞ、ってずっと言っていたけれど、キメットも、穴は後でふさげばいい、今はなんとか家に入らなきゃならないんだ、って言い続けていた。

ドアを突き抜ける穴が開くと、針金で鉤《かぎ》を作って中の紐をひっかけた——ドアの閂《かんぬき》は上から紐で引っ張り上げるようになっていたから。ドアはちょうど夜警が角を曲がろうとしているときに開いた。私たちは急いで中に入り、シンテットは逃げて帰った。中に入って最初に私たちの目に入ったのは、ドアの裏にかけられたうちの鍵だった。翌日、キメットはコルクの栓で穴をふさいだ。気付いた人はいたかもしれないけれど、誰も何も言わなかった。でも、鍵は失くさないですんだんだろ？ ってアンリケタおばさんは言った。で、私は、私たちが失くしたって思っていたあいだは、失くしたも同然だったのよ、って答えた。

そしてお祭りがやってきた。キメットはダイヤモンド広場で踊ろう、ブーケを持って踊るんだ、って言っていたけど…私たちは家から一歩も出ずにお祭りを過ごした。キメットはかんかんに怒っていた。すごく手間のかかる修繕仕事だったのに、注文した人が最後になってユダヤ人みたいにずる賢い本性を現して散々値切ったからだ。キメットはいい加減うんざりして、損を承知でお金を受け取ってしまった。彼の不機嫌は私の上に降りかかってきた。機嫌が悪くなると、クルメタ、ボーっとするな、クルメタ、お前はドジだ、だの、クルメタ、こっちへ来い、クルメタ、あっちへ行け、だのお決まりのセリフだ。お前は気楽でいいよな、気楽で……。それから家の中をあっちへうろうろ、こっちへうろうろ、まるで檻《おり》に入れられているみたいに。かと思うと、私に全部の引き出しを開けて中身を床に空けさせる。何を探しているの？　って聞いても答えない。キメットは、値切ったお客に対して私が彼と同じように腹を立てていないことに腹を立てているのだった。私は腹を立てたくなかったので、彼を置いて出かけることにした。髪をとかしてドアを開けて、この騒ぎですっかり喉が渇いちゃったからジュースでも買ってくるわ、って言って出て行こうとしたら、駄々をこねることを止めた。通りは輝くようににぎわっていた。きれいな服を着たきれいな女の子たちが通って行く。一軒のバルコニーから私に向けて色とりどりの紙ふぶきが投げられた。何枚かは髪の毛の奥深く入ってそこに収まってしまった。私がジュースを二杯買って帰ったらキメットは自分の椅子に座ってうとうとしていた。外は輝くようににぎやかなのに、私はといえば、床に散らかった服を拾って歩いて、たたんでは引き出しにしまっている。で、夕方になるとバイクでキメットのお母さんのご機嫌うかがいに行った。

「どう、仲良くやってる？」

「ええ、やってます」

お母さんのところを出てキメットが足でバイクのエンジンをかけるときに、何を二人でひそひそ話してたんだ、って聞いてきた。

私が、キメットはたくさん仕事があって忙しくしてます、って言った、と言うと、キメットは、そりゃまずい、母さんは浪費家で、ずいぶん前から煤《すす》払い用のはたきとグレーと白のマットレス・カバーを買って欲しいって言われてるんだ、ですって。ある日、キメットのお母さんは私に、キメットは小さい頃から頑固でずいぶん困らされたものだ、って話してくれた。何かいいつけても、自分が気に入らないと床に座り込んで、思いっきり頭をひっぱたいてやるまで立ち上がらなかったものだ、って。

ある日曜日の朝のこと、キメットが足が痛いって言い始めた。寝ていたときから痛くって、足の骨の髄や、骨と肉の境目が焼けるようなんだ。足の骨の髄と、骨と肉の境目が同時に焼けるようになるわけじゃなくって、骨の髄が焼けるようになると、骨と肉の境目は大丈夫なんだ、で、床に足をつくと急におさまるんだ、って。

「どの骨?」

「どの骨か、って? いろんな骨だよ! 脛《すね》の骨とか、腿《もも》の骨とか。でも膝はなんでもないんだ」リューマチかもしれない、って言った。アンリケタおばさんは、キメットの言うことを信じない。相手にして欲しいから言ってるだけだ、って。キメットは冬じゅう、足が痛いって言っていた。夜のあいだに足がどんな具合だったか、目を開けると同時に、それから朝ごはんを食べながらも、事細かに説明してくれた。キメットのお母さんは、クルメタ、温湿布をしてあげなきゃ、って言うんだけども、キメットは止めてくれ、痛みだけで十分苦しいんだから勘弁してくれって言う。お昼ご飯のときや、夜、彼がうちに帰ってくるとすぐ、足はどう？って私は聞いたけど、昼間は大丈夫なんですって。

キメットはベッドに横になっている。まるで袋かなにかのようにドサッと体を投げ出して。私は、スプリングが壊れちゃうんじゃないかとヒヤヒヤ。靴を脱がせてスリッパを履かせてくれ、って。ミルク・コーヒー色の格子模様のスリッパを。すこし休んでから晩ごはんを食べに出てきた。寝る前には、痛いから身体中をアルコールで拭いてくれ、って言う。身体中残らず、なぜなら、痛みって奴はずる賢くって、ちょっとでも拭き漏れがあると上に行ったり、下に行ったりするんだそうだ。

私がほかの人に、夜だけ痛むんだ、って言うと、みんな、それはおかしい、って言う。家の下の食料品店のおばさんも、おかしい、って。「まだ痛くて眠れないの？」。「ご主人の足はどう？」。「大丈夫です、ありがとう。痛むのは夜だけですので」。「まだ足は痛いの？」とキメットのお母さんに聞かれた。

ある日、花屋さんが立ち並ぶランブラス通りの香りと色の洪水の中で、後ろから声がした……

「ナタリア……」

クルメタ、クルメタってばかり呼ばれなれているんで、自分のことだとは思わなかった。私の最初の婚約者、ペラだった。私がふった婚約者。結婚したの？　とも恋人はいるの？　とも聞く勇気はなかった。私たちは握手したけど、彼の下唇が少し震えていた。一人ぼっちになっちゃったよ、って彼は言った。そのときまで、彼が喪章をつけていることに気付かなかった。私を見つめる彼の姿は、人ごみの中に、花々の中に、たくさんの店の中に埋もれていくようだった。このあいだジュリエタに会ったら、君が結婚したって教えてくれた、そう聞いて、幸せになってくれたらいいな、って思った、と言った。私はうつむいた。どうしたらいいのか、なんと言えばいいのかわからなかったから。ただ、悲しみは丸めて玉にしてしまわなければならない、急いで小さな玉に。悲しみに取り込まれてはいけない、血管の中や周りに一分だって広がらせてはいけない、って思った。玉にする、ビー玉ぐらいの、いや、散弾ぐらいの。それを飲み込んでしまうんだ。ペラは私よりだいぶ背が高かったので、私を見下ろしているあいだじゅう、私は彼が心の中に抱えている痛みの重みをすべて髪の毛で感じていた。そして彼が私の内面のすべて、苦しみも含めてすべてを見透かしているような気がしていた。あたりにたくさん花があってよかった。

お昼ご飯を食べにキメットが帰ってきたとき、私が最初に言ったのは、ペラと会ったということだった。

「ペラ？……」口を少しすぼめた。「誰だ？」

「あなたと結婚するためにふった人」

「まさか話したんじゃないよな？」

あいさつ程度だ、って言ったら、知らんふりをすべきだったんだ、って言われた。ペラは私かどうか自信がなくって、声を掛けるまえに、何度も何度も見直した、あんまり痩せていたから、ってペラが言った通りに伝えた。

「おせっかいな奴だ」

私は市電を降りてからビニールクロスの店のショーウィンドーのお人形を見ていたんでお昼ご飯の用意が遅れたってことは彼には言わないでおいた。

10

キメットのお母さんは私の額に十字を切ってくれた。そしてお皿拭きはしなくていいって言われた。私が妊娠していたから。皿洗いが終わるとお母さんは台所のドアを閉めて、私たちはみんなで、片側がブドウの蔓《つる》に覆われて、もう片側いっぱいに待雪草《まつゆきそう》があるテラスに座ったけれど、キメットは眠い、と言って行ってしまった。お母さんはキメットとシンテットが小さい頃、どんな悪さをしたか話してくれた。シンテットは木曜日の午後は決まってキメットの家に来ていたそうだ。お母さんは水仙の球根を三ダースほども植えていた。毎朝、起きるとすぐに、どれぐらい育ったか見に行くのだった。水仙はまるで焦《じ》らすかのように芽が出るのが遅くて、やっとのことで茎につぼみがずらりとすずなりになった。つぼみからどんな色の花が咲くか見当がつくんだけど、ピンクの花が一番多いようだった。そしてある木曜日の午後、二人の男の子は庭で遊んでいた。お母さんがおやつを持って行くとなんと、水仙がぜんぶさかさまになっていたんだって。ちょろちょろしたヒゲが生えた球根が土の上に出ていて、つぼみも葉っぱも茎も土の中。

お母さんは二人を一言ののしっちゃったらしい。お母さんは汚いことばを言うようなタイプの人じゃないんだけど。どんなことばだったかは教えてくれなかった。そして、男の子には苦労させられるわよ、あなたも男の子ができたら注意しないと、って言った。

私のお父さんには、キメットが妊娠のことを知らせに行ってくれたんだけど、お父さんは私に会いにきて、男の子でも女の子でも自分の名字はお終《しま》いになるわけだなって私に言った。アンリケタおばさんは、顔を合わせるといつも、むらむらすることはないかって聞いてきた。

「むらむらきても体の前を触っちゃだめだよ、触るなら後ろからにするんだよ」

干しブドウだとか、サクランボだとか、レバーだとか…変なものが急に欲しくなるっていう嫌な話をたくさん聞かされた。最悪なのは子ヤギの頭だね、おばさんは、急に子ヤギの頭が食べたくなった妊婦まで知ってる、て言った。そしたら、生まれた男の子のほっぺたには縮小サイズの子ヤギの目と耳が薄黒く浮き上がってたんだって。

それからおばさんは、人間は水の中でできるんだ、まず第一に心臓、少しずつ神経と血管ができて、背骨ができるんだ、って言った。背骨は骨、軟骨、骨、軟骨、っていう順に並んでいるからお母さんのお腹の中で丸まっていられるんだ、そうじゃないとお腹に収まらない。もしお腹がもっと長かったら、赤ちゃんは中で立っていられて、背骨もほうきの柄みたいにまっすぐなはずだ、そうだったらいくら子どもでも体はがちがちに固いよ、とも言った。

夏になると、お産婆さんに、外の風にあたったり海で水浴びしたりするのがとってもいいのよ、と言われた。私たちはバイクに飛び乗っていざ海へ。食べ物も、水着も、全部そろっていた。黄色と青と黒の縞《しま》のタオルを目隠し用に持って行った。キメットが両腕を上にあげてそれをいっぱいに広げて、私がその影で着替えるんだ。キメットは私のことを笑った。私のものじゃないみたいなお腹が私についていたからしい。そして私は、何度も何度も同じように寄せては返す波をじっと見ていた…波はみんな、一生懸命に浜にたどり着こうとするけど、着くとすぐに急いで帰っていこうとする。海に向かって座って、青一色というよりも灰色に見えたり、緑に見えたりする海をじっと見ている。生き生きと動くあの水の広がり、おしゃべりな水が私の頭の中のものを持ち去って、からっぽにしてくれる。私があんまり長い間黙っていると、キメットが聞いてくる。おい、調子はどうだ?

私が一番我慢できなかったのは、帰り道のジグザグ。可哀《かわい》そうな私は魂が胸の中で震えて、まるごと口から飛び出そうになる。キメットったら、その子はお腹の中で育っているときからバイクに慣れてるんだから、大人になったらレースで優勝だ、バイクに乗ってることがわからなくても、感じは覚えてるさ、ですって。一度誰だか知り合いに会ったときなんて私は穴があったら入りたいぐらいだった。臨月《りんげつ》なのに、って言われたんだもの。

キメットのお母さんはキメットが小さかったころのブラウスを何枚かくれた。アンリケタおばさんはおへそ用の包帯をくれたけど、私にはそれが何のためなのかついにわからなかった。ブラウスの首の部分にはリボンがジグザグに通してあって、お人形の服みたいだった。私のお父さんは、自分の名字は消えてしまうけれど、男の子だったらリュイスってつけて欲しい、女の子だったら母方のひいおばあちゃんみたいに、マルガリダにして欲しい、って言ったけど、キメットは、代父だろうがなかろうが、人がなんと言おうと、子どもに名前をつけるのは自分だって言い切った。夜、キメットはテーブルの上で図面を引いていて寝るのが遅くなるんだけど、私が寝ちゃってると、明かりをつけたり、いろんなことをして私を起こして、

「どうだ、もう動いてるか?」って聞くのだった。

シンテットやマテウがくると、とんでもない大物の男の子だぞ!って言っていた。

私は、ボールみたいな体の下に二本の足、上には頭、って具合で、どんな風に見えていたのかしら。ある日曜日の朝、キメットのお母さんがすごく変なものを見せてくれた。

からからに乾いた根を丸めたようなもの。「ジェリコのバラ」っていうんだけど、キメットを産んだときからとってあるの、産まれそうになったら水の中に入れるの、「ジェリコのバラ」が開くにつれて、あなたの体も開いていくのよ、って言った。

　私はひどく潔癖症になった。まえからきれい好きではあったんだけど、それが極端になった。一日じゅう拭き掃除をしたり、ほこりを払ったり。ほこりを払い終わると、また払った。水道の蛇口を何時間も磨いていることもあって、磨き終わったとたんに曇りがみつかるんで、また磨きなおす。それでぴかぴかになった蛇口を見てうっとりとする。キメットは毎週、ズボンにアイロンを当てて欲しいと言っていた。私はズボンにアイロンを当てたことがなかったので、最初はどうやったらいいのかわからなかった。ズボンの後ろの線が、上半分二本になっちゃった。ずいぶん注意したんだけど。よく眠れなくて、なにもかもがうっとうしかった。目が覚めると、目の前に両方の手の平を掲げてじっと見る。それを動かしてみて、自分の手か確かめる。自分が自分であるってことを。起き上がると骨が痛い。一方、キメットは、足が痛いといってひどく腹を立てている。アンリケタおばさんは、キメットの痛みは、骨の結核ってやつで、硫黄《いおう》を取らなきゃだめだって言った。キメットにそう言うと、アンリケタおばさんのせいで爆発するのはまっぴらだ、って答えた。私がティースプーン一杯の蜂蜜に硫黄の粉を混ぜたものを作ると、蜂蜜は奥歯が痛くなるから嫌だって言って、一日じゅう、奥歯の夢のことを話していた。舌の先で奥歯を一本ずつ触っていくと、触るはしから歯茎から抜けていって、口の中に小石みたいにたまる。口が小石でいっぱいになっても唇が縫い合わされているので吐き出すことができない、っていう夢。夢を見たあと、いつも奥歯がぐらぐらしているような気がする、その夢は死の予兆だ、って言っていた。そして奥歯が痛んだ。下の食料品店のおばさんは、ケシの汁を水に溶いてうがいさせれば痛みはおさまる、ケシには鎮痛作用があるから、と教えてくれた。でもアンリケタおばさんは、ケシで痛みはおさまるかもしれないけど、また痛くなるよ、と言った。

「キメットに必要なのは腕のいい歯医者さ、そうすればそんな夢も見なくなるよ」

奥歯とか、小石とか、死の夢だとかについて話していたら蕁麻疹《じんましん》でかゆくてたまらなくなった。夜はキメットと二人でよくジャルディネット小公園まで散歩に行った。運動しないといけないから。手がふくらみ、足首もふくらんだ。足を紐でつないでポンと押されたら、宙に浮かびそうだった。屋上で風と青い空に囲まれて洗濯物を干しているときや、座って縫い物をしているとき、それにただ行ったり来たりしているときなんかも、私は中身を全部空っぽにされて、かわりに何か変なものを詰められたような気分だった。誰かがいたずらでこっそりと私の口から息を吹き込んで私の体をふくらませているみたい。夕方、私は一人屋上で手すりや風や青い空に囲まれて座って、自分の足を見ていた。足を見ているときに、口から初めてうめき声が出た。そのときはなぜだかわからなかったけれど。

11

初めての叫び声には耳が痛くなるくらいだった。自分の声がこんなに遠くまで届いて、こんなに長く続くなんて考えたこともなかった。苦しさが口から叫び声となって飛び出すとともに、赤ちゃんは下から出かかっていた。キメットは「天にましますわれらの父よ」を何度も何度も繰り返しながら廊下をうろうろしていた。お産婆さんがお湯を取りに出ていくと、顔色が黄色になったり青くなったりしているキメットが、こんなことにならないようにしようと思えばできたんだ…って言った。

キメットのお母さんは、私が小康状態にあるときに近寄ってきて、キメットがどんなに心配しているかみせてあげたいわ…って言った。お産婆さんはタオルをベッドの柱と柱の間に渡して両端を私につかませて、精一杯いきめるようにした。もうすぐすべて終わり、っていうときにベッドの柱が折れて、もう少しで窒息させるところだった、っていう声が聞こえた。私は動転していて誰の声だかわからなかったけど。

私が一息つくとすぐに、泣き声が聞こえた。見るとお産婆さんが赤ちゃんの足――私の赤ちゃんの足――をまるで動物かなにかのように持って、背中を平手でたたいていた。「ジェリコのバラ」はナイトテーブルの上ですっかり開ききっていた。私は夢見心地でベッドカバーのレース編みのバラをなでて、その葉っぱを引っ張った。でも、まだ終わりじゃない、胎盤を出さなきゃ、って言われた。眠くて瞼がくっつきそうだったのに、眠らせてもらえなかった…それにお乳をあげられなかった。片方のおっぱいはいつもみたいにぺったんこで、もう片っぽうだけがお乳でいっぱい。キメットは、お前のおっぱいは冗談みたいなことになるってわかってたさ、と言った。坊やは――赤ちゃんは男の子だった――生まれたときは四キロ近かった。なのに生後一か月半のときには二キロ半しかなかった。溶けてっちゃうぞ、ってキメットは言った。コップの水の中に入れた角砂糖みたいに溶けていった。せっかく生まれたのに、五百グラムになったら死んじゃうぞ、て。

アンリケタおばさんが最初に坊やを見に来てくれたときは、下の食料品店のおばさんからいろいろ話は聞いていたようだ。もう少しで窒息させるところだったんだって?

キメットはしかめっつらをしてぶつぶつと言っていた――仕事が増えちまった、新しく柱を作らなきゃ、あの折れ方じゃ糊ではつかないから。坊やは夜泣きした。暗くなるとすぐに泣き出す。キメットのお母さんは暗いのが怖くて泣くのよ、って言ったけど、キメットは、赤ん坊に夜も昼もわかるもんか、って言った。おしゃぶりもダメ、哺乳瓶も吸おうとしないし、抱いて歩いてもダメ。歌をうたってあげても、怒鳴りつけても泣き止まない。しまいにはキメットは辛抱しきれなくなって癇癪《かんしゃく》を起こしちゃう。こんな生活はあり得ない、こんなのは続けられっこない、ずっと続いたら死んじゃうのは自分の方だ、って言った。彼は赤ちゃんと揺りかごをダイニングの横の小さな部屋に入れて、私たちはドアを閉めて寝た。泣き声が下の人たちに聞こえていたに違いない、だって私たちが悪い親だっていう噂が立ち始めたから。ミルクをあげても飲まない。水をあげても飲まない。オレンジ・ジュースをあげると吐いてしまう。着替えさせると大泣き。お風呂に入れると大泣き。神経質な赤ちゃん。とっても神経質。坊やは細い棒の足をしたお猿さんみたいになってきた。裸のときは服を着ているときよりも激しく泣く。足の指を手の指みたいに開いて。破裂しちゃうんじゃないかと思って怖かった。おへそのところから割れて。ていうのも、へその緒がまだ取れていなくて、もうそろそろ取れるはずだったから。裸んぼうの坊やを初めてみたのはお産婆さんが、お風呂のときにどうやって持ったらいいかを教えてくれたときだったけど、そのときお産婆さんは坊やを金だらいに入れながらこう言った。

「生まれる前はみんな梨みたいなものよ。この紐でぶら下がってるの」

それから私に、どうやって揺りかごから抱き上げるかも教えてくれた。頭の後ろに手を添えて、こうやって頭を支えないと骨が柔らかいから首が折れちゃうのよ、って。おへそは人間で一番大事なところよ、っていつも言っていた。赤ちゃんの頭のてっぺんの、まだ閉じきっていない柔らかい部分と同じぐらい大事なのよ、って。坊やは日に日にしわくちゃになっていった。痩《や》せれば痩せるほど、さらによく泣いた。この子はもう生きるのにうんざりしてるんだ、って思えた。ジュリエタが遊びにきて、絹のネッカチーフをお土産にくれた。白地にテントウムシが散らしてある。それからチョコレート・ボンボンの包みも。みんな赤ん坊のことばかり気にして、お母さんはほったらかしだから、って言ってくれた。それから、この子は死んじゃうと思う、でもあまり気にしない方がいい、お乳を飲まない赤ん坊は死んだも同然だから…て言った。お乳のある方のおっぱいがひび割れた。でもお乳はなくならない。おっぱいは身勝手な貴婦人みたいなものだ、ってよく聞くけど、これほどだとは思わなかった……。坊やがほんの少しずつ哺乳瓶を吸うようになるころにはおっぱいも治って、キメットのお母さんは「ジェリコのバラ」

を取りに来た。「ジェリコのバラ」はもう閉じていて、お母さんは薄紙に包んで持って帰った。

12

アンリケタおばさんは坊やの首の後ろに手を当てて抱いた。坊やの名前はアントニ。おばさんが、栗！　栗ちゃんだよ！って叫ぶと坊やが笑う。エビの絵に近づけるとすぐに不機嫌そうな顔をして、ブルルルル、ブルルルル、て泡を吹く。キメットはまた足が痛いって言い出した。今までよりも痛いって。骨やそのまわりの焼けるような感じだけじゃなくて、反対側の、腰の辺りがきりきり痛いらしい。神経がおかしくなってるんだ、って言っていた。ある日、アンリケタおばさんは私に、旦那さん、すごく元気そうだよ、健康そのものだ、って言うんで私は、苦しくって夜、全然眠れないんだって、て答えた。

「まだ旦那の言うことを信じてるのかい？　頬っぺたはバラ色だし、目はダイヤみたいにきらきらしてるじゃないか」

月曜日は、私が大きい洗濯物をするんで、キメットのお母さんが坊やを預かってくれる。キメットはお母さんに坊やを預けることにいい顔をしない。お母さんがどんな人か知っているから。きっといつか、リボンを結んだり解《ほど》いたりしていて、テーブルの上に置きっぱなしにしている坊主が床に転げ落ちるようなことになるぞ、実際、自分が一歳になる前にそんなことがあったんだから、って。午後、坊やをおんぶしてよくお人形を見に行った。お人形たちはみんな、丸い頬っぺをして、ガラスの眼を埋め込まれ、その下に小さな鼻、少し開いた口でいつも嬉しそうに笑っている。一番上にある額は、生え際が髪の毛をくっつけてあるゴム糊で光っている。箱に入れられて目を閉じて、お行儀よく両手を体の脇につけているのも、箱に入ったまま立てられて目を開いているのもあるけれど、可哀そうに寝かされても立てられてもずっと目を開けっ放しのもいた。青やピンクのドレス、首には縮れたレース編みのバンド、ローウエストのリボン、そしてスカートをふくらませるモスリンのペチコート。エナメルの靴は照明を受けて光っていた。靴下は白で、ずいぶんとピチピチ。膝のあたりは足のほかの部分よりもきつい肌色で塗られている。お人形たちはいつも可愛い姿でショーウィンドーの中。買われて連れて行かれるのを待っている。いつもそこにいる。陶器の顔に樹脂の体のお人形たちが、はたきやマットレス叩き、セーム皮やイミテーションのセーム皮と並んでいる。全部、ビニールクロス屋さんに。

あの鳩の思い出は漏斗《じょうご》とセットになっている。なぜならキメットが、あの鳩がやってくる前の日にその漏斗を買ったから。鳩は彼がダイニングの雨戸を開けようとしたときにみつけたのだ。片方の翼を怪我していて、死にかけていた。床にぽたぽたと血が垂れた。まだ若い雄の鳩だった。私が手当をしてやるとキメットが、うちで飼おうと言い出した。物干し場に鳥籠を作ってダイニングから見られるようにするんだ、って。貴族の館みたいに周りにバルコニーをめぐらした赤い屋根のある籠だ、ドアにはノッカーも付ける。そうなりゃ、この鳩は坊主のペットになるぞ、って言ってた。何日間かは、物干し場の鉄の手すりに紐で脚をつないでおいた。シンテットがやってきて、放してやらなきゃだめだ、近所の誰かのに決まってる、そうじゃなきゃ、片方の翼が血だらけなままここまで飛んで来られるわけはないんだ、って言った。私たちは屋上へ上がって周りを見回した。まるで初めてそうするかのように。でも、鳩小屋なんて一つも見当たらなかった。シンテットは口を捻じ曲げて、おかしいなー、って言った。マテウは、囚人みたいに脚をつながれているくらいなら、ひと思いに殺してやった方が鳩のためだ、という意見だった。そしたらキメットは鳩を物干し場から屋上の物置小屋に連れて行って、貴族の館の代わりにここに鳩小屋を作ってやる、自分のところの徒弟のお父さんが鳩を育てているから、一羽ゆずってもらってつがわせてみよう、て言った。

徒弟の子は鳩が一羽入った籠を持ってやってきた。三羽目になってもつがいにならなかった。迷い込んできた雄鳩には「コーヒー」という名前をつけた。羽の下にコーヒー色の小さな丸い斑点があったから。彼の奥さんは「マリンガ」(7)と呼ぶことにした。屋上の物置小屋に閉じ込められたコーヒーとマリンガには雛《ひな》ができなかった。卵は産むのだけれども、雛はかえらない。アンリケタおばさんは雄が悪いんだ、捨てなきゃだめだ、どこの馬の骨だかわかりゃしない、と言う。もしかすると伝書鳩で、高く飛ばすために、刺激の強い変な餌を食べさせられていたのかも、って。アンリケタおばさんが言ったことをキメットに言ったら、彼は、余計なことに口をつっこむな、おばさんは栗を焼いてりゃいいんだ、だって。キメットのお母さんは、鳩小屋なんか作ったら、いくらかかるかわかりゃしない、と言った。誰だったか覚えていないけど、イラクサを取ってきて束にして天井から吊るして乾かして、細かく切ってから濡らしたパンと混ぜて鳩にやるといい、とっても力がついて雛の入った卵を産むよって教えられた。アンリケタおばさんはこんな話をしてくれた。昔、フローラ・カラベッラっていう、娼婦だったイタリア人

(7) ブラジルのコーヒーの産地名。

を知っていた、その人は年取ってから何人か跡継ぎの女の人を抱えていたんだけど、慰みに屋上で鳩を何羽か飼っていた。餌にイラクサをやっていたから、イラクサをやるといいっていう、キメットのお母さんはたしかに正しいと思うって言うから、イラクサの話はキメットのお母さんに聞いたんじゃない、って答えたら、そんなことはどうだっていい、誰が言ったにせよ、イラクサをやるといいのさ、って言った。というわけで、怪我した鳩と漏斗はだいたい同じときにうちにやってきた。漏斗は大きいビンから小さいビンにワインを移すために、鳩の前の日にキメットが買ってきたものだったから。その漏斗は全体が白で、縁《ふち》が紺《こん》。気をつけろ、下手して床にでも落としたら琺瑯《ほうろう》がはげちゃうからな、って言われた。

13

鳩小屋を作った。作り始める、ってキメットが決めた日は土砂降りだった。で、ダイニングを作業場にすることになった。ダイニングで、木を切ったり、なにもかもやった。すっかり出来上がった扉は、付属の雨戸ごと屋上に上げられた。それから初めて晴れた日曜日にシンテットが手伝いに来てくれた。私たちは屋上にあがってマテウが物置小屋に窓を作るのを見ていた。中ほどに広い台があるのは、地面に向かって鳩たちが飛んで降りる前に止まって、落ち着いてどこへ行くか考えられるようにするためだ。私が物置小屋にしまってあったものは全部出させられた。衣裳籠、中ぐらいの大きさの椅子、洗濯物入れ、洗濯バサミのザル……

「クルメタまで追い出しそうな勢いだな」

そのうち、私のものをしまう場所を作ってくれるって約束してくれたけど、ともかく今のところは全部アパートに降ろさなければならなかった。屋上でちょっと座っていたいと思えば、椅子を持って上がらなけりゃならなくなった。鳩たちを入れてやる前に鳩小屋にペンキを塗らなきゃ、って言っていた。一人が緑がいいって言うと、もう一人は青だって言う。チョコレート色という声も。結局、青く塗ることになったんだけど、塗ったのは私。キメットが鳩小屋を仕上げたころは日曜日にも仕事が入っていて、彼が、あんまり遅れると雨で木がダメになるって言ったから。アントニ坊やが寝ていようが、床で泣き叫んでいようが、私は塗り続けた。三重塗りだ。ペンキが乾くと、みんなで屋上へ上がって鳩たちに鳩小屋を見せてやった。最初に入ったのは白い鳩。眼が赤くて、赤い脚には黒い爪がついている。次は黒。脚も黒くて、灰色の眼に黄色の細い線の縁取りがある。小屋の中に降りる前に二羽ともずいぶん長いこと、念入りに辺りを見回していた。頭を何度か下げたり上げたりしていて、降りるのかと思えば、また思い直して、なかなか降りない。最後には、羽をひとつパタッといわせて降りた。一羽は水飲み場のすぐそばに降りて、もう一羽は餌場のすぐそばに降りた。雌の方は喪中の淑女のように頭や、羽根を膨らませた首を振っている。雄はといえば、彼女に近寄って行って、尻尾《しっぽ》を開いて、何度も何度もぐるぐるとその周りを回る。そしてクルルル、クルルル、って。みんな口を閉じていたのだけれど、最初にしゃべったのはキメットだった――鳩たちは幸せだ。

キメットは、窓から――窓だけから入ったり出たりすることを覚えたら、扉を開けてやることにしよう、そうすれば二か所から出られるから。窓から出ることを覚える前に扉を開くと、扉からしか出なくなる、って言った。それと、新しい巣を入れてやった。ていうのも、それまでのは徒弟の子のお父さんから借りていたものだったから。全部整ったところで、青いペンキは余ったか? ってキメットに聞かれた。私が残っている、と答えると、台の縁を塗るように言われた。それから一週間後、キメットはすごく変わった鳩のつがいを持って帰ってきた。頭巾をかぶったみたいで、首が見えない。キメットは坊主鳩っていうんだ、と言った。二羽の鳩は「坊さん」と「尼さん」と名付けられた。二羽は、自分たちが鳩小屋の主だと思っていて新参者を許さない構えの古株の二羽とたちまち喧嘩を始めた。でもだんだんに、坊さんと尼さんは遠慮がちにふるまって、少々のお腹が減っても羽でたたかれても辛抱して隅の方で暮らすようになった。そうしてついに古株の鳩たちがそれに慣れてくると、一気に主導権を握ってしまった。そうなれば好き放題、気に入らないことがあると頭巾を広げて攻撃した。さらに二週間後、キメットは、尻尾を七面鳥みたいに開くひどく気取り屋の鳩のつがいを持って帰ってきた。二羽は一日じゅう胸を張って尻尾を立てている。こんどは、古株が卵を産んで、すべてうまく行った。

14

肉、魚、花、野菜、いろんなものの臭いが入り混じって漂ってくる。私に目がなくっても、市場に近づいていることはすぐにわかっただろう。私の家がある通りを外れて、黄色い市電がチンチン鐘を鳴らして行ったり来たりするグラン通りを渡った。運転士と車掌さんは縞《しま》の制服を着ているんだけど、縞が細いんで遠目には灰色に見える。太陽がグラシア通りの方からまともに照り付けていて、街並みの隙間から差し込む光がパシッと石畳や通行人やバルコニーの上の石瓦を打つ。掃除のおじさんたちは、エリカの枝を束ねた大きな箒《ほうき》で通りを掃いている。まるで魔法で動いているお人形みたいに、溝を掃いている。私は市場の臭いの中に入って行く。市場の叫び声の中に入って行く。そして買い物籠と女の人たちの押し合いへし合いの流れの中を目指して。青の腕カバーと胸まである前掛けを着けた行きつけのムール貝屋のおばさんがすくっては何杯も何杯も袋に入れていくムール貝やそのほかの貝は、真水でなんども洗ってあるのに、まだ抜けきらない海の香りをあたりにふりまいている。臓物屋さんが並んでいるところからは、味気ない死の臭いがしていた。動物の肉以外の部分はなんでも、キャベツの葉のお皿に載せて売っている。子ヤギの脚、ガラス玉みたいな目がついた子ヤギの頭、固まった血がこびりついた空の血管が通っている二つ割りの心臓、それに黒い血の塊……　内側から血が染み出ているレバーや、濡れた腸、茹でた頭なんかが鉤《かぎ》からぶら下がっている。臓物屋のおかみさんたちは決まって白い顔をしている。蠟《ろう》みたいな。それはこういう味のない食べ物のそばにあまり長くいすぎたり、動物のバラ色の肺に息を吹き込んだりしすぎているから。それがまるで罪深いことであるみたいに、人々に背中を向けている。私の行きつけの魚屋のおかみさんは、金歯を見せて笑いながら、ハモの目方を量っている。ほとんど目にみえないくらい小さな鱗の一枚一枚に、魚のザルの上にぶらさがっている裸電球が映っていた。ボラやホウボウ、スズキ。色を塗りたてのような、頭でっかちのカサゴは大きな花の棘《とげ》のような針を背中に並べている…尻尾をバタつかせる魚、飛び出した目でにらむ魚、そんな魚たちがみんな波みたいに押し寄せてきて、前に座った私を空っぽにする。行きつけの八百屋の、いつも黒ずくめの痩せたおばあさんは、二人の息子さんと畑をやっているんだけど、私のためにキャベツをとっておいてくれる……

毎日の生活は、小さな頭の痛い問題はいくつかあったけれど、こんな風に流れていた。スペインが共和国になるまでは。キメットは浮かれちゃって、叫んだり、どこから引っ張り出してきたのか私にはついにわからなかった旗を振ったりしながら通りを行進している。私はまだあの日の冷たい空気を覚えている。あの空気は思い出しこそするけれど、二度と味わうことのできない空気だった。二度と。柔らかい葉っぱの匂いや花のつぼみの匂いと混ざり合った空気、逃げて行ってしまった空気、そのあとやってきたどの空気とも全然違っていたあの日の空気。その日、私の人生にスパッと傷がつけられた。あの四月とまだつぼみの花たちと一緒に、私の小さな頭痛の種は大きな頭痛の種になり始めたから。

「奴らは荷物をまとめて…北の方へ逃げて行ったんだよ！」シンテットはそう言って

いた。王様は毎晩、違う三人の踊り子たちと一緒に寝ていて、お妃《きさき》さんは、外に出るのに変装してるんだって。キメットは、まだ全部はっきりしたわけじゃない、って言った。

シンテットとマテウはしょっちゅう遊びに来た。マテウはグリゼルダにますます首ったけで、グリゼルダといると気が遠くなりそうなんだ、なんて言っていた。キメットとシンテットは、奴は頭がいかれちゃったんだ、恋をすると軟弱になるからな、って。たしかにマテウはグリゼルダのことばかり話している。本当に彼がそれ以外のことを話すのを聞いたことがなくて、呆《ほう》けたようになっちゃってた。でも私はマテウのことは大好きだった。彼は、新婚初夜のとき、たまらなく感激していたのは僕の方だった、二人っきりになると今にも気を失いそうになった、だって男の方が女より繊細だからな、て言っていた。キメットは自分専用の椅子を少し揺らしながら鼻で笑った。そしてシンテットと一緒になって、マテウに少し運動でもしろ、体が疲れれば、そんなに頭が働かなくなる、毎日おんなじことばっかり考えていると、袖のバカ長いシャツを着せられて、背中で袖をもやい結びでくくられているみたいに身動きがとれなくなるぞ、って忠告していた。それからマテウにはどんな運動が向いているか、っていう話になった。マテウは、現場監督で作業をチェックしながらあっちこっち動き回ってるだけで十分な運動だし、第一、サッカーをしたり、〈造船所の浜〉へ泳ぎに行ってくたくたになっちゃったら、僕のグリゼルダを満足させられなくなる、そんなことになったらグリゼルダはもっと自分を大事にしてくれるほかの男のところへ行っちまうよ、って答えていた。そのことについてずいぶんいろいろ言っていたけれど、いざマテウがグリゼルダを連れてくると、二人とも縮こまっちゃってアドバイスなんてとんでもない。共和国や鳩や雛たちの話になってやっと盛り上がる。それというのも話題が途切れるとすぐにキメットはみんなを屋上へ連れて行って、鳩がどうやって暮らしているか、どれとどれがつがいか、なんてことを説明したからだ。雄鳩の中には、ひとの奥さんを盗む奴もいる、そうかと思うと、ずーっと自分の奥さん一筋のも。雛がよく生まれるのは硫黄《いおう》を混ぜた水を飲ませているからだ。こんな話を何時間もしている。パチュリーはティグラダのために巣を作ってやっているか、とか、一羽目の鳩——例の雨戸のところでみつけた血だらけの、赤い眼と黒い爪をした「コーヒー」には初めて雛ができたんだけど、みんな黒っぽい斑点だらけで、灰色の脚をしている、とか。キメットは鳩は人間みたいだ、って言う。違うのは、奴らが卵を産むこと、飛べること、それから羽根をまとっていることぐらいで、子どもを作って育てるってとこは一緒だって。マテウは動物は嫌いだな、家で育てた若鳩を食べるなんてできない、家で生まれた若鳩を殺すなんて家族を殺すみたいじゃないか、って言った。そしたらキメットは指でマテウのお腹を突いて、腹がぺこぺこの時でもそう言ってられるかな? と答えた。

鳩たちが鳩小屋から飛んで行ってしまったのはシンテットが放してしまったから。シンテットは、鳩は飛ばなきゃならないんだ、檻の中で暮らすようにはできていない、青空で暮らさなきゃ、って言った。それで扉をいっぱいに開いた。キメットは頭を抱えて岩みたいに固まっていた。もう二度と戻っちゃこない、って。

鳩たちは疑い深くて、小屋から次々に出ても、なにか罠が仕掛けられているんじゃないかと戦々恐々。飛び出す前に手すりにとまってあたりを眺めまわしているのもいる。自由に慣れていないので、なかなか飛び立てないのだ。飛び立ったのは三羽か四羽。それからほかのが後に続く。全部で九羽。なぜってほかのは卵を温めていたから。キメットは鳩たちが屋上の上を、屋上の上だけを飛んでいるのを見ると、黄色かった顔がふつうに戻って、いいじゃないか、って言った。鳩たちは飛びつかれると、一羽、また一羽と降りてきて小屋に入った。そのかっこうはまるでミサに行くお婆さんたち。頭を前に後ろに動かしながらよちよちと、しっかりゼンマイを巻いたおもちゃみたいに歩いている。その日から、私は屋上に洗濯物を干せなくなった。鳩たちが汚してしまうから。屋内物干し場に干さなきゃならない。それでも干せるだけまし。

15

キメットは、うちの坊主には空気とハイウェイが必要だ、屋上や物干し場やばあちゃんの庭はもうたくさんだ、って言っていた。木で揺りかごみたいなのを作って、それをバイクに取りつけた。まだ一つにもなっていないない坊やをまるで小包みたいにつかむと、揺りかごにくくりつけて、哺乳瓶も持っていく。二人を見送る私はいつも、二度と会えないかも、って思っていた。アンリケタおばさんには、キメットはあんまり口には出さないけど、坊やが可愛くてしかたないのさ、って言われた。あんなことする人見たことない、って。

私は、二人が出て行くやいなや通りに面したバルコニーの窓を開けて、帰ってくるときのバイクのブルルン、ブルルンっていう音がすぐに聞こえるようにした。キメットは揺りかごから、ほとんどいつも寝ている坊やを取り出して、階段を四段跳びに上がってくる。坊やを私に渡しながら、ほら見ろ、元気も空気もいっぱいだ、丸々八日だって眠り続けるぞ、って言う。

坊やを産んでから一年半後、ちょうど一年半後に、なんとまた妊娠！　こんどはつわりがひどくて犬みたいにはいずり回ってた。キメットはときどき私の目の下を指で触って、スミレちゃん、スミレちゃん…こんどは女の子、て呪文を唱えた。私が、二人がバイクで出かけて行くのを見送るのが辛くて我慢できないって言うと、アンリケタおばさんは、あんまり辛い思いをすると赤ん坊が逆子になって鉄の器具で取り出さなきゃならなくなるから、なんとか自分を抑えなきゃって言った。それなのにキメットは、またベッドの柱を折るかな、こんど折ったら次は鉄の芯を入れなきゃ、なんてしょっちゅうからかう。それから、ダイヤモンド広場のあのダンスがどれほど高くついたか、これからもどれぐらい高くつくか誰にもわかりっこない、スミレ色の隈《くま》とスミレ色の隈の間にクルメタのちっちゃな鼻、スミレ…スミレ……

赤ちゃんは女の子だった。名前はリタになった。私はすんでのところで命拾いした。ていうのも、血が体から河みたいに流れ出て止められなかったから。アントニは妹にやきもちを焼いたので、注意して見張ってないといけなかった。ある日なんて、ベビーベッドの横にスツールを置いてよじ登って、赤ちゃんの首に独楽《こま》を押し付けていた。私が行ったときには赤ちゃんは死にかけていた。ココナッツくらいの小さな顔についた目を中国人みたいに吊り上がらせて……。私は初めてアントニを叩いた。そしたら三時間たってもまだ泣いていた。赤ちゃんも。二人とも鼻水だらけで、見るもあわれ。アントニったら、ビンの蓋《ふた》みたいにちっぽけなくせに、私がたたいているあいだ、ありったけの怒りを込めて私の足をしきりに蹴っ飛ばす。最後は尻もちをついてしまった。私はそのときの坊やほど怒り狂った人間を見たことがなかった。シンテットや、マテウがグリゼルダと娘を連れてやって来て、リタはすごく可愛《かわい》い、なんて誰かが言おうものなら、アントニは一直線にベビーベッドに飛んで行って、なんとかよじ登ると、リタを叩いたり、髪を引っ張ったりする。鳩のお嬢さんに足りなかったのはこれだけね、ってグリゼルダは、可愛いけど笑うことを知らない娘を膝にのせて言った。彼女がどんな人かを説明するのは難しい。色が白い、頰の上にそばかすがちょっと。目は落ち着いたミント色。細いウエスト。体中が絹。夏になるとサクランボ色のドレスを着る。お人形さんみたい。無口。マテウは彼女をじーっと見つめて、とろけそう…僕たち結婚して何年にもなるのに、ちっともそんな風じゃないね、って。するとキメットは言う――スミレ。なんてスミレだ見てみろよ…クルメタはスミレだ。ていうのも、女の子を産んでから、産む前もそうだったんだけど、目の下に青い隈ができたから。

アントニのリタへのやきもちを紛らわすために、キメットはニッケルをたっぷりつかってあって、引き金を引くとカチャ、カチャって音がする拳銃と木の警棒を買ってやった。キメットはアントニに、おばあちゃんを驚かすんだ、おばあちゃんが来たら、警棒でたたいて撃つんだぞ、って。なぜならキメットは、自分の母親がアントニに、酔うからバイクに乗りたくないって言えって教えたことにすごく腹を立てていたから。

かあさんはアントニを女の子みたいにしようとしている、昔っからそうなんだ、このままじゃひどいことになるぞ、って。坊やはキメットが足を痛がるのを見て、足が悪い真似《まね》をすることを覚えた。しばらく足のことは大丈夫な時期があったんだけど、私がリタを産んだ頃からぶり返した——昨日の夜は焼けるように熱かった、俺がうなっているのが聞こえなかったか？　すると坊やがそっくり真似をする。坊やはものを食べたくないときに決まって足が痛いって言う。スープ皿は放り投げるし、まだ少しは食べてくれるレバーの肉団子を出すのが少し遅れると、アントニは上座に座った裁判官みたいにしゃっちょこばってフォークでテーブルをたたく。それだって食べる気がないときは遠くに放り投げる。アンリケタおばさんやキメットのお母さんが遊びに来てくれたときには、前に仁王立ちになって拳銃で殺してしまう。ある日、アンリケタおばさんが死んだ振りをしてくれたときなんて、大はしゃぎで、何度も何度もおばさんを殺し続けているので、最後には私たちが話ができるように、アントニを物干し場に閉じ込めなければならなかった。

16

そしてあの事件が起こった。キメットはときどき、ちょっと苦しいと言うようになった。苦しいといっても足じゃない、と言う。食事のあとちょっとすると苦しくなるのだ。足ではなく。食欲はすごくあるのに。テーブルで食べているときは全然なんでもないけれど、食べ終わって十分もすると苦しがりだす。工房の仕事が少し減っていたので、仕事が減ったことを苦にして、困ったと言う代わりに苦しいと言っているのかと思った。ところがある朝、私がベッドのシーツを外していると、キメットが寝ていたあたりで短いリボンみたいなものを見つけた。縁が波打った、内臓みたいなものだ。私はそれを白い便箋に包んで、キメットが帰ってきたときに見せた。そしたら、薬局へ持って行って見せると言う。これが腸の一部だったらお終いだ、って。午後になって、辛抱し切れなくなったんで私は息子と娘を連れて工房へ行った。キメットは怒って、こんなところで何をしているんだ、って言うから、通りかかったから寄ったの、って言ったらわかってくれて、徒弟の子に子どもたちのためのチョコレートを買いに行かせた。徒弟の子がガラス戸を閉めるやいなや、あいつには聞かせたくない、あいつが知ったら、五分後には道の石ころにまで広まってるからな。薬局でなんて言われたの、って聞いたら、見たこともないほどでかい回虫がいるって言われた、ですって。で、虫下しをもらったそうだ。徒弟の子がチョコレートを買って帰ってきたらすぐに帰れ、夜また話そう、と言われた。徒弟の子が戻って来たんでキメットはアントニにチョコレートをあげた。リタには舐められるように少しだけ。私たちはこうして家に帰った。夜帰って来ると、いそいで夕食を持ってこい、いっぱい食べなきゃだめだ、俺が回虫に食われちまわないように、って薬局で言われた、と言う。食べ終わると、我慢できないぐらい苦しがる。今度の日曜日に虫下しをかけよう、大事なのは回虫全体を出すことだ、頭から尻尾まで全部出ないと、また再生して今度は四〇センチぐらい長くなるらしい、と言った。回虫の長さってどれぐらいなの、って聞いたら、歳や種類によってまちまちらしいけど、たいていは首だけでも二メートルぐらいあるらしい、って答えてくれた。

シンテットとマテウが、どうやって虫下しをするのか見物に来たけれど、キメットは一人でやらなきゃならないんだ、って追い返した。二時間ぐらいたったころ、キメットは廊下を、自分がどこにいるのかわかっていないように、ふらふら歩き回っていた。船の上にいる方がましなくらいだって言って。虫下しを吐いてしまったら負けだ、回虫のやつは虫下しを吐かせようと俺に戦いを仕掛けてるんだ、っていうようなことをぶつぶつ言っている。子どもたちが天使みたいに寝ちゃって、私も眠くて目がくっつきそうになって隅っこでぼんやりしていたら、回虫が出た。こんなのは見たことがなかった。卵が入ってないスープ用パスタみたいな色をしている。それをアルコールと一緒にジャムの空き瓶に入れた。シンテットとキメットは回虫にとぐろを巻かせて首が一番前に来るように入れなおした。それは七〇号の糸みたいに細くて、一番上に待ち針の頭かそれより小さな頭がついている。私たちはそれを棚の上に置いて、一週間以上、回虫のことを話題にしていた。キメットはこれで俺たちはおあいこだ、お前は子どもを産んだし、俺は十五メートルもある回虫を産んだんだからな、って言った。ある午後、雑貨屋のおかみさんが回虫を見に上がって来て、自分のおじいさんも回虫がいて、夜になっていびきをかくと、息が苦しくなって咳をしていた、ていうのは、回虫が口の中に頭を出してきていたからだ、って言った。それから私たちは鳩を見に屋上に上がった。おばさんは大喜びで、満足して帰って行った。家に戻ってドアを開けるとリタの大きな鳴き声が聞こえた。急いで行ってみたら、ベビーベッドの中で気が狂ったみたいに腕を振り回して、絶望的な顔で泣いていた。体中に回虫を巻きつけて。回虫をとってあげて、アントニを捕まえてお仕置きしようとした。アントニは笑いながら、ちぎれた回虫を紙テープみたいに引きずって、私の鼻先を走り回る。

キメットの怒り方ったらなかった。坊やをたたこうとしたけれど、私は許してやって、もっと高いところに回虫の瓶を置かなかった私たちも悪いんだから、ってなだめた。独楽をリタの首に押し付けた日に、スツールさえあればたいていのところには手が届くってわかってたんだから。シンテットはキメットに、油断するなよ、またすぐにお前の腹の中で育った回虫をもう一匹瓶に入れることになるかもしれないんだからな、って言った。でも、そうはならなかった。

17

キメットの仕事はうまく行っていなかった。キメットは、今は仕事運に背を向けられているけど、最後はなにもかもうまく行く。みんな動転していて家具を修繕に出したり新調したりする余裕がないだけだ、って。金持ち連中は共和国に腹を立ててるのさ。そして私の子どもたち……。母親がいつも親馬鹿になるのはわかっているけれど、二人は二輪のお花のよう。一等賞を取れるような子たちじゃないけれど、私にとっては二輪のお花。小さなお目々、小さなお目々でじっと見つめるときのあの小さなお目々……。どうしてキメットはあんなにしょっちゅう坊やを怒鳴りつける勇気があるのか私にはわからない。私も坊やを怒ることはあったけど、それはすごく悪いことをしたときだけ。そうじゃなければ私はなんでもたいてい大目に見た。家は前とは変わってしまった。結婚したときのようではなくなった。いつもとはいわないけど、蚤《のみ》の市《いち》みたいになることもあった。鳩小屋を作っていた頃は言うまでもない。あれは狂気の沙汰だった。おがくずや、鑿《のみ》の削りくず、曲がった釘が散乱して……。仕事運は背を向けたまま、あれやこれやで私たちはお腹を空かせていた。でもキメットはあまり帰ってこない。ていうのもシンテットと何かやっかいなことをやっているみたい。私もじっとしてはいられないということである日、午前中だけでも働けるように仕事を探すことにした。子どもたちはダイニングに閉じ込めておいて、上の子によく言い聞かせておく。坊やは大人と話すみたいに話してあげると言うことを聞く。午前中なんてすぐに過ぎる。

私は息抜きをするためにアンリケタおばさんに会いに行く。私はその家に一人で行った。震えながら。アンリケタおばさんの家じゃない。おばさんが紹介してくれた、午前中働くお手伝いを探しているっていうお屋敷だ。私は呼び鈴を鳴らした。待った。もう一度呼び鈴を鳴らす。また待つ。空き家の呼び鈴を鳴らしているんじゃないかって思い始めたとき、声がした。ちょうどトラックが通って大きな音がしたんで、何て言っているのか聞こえなかった。私は待った。鉄の格子は高くてすりガラスが張ってある。泡の模様があるすりガラスにテープで紙が貼ってあるのに気が付いた。「庭側の入り口の呼び鈴を鳴らしてください。」もう一度呼び鈴を鳴らしたら、また声がした。その声は格子の横の窓からしていた。バルコニーの下にあって、地面まで届く窓だ。そこにも格子があるけど、その後ろにさらに鶏小屋みたいな網が張ってある。もちろん鶏小屋より上等な網だけど。その声は、「角を曲がって裏へいらっしゃい!」と言った。

とりあえず私はちょっとじっと考え込んでいた。それからガラスの泡模様で文字が変形して見える格子戸の張り紙を見た。やっとどういうことか少しわかったので、私は曲がり角からのぞいてみた。お屋敷は角に建っていて、五十メートルぐらい先に庭の扉が半ば開いているのが見えた。そこに上っ張りを着た男の人が立っていて、私に手招きをしている。その上っ張りの人は背が高くて、真っ黒な目をしていた。いい人みたいに思えた。あなたが午前中お手伝いの仕事を探している人か、って聞かれた。私は、はい、って答えた。庭に入るには、角がちょっと丸く擦《す》り減った煉瓦《れんが》の階段を四段降りなければならなかった。階段の上はジャスミンでびっしりと覆われている。あの、小さな星みたいな花をつける、日が暮れるとむせかえるような香りを漂わせるジャスミンだ。庭の左手の一番奥の壁には滝が作られていて、庭のまんなかには噴水があった。上っ張りの男の人とお屋敷の方へ登って行った。建物は後ろ寄りが二階建てで、前寄りが地下と一階になっている。その細長い庭には、蜜柑《みかん》の木が二本とアンズの木とレモンの木が一本ずつあった。レモンの木は幹と葉っぱの裏がみな、病気のようだった。クモの巣が丸まったようなものがついていて中には虫がいた。そのレモンの木の前には桜の木、滝の横には背が高くて葉っぱがあまりついていないミモザの木があった。桜もレモンの木と同じ病気だった。こういうことには、もちろん、もっとあとになって気がついた。一階に入る前にポートランド・セメントでできた中庭を通った。真ん中に雨水を流す穴が開いていた。セメントにはたくさんヒビが入っていて、そこに土と砂がまざった小さな団子がある。そこからたくさんの蟻《あり》が兵隊さんみたいに出てきていた。小さなお団子を作ったのはその蟻たちなのだ。中庭の、隣の家寄りの壁にはツバキの鉢が四つあったけど、これも少し病気だった。反対側には、二階に上がる階段があった。その階段の下には洗濯場と、滑車がついた井戸がある。中庭を横切ると屋根付きのサンルームがあって、そのサンルームの屋根が、建物の後ろ側の一階部分の屋根なしサンルームの床になっている。一階のサンルームにはバルコニーが二つあって、片方からはダイニングに入れて、もう片方からは台所に入れるようになっていた。うまく説明できたかどうかわからないけど。後でこの家のお婿《むこ》さんで、家を取り仕切っている人だって判明したその上っ張りの男の人と私はダイニングに入った。私は壁際の椅子に座らされた。私の頭の上の天井際には、ダイニングまでぐるりと回された窓がある。ところがこの窓は、私が入ってきた庭の扉がある通りと同じ高さにある。私が椅子に座るとすぐに白髪のご婦人がダイニングに入ってきた。上っ張りの男の人のお姑《しゅうとめ》さんだ。ご婦人は私の前に座った。でも間にはテーブルがある。その上に花が活けられた花瓶があって、白髪のご婦人の顔をちょっとさえぎっていた。上っ張りの男の人は立ったままだ。すると、クレトン更紗《さらさ》のクッションが載った籐《とう》の椅子の下から痩せて黄色っぽい顔色の男の子が出てきてご婦人の横に行った。ご婦人はこの子のおばあさんなんだ。男の子は私たちのことを一人ずつじっとみつめて行く。仕事の条件については上っ張りの男の人と話した。私たちは四人家族だ、私の義理の両親と、私と妻——義理の両親の娘だ、と彼は言った。つまり彼ら夫婦はお舅《しゅうと》さんたち——娘さんのご両親と住んでいることになる。上っ張りの男の人は話しながら喉《のど》ぼとけを触る。彼は続けた——なかには家政婦は五日のうち一日だけでいい、っていう雇い方をするところもある。そういう家は、安定した収入を得たい人にとっては最悪の家だ。なぜなら働く方からすれば、いつなんどきどうなるかわからないからだ。約束の賃金は時給三ラル(8)だったが、うちでは一年じゅう仕事が保証されているし、支払いもきちんと遅れることはない。自分が稼いだ金の支払いを何度も請求する必要もない。なんなら日給にして毎日仕事終わりに払ってもいい。ということで、一日四時間分十二ラルではなく十ラルということにしたい。というのも、あなたは自分の仕事を私たちに売っているわけで、うちの仕事はいわば小売ではなくて卸売だ。卸売で値引きがあるのは当たり前だってことは知っているだろう。

私は金払いがいいことで有名なんだ。世界一金払いがいい人よりも金払いがいい。月末がきたらもう翌月分の前借りをしているような連中とは違うんだ、って。私はちょっと何が何だかわからなくなって、十ラルで折り合ってしまった。するとそれまでずっと黙っていたご婦人が、まずあなたに家の中を見せてあげましょう、って言った。

18

台所はダイニングの横だ。同じくサンルームに通じていて、コンロの上には古い台所

（8）ラル――古い貨幣単位。一ラルは二十五セントに相当。

の釣り鐘型の煙突があった。今はガスで料理をするので、この煙突は使っていないのだけど、見ると煤《すす》だらけで、雨が降りそうなときなんかには煤の塊がコンロの上に落ちてくる。ダイニングの奥には廊下につながるガラスのドアがあって、その廊下にはとっても背が高くて幅が広い古い飾り棚があった。家の中がシーンとしているときには、キクイムシたちのセレナーデが聞こえる。この棚はキクイムシたちの食堂なんだ。ときには朝一番から聞こえるので、奥様に言ったら、

「さっさと全部食べてしまえばいいのよ！」ですって。

私たちは棚のある廊下を通って、居室と控えの間に入った。そこはモダンに改装してあって、間にあったガラスのドアをとっぱらって枠のアーチだけが残してあった。そこにはしみだらけの鏡がついた黒マホガニーの簞笥があった。ダイニングのと同じように天井まで届いている窓の下には――その窓から、私に角を曲がって庭の方に回るようにという奥様の大声がしたのだけれど――これもしみだらけの鏡つきの化粧台とその横にニッケルの蛇口がついた新しい洗面台があった。控えの間の壁一面に天井まで達する、本でいっぱいの書棚があって、奥の方には、下が木製の書棚で上がガラス戸のついた棚になっている家具があった。ガラス戸の一枚には星形にヒビが入っていた。奥様が言うには、お嬢さん、つまり黄色っぽい顔をしてどこへ行ってもついてくる男の子のお母さ

んが割ったらしい。東方の三博士がプレゼントに男の子に持ってきた空気銃(9)で撃ったんだそうだ。ゴムの弾が出る空気銃で。相当お転婆に違いないそのお嬢さんは、テーブルの上にコードでぶら下がっている電球を狙ったんだけど、外れて電球じゃなくて本棚のガラスを割ってしまったようだ。

「ごらんの通りよ」と奥様が言った。

控えの間の真ん中にはテーブルがあって、アイロンの焦がし跡があるクロスがかかっていた。そこで白髪の奥様のご主人が夜、読書をするのだ(この人は家族で唯一働いている人で、私は奉公しているあいだ、ほとんど会ったことがなかった)。そのテーブルはアイロン台だったんだけど。洗面台わきの壁と、窓際の壁は湿気のせいでカビだらけ。というのも、そこは地下だったので雨水が浸みてきて壁を伝って降りてくるのだ。この部屋の脇、キクイムシのいる棚のある廊下の奥にある小さなドアを奥様は開けた。浴室だ。ここでは浴槽のことを「ネロの浴槽」と言っていた。浴槽は四角くて、とても古いバレンシア・タイルでできていた。繋《つな》ぎ目がずれていて、たくさん

(9) スペインやカタルーニャでは、伝統的には、子どもがプレゼントをもらうのはクリスマスではなく、一月六日の「東方の三博士の祭日」で、持ってきてくれるのもこの三博士である。

のタイルにヒビが入っていた。奥様は、浴槽を使うのは真夏だけで、それもシャワーを浴びるだけだ、なぜなら浴槽をいっぱいにするには海を空っぽにしてもたりないぐらい水がいるからだ、と言った。浴槽の上がほんのりと明るいのは、ガラスが入った小窓から光が入っているからだ。小窓は、一階の入り口、貼り紙がテープで留めてある格子扉があるところに面している。この小窓は浴室に空気を通すためにときどき開けて竹の棒で支える。

私が大人がお風呂に入っているときに男の子が小窓を開けてのぞいたらどうするんですかって聞いたら、奥様に、お黙りなさい、って言われた。天井や、バレンシア・タイルの上のタイルを張ってない壁も居室や控えの間と同じようにカビでいっぱいだった。近づくとそれがガラスみたいに光って見える。最悪なのはね、と奥様は言った。この浴槽が水を抜くのにすごく時間がかかることなの。なぜなら、下水溝は浴槽よりも少し高いところにあるからで、下水溝がうまく吸い込んでくれなくて、ヒシャクやモップで水をかいださなきゃならないこともあるのよ、って。それから私たちは細かい粒のある石でできた階段で一階へ上がった。といってもそこは二階でもあって、階段の途中にある通りに面した窓からは庭の入り口の扉が見えた。みんなが二階にいるときに誰かが庭の扉の呼び鈴を鳴らすとそこから、表へ回って格子にテープで貼り紙を留めてある入り口から入るように叫ぶのだった。それと、階段の途中からはキクイムシの棚の上の部分が見えて、そこが木の粉でいっぱいになっているのがわかった。私たちは玄関へ行った。後ろに男の子を従えて。そこには一面に浮彫のある黒っぽい木の箱と傘の形をした傘立てがあった。傘立ては骨が上を向く形をしていて、古い服や帽子がいっぱい掛かっていた。キメットがこの箱を見たら、一目で惚れ込んでしまうだろう。奥様にそう言うと、奥様は蓋《ふた》の浮彫を指でなぞりながら、何を表しているかわかる？ って聞いた。

「いいえ、わかりません」

蓋の真ん中には男の子と女の子が描かれている。頭の部分だけ。鼻がすごく大きくて黒人みたいな唇をしている。二人は見つめ合っている。奥様は、永遠の問題を表しているの、と言ってから付け加えた。愛よ。そしたら私たちの後ろについて来ていた男の子が笑った。

私たちは通りに張り出したバルコニーのある部屋に入った。奥様が私に、庭側の扉の呼び鈴を鳴らしなさい、って言ったあの窓の真上になる。そこも居室と控えの間で、やはりモダンに改装されていた。黒いピアノと、バラ色のビロード張りの小ぶりの安楽椅子が二脚あった。それからすごく変な脚の家具。馬の脚みたいに長いのだ。ファウヌスの脚(10)だそうだ。引き出しの部分に貝の象嵌《ぞうがん》がある櫃《ひつ》に、出入りの家具職人に脚をつけさせたらしい。控えの間のベッドは古くて、金色の金属製で、足元は両側に一本ずつ柱がついているだけだった。ベッドの頭の上には小さな祭壇があって、中に赤と金色のローブをまとって、両手を縛られているしかめっ面の木彫りのイエス様がいた。奥様は、この部屋は元々若夫婦の部屋だったんだけど、今は自分と夫、つまり老夫婦が寝ている。というのは若奥さんが外を通るたくさんの自動車の音でなかなか眠れないからだ。娘さん夫婦は庭に面していて静かな裏の部屋で寝ているのだ、と言った。イエス様がいるベッドの横に小さなドアがあって、窓のない小部屋に通じていた。そこには青い蚊帳《かや》がつってあるベッドがあった。それで部屋はいっぱいだった。私たちについて来る男の子の部屋だ。私たちは居間に行った。すぐに上から下まで金色に塗った箱が目に入った。金色と青に塗り分けられていて下の部分にはぐるりといろんな色の紋章がめぐらせてある。開けっ放しの蓋には、手に白いユリを持って体をぐっと傾けた聖女アウラリア(11)が描かれている。そばの禿山《はげやま》では尻尾を丸めた竜が口をカッと開いて炎のような三本の舌を見せている。お嫁入り道具の櫃よ、ゴシック様式のね、と奥様が言った。箱の前のバルコニーはダイニングの天井まである窓の真上にある。子どもの寝室から出て右手には、もう一つバルコニーがあって、上の、吹きさらしのサンルームに面している。元は老夫婦の寝室だった、若夫婦の寝室は見せてもらえなかった。若奥さんが休んでいたから。奥様と男の子が抜き足差し足で歩き始めたので、私も同じようにした。私たちは洗い場と井戸の上の階段を使って一階の(実際には二階なんだけど)吹きさらしのサンルームに出たあと、男の子が大好きなボウリングのピンでいつも散らかっているポートランド・セメントの中庭に下りた。奥様は、お嬢さんは病気で休んでいなければならないんだと説明してくれた。奥様によれば、お嬢さんは、ツバキの鉢の場所を変えようとしたんで病気になったんだそうだ。場所を変えた翌日に出血したんだって。お医者さんは、片方腎臓を取り出して見ないかぎり、お嬢さんの病名は絶対にわからない、って言ったらしい。しかも、そのお医者はかかりつけのお医者が休暇中だったので代わりに来たお医者だった。お医者者はそれを入り口の大理石の階段の上、ちょうどバレンシア・タイルの浴槽の上の明かり取り窓の横で、立ったまま言ったんだそうだ。帰り際に奥様はどうやったら庭側の扉を外から開けられるか教えてくれた。扉の下半分には鉄板が張ってあって、上半分は鉄棒の柵になっている。でも、子どもたちがいろんな汚いもの——死んだウサギ

(10) ローマ神話のヤギの角と脚を持つ半人半獣神。
(11) バルセロナ生まれの殉教者。バルセロナ市の守護聖女。

まで――庭に投げ込むんで、お婿《むこ》さん、つまり上っ張りの男の人が柵の内側を板で塞いでしまっていた。柵の鉄棒と錠前は通り側にあって、庭側の錠には穴が開いているだけだ。この扉は、鍵がかかっていないときには――夜しか鍵をかけないんだけど――通り側からは錠前を引っ張って、できた隙間から手をつっこみ、壁の鉤《かぎ》にひっかけてある鎖の輪っかを外して開ける。とっても簡単なんだけど、知らないと開けられない。なんでこんなに詳しくこのお屋敷のことを話すかっていうと、いまだにジグソーパズルみたいに目の前に浮かぶからだ。どこから聞こえてくるかわからない、あの人たちの私を呼ぶ声と一緒に。

19

キメットはおまえが働きに出たいというなら好きにしろ、それはおまえの問題だ、自分は鳩の飼育計画を先に進めるから、って言った。鳩を売れば私たちはお金持ちになれると考えているらしい。私はこれからお屋敷で受けることになっている面接について話しにアンリケタおばさんの家に行った。

途中の通りはいつもと同じ通りなのにいつもより狭いように感じた。坊やはすぐに椅子によじ登って絵のエビたちを見た。アンリケタおばさんは、子どもたちの面倒はみてあげる、スマート劇場の角へ連れて行って、横の小さな椅子に座らせておくよ、って言ってくれた。アントニは上がっていた椅子から降りて、家でお留守番したいと言った。話していることは全部わかっていたんだ。私はアンリケタおばさんに、坊やの方は、自分が納得がいくときは言うことをきくから座っていられるだろうけど、可哀そうなリタは午前中ずっと通りで過ごすにはまだ小さすぎる、って言った。しゃべっている声を聞きながら、リタは私の膝で眠ってしまった。坊やはまた椅子によじ登ってエビの絵にしがみついている。小雨が降っていた。どういうわけだか、それまでアンリケタおばさんに会いに行くときには偶然、一度も雨が降ったことがなかった。雨の粒が洗濯物干しの針金を伝って走って行く。いくつかは、一番大きくなったものから、伸びて涙みたいな形になって、ぽとりと落ちた。

半地下のお屋敷で働き始めた日、冗談みたいなことが！

食器を洗っていると途中で水が出なくなったのだ。奥様に呼ばれた上っ張りの男の人は、台所に来るととてもお行儀のよい様子で蛇口をひねるけれど水は一滴も出ない。男の人は、どうなっているのか屋上に見に行ってくる、貯水槽は、いつでも最小限の水が出るように管理しなきゃならない[12]から蓋を半分開けてあるんで、ときどき落ち葉が入って水の出口を塞いでしまうんだ、と言った。奥様は、待っているあいだにダイニングのほこりをはらうようにと私に言いつけた。ちょうど私はうちのダイニングに閉じ込めてきた子どもたちのことを考えていた。そうしたのは、キメットも、アンリケタおばさんに子どもたちを見張らせるのは無理だ、うっかりしているときにアントニが逃げ出して通りに飛び出して轢《ひ》かれちゃうぞ、って言っていたからだ。私は雑巾でほこりを拭きとっていた。奥様ははたきはほこりを舞いあがらせるだけで、背中を向けたとたんに元の場所に落ちてくるんだ、って言っていたから。そのときお嬢様が降りてきて私に挨拶した。見たところとても元気そうだった。奥様は私に、井戸の水をバケツで汲《く》んで、天井まである窓を拭くように言いつけた。窓は通りと同じ高さにあるので、ひっきりなしに通る荷馬車や自動車のせいでいつもほこりだらけ。おまけに雨が降れば泥だらけ。雨の後に拭いていると、あちこちから飛んでくる泥をよけるのに私はいつもダンスを踊っているみたいになる。屋上から上っ張りの男の人が降りてきて、玄関に通じる粒々のある石の階段の踊り場から、最小限の水が来ていない、水槽の出口がつまっているんじゃなくって、通りの水道管から水が上がってきていないんだ、何か詰まっているに違いない、って言った。そしたら奥様は私に、それならお皿を洗い終えるのに、バケツであと何杯か井戸から水を汲み上げなきゃならない、と言った。でも実は奥様は井戸の水のことをとても怖がっていた。いつだかわからないけれど昔、井戸に人が放り込まれて溺れ死んだと思っているからだ。ところが、水道局の人が来てくれるのには二、三日はかかりそうで、そのあいだ、お皿を汚いままにしておくことはできないのだから仕方がない。

あと何杯か汲み上げた水で私はお皿を洗い終わった。奥様が私が洗ったお皿を拭いていく。お嬢さんは消えてしまっていた。次に私はベッド・メイクをしに行った。私は洗濯場の上の階段を通って上の階へ行こうとした。男の子が噴水のすぐそばで遊んでいた。誰も見ていないと思ったんだろう、噴水の中に砂を一つかみ投げ入れた。そこで私が見ていることに気付いた。男の子は白目をむいてまるで岩のように固まってしまった。私が前寄りの寝室――最初の日に私に、庭側の呼び鈴を鳴らしなさい、っていう声がかけられた窓の上にせり出したバルコニーのある部屋――のベッドを作っていると、浴室の方から、入り口横の明かり取り窓越しに奥様の声がした。ガス栓のボックスを開けると、端を折ったカードがあるから、それを「庭側の呼び鈴を鳴らしてください」っていう貼り紙の前に挟んでおきなさい、修理に来てくれた水道局の人がそんなに遠回りをさせら

（12）水道料金節約のため、常に最小限の水しか溜まらないようにしていると思われる。

れたら怒ってしまうかもしれないから、カードは折り目で落ちないように支えられる、なぜなら貼り紙をいちいちはがしたり貼ったりしなくていいように、そういう風に作ってあるから、って言われた。私は何も書いてないカードをガラスと貼り紙の間に差し入れた。折り目のおかげでしっかりと留まる。言ったことがちゃんと伝わったかどうかを見に奥様が上がってきた。奥様は、鉄格子のガラスは留め金で留まっていて、開けることができる、開ければ簡単に掃除できるんだけど、ときどきほこりで留め金が固くなっていることがあって、そのときは金槌でたたいて上げなければならないんだ、って教えてくれた。鉄格子のガラスが開けられるのはとても実用的で、さもなければ鉄棒の横から指をつっこんできれいにしなければならなくて大仕事だろう、とも言っていた。お屋敷出入りの鍛冶屋さんはサン・ジャルバジ地区の人なんだけれども、この鉄格子はサンツ地区の鍛冶屋さんに作らせたんだそうだ。ところが、お婿さん、つまり上っ張りの男の人は、自分は建築家で、今建てている何軒かの家のために五十の鉄格子が要る、この鉄格子はその見本だと言って、サンツの鍛冶屋さんをまんまとだました。顔見知りで、お婿さんが家賃なんかで暮らしているのを知っているサン・ジャルバジの鍛冶屋さんが相手だったらそうはいかなかっただろう。その見本の鉄格子はほとんどただで手に入って、サンツの鍛冶屋さんはいまだに大口注文を待ち続けている、なんて話までしてくれた。上っ張りの男の人が戻って来たのは聞こえなかった。庭の方から入ったのだろう。午後一時には、私は給金をもらって、走って家に帰った。グラン通りを渡るとき、私はもう少しで市電に轢かれそうになったけど、どっかの天使が助けてくれた。子どもたちは何も悪さはしていなかった。リタは床で寝ていた。坊やの方は私の姿を見るやいなやべそをかき始めた。

20

翌朝、十時に水道局の人が来たので、私は扉を開けに行った。上っ張りの若旦那も上がって来て、すごく悲しそうな顔で、昨日から水が出ないんだ、おかげで子どもを風呂に入れることもできなくて、昨晩はとても大変だった、って訴えている。

太って口髭のある水道局の人は、通りの上げ蓋の中の蛇口を開きながら顔を上げて、ニッと笑った。二人は、水槽に最小限の水が入っているか見に、屋上へ行った。降りてくると、若旦那は、水道局の人にチップをあげ、水道局の人は蓋を閉めて帰って行った。私は粒々のある石の階段で浴室に降りて行った。庭の階段を使って降りてきていた若旦那は、空っぽの一リットル瓶を持ってくるように私に言いつけた。そして最小限の水を測りに一緒に屋上について来るように言われた。水道局の人の測り方がいい加減だ、水道局の人は善人そうだったけれども、最低水位の倍の水が溜まるようにして行ってしまった、と言う。私たちは屋上に上がった。私が瓶を持って、若旦那は時計を見ている。そのとき隣のご夫人が屋上から若旦那に挨拶した。その人は借家人で若旦那と話を始めた。隣の家はこのお屋敷ほど立派な作りではないけれど、やはりこの人たちのものなのだ。瓶が一杯になったところで私は大声を上げた。若旦那は上っ張りを後ろになびかせて急いで戻って来た。そして、こんなに水量が多かったことは今までにない、これまでは瓶を一杯にするのに六分かかったのに、今は三分半しかかかっていない。夜寝る前に、鉄格子のインチキについての話をキメットにしてあげた。そしたら、金持ちであればあるほど変な奴は多いのさ、って言った。

二日もすると、私は呼び鈴も鳴らさずにお屋敷に入るようになった。扉を引っ張って鎖を外すだけだ。入ると奥様と若旦那がバルコニーの下の籐椅子に座っていた。若旦那の片目が赤く腫れているのがすぐにわかった。私は台所へ皿を洗いに行った。前の日の汚れた皿が全部そのままになっている。すると奥様にちょっとつき合って欲しい、と言われた。

すごく気分を害することがあったんだそうだ。私に、若旦那の目を見たか、と聞くので、私はすぐに気が付いた、と答えた。奥様が言うには、ある人に小さな小屋を貸していて、その人はそこでおもちゃの馬を作っている。若旦那は、その馬の売れ行きがよくて借家人の暮らし向きがいいことを知って、家賃を上げようとしたらしい。昼食どきに、その作業場へ行ってみたら、借家人が食卓に座っていた。作業場で家族みんなが食事をしたり寝たりしているのだ。テーブルとベッドが片隅にあった。若旦那が値上げした家賃の請求書を渡すと、その人はそんなことはあり得ない、と言う。二人の間で押し問答があって、ついには借家人がひどく怒りだして、皿にあった羊の骨をつかんで若旦那に投げつけた。運の悪いことに骨は目に命中してしまった。あなたが入って来たときには弁護士のところに行こうかって話していたのよ、って奥様は言った。そのとき呼び鈴が鳴った。まだ顔も洗っていないから、開けに行ってちょうだい、と言われた。どの呼び鈴でしょうか、まだ聞き分けることができないので、と私は言った。奥様は、今聞こえたのは庭の呼び鈴よ、サンルームで鳴ったから、正面のなら、玄関の階段の上で鳴るはずだから、と言った。もし新聞広告を見て来た人だったら、子どものいない人にしか家は貸さないこと、家には屋上スペースが三つある、ってことを言ってちょうだい、と言われた。もしそれでいいようなら、私を呼んで、入ってもらって、若旦那がもっと詳しく条件を話すから。勢いよくドアを開けちゃだめよ、あなたも知っているように外に開くようになっているから、怪我をさせてしまうかもしれないから、とも言い含められた。

　ドアを開けると、とても身なりが良く清潔な、かなり年配のご夫婦だった。車を正面玄関前に停めて、散々呼び鈴を鳴らしたんだけど鳴らない、偶然貼り紙を見つけて庭の方のを鳴らしたんだ、と言われた。

「家を貸したいという広告を見て来たんだがね」

　ご主人が私に、とてもきれいに切り取った広告をくれて、読むようにと言った。読もうとしたんだけど、何が書いてあるのか全然わからなかった。なぜなら、一文字あってピリオド、また一文字あってピリオド、二文字あってピリオド、その後に住所。さらにいくつか文字があって、ピリオドもいくつかあったけれど、どれも単語にはなっていない。何にもわからないまま紙切れを返し、家主は子どもがいないことが条件だと言っている、と伝えた。するとご主人は、家は自分たちの息子のためで、息子には三人子どもがいる、ごく自然なことだろ、家を借りたいのはまさに子どもがいるからだ、と言ってから、半ば腹を立てて、半ば冗談めかして、私の息子は子どもたちをどうすればいいのかね、ヘロデ王でも呼んで殺させるか？　と付け加えた。

　そして挨拶もせずに行ってしまった。奥様は噴水のそばで私を待っていた。噴水の真ん中には、座った子どもの石像がある。色の褪せた緑と青の麦藁帽をかぶって、手には マーガレットの花束を持っている。その中心から水が噴き出している。若旦那はサンルームで、首にタオルをかけて、立って歯を磨きながら私たちのことを見ている。ていうのも洗面所のコルクのパッキングが擦り減ってしまって水がどんどん漏れるので、紐でしばって止めてあるからだ。だから台所で洗面をしている。私は奥様に、ご夫婦でしたが、子どもがいてはいけないということがまったく気に入らないようでした、と言った。上の呼び鈴をいくら鳴らしても鳴らないんでうんざりしてた、って言うと、奥様は、貼り紙を見てもしつこく呼び鈴を鳴らし続ける困った人がときどきいるんで電気を切ってある、いくらでも鳴らせばいいんだ、って答えた。若旦那の洗面が終わるのを待っているあいだ、私たちは噴水にいる金魚を見ていた。バルタザールっていう名前だ。東方の三博士が男の子に持ってきてくれたものなので、三博士の一人の名前をつけたのだ。なぜ借家に子どもはだめなんですか? って聞いたら、子どもは何もかもめちゃくちゃにしてしまうから若旦那が嫌がるんだ、って言った。私たちは中に入ることにした。ポートランド・セメントの中庭に足を踏み入れたとたん、庭の呼び鈴だ! 広告を見て来たんだ。私は走って開けに行った。若い男の人だった。彼が最初に言ったのは、この家はムカデみたいだ、広告の住所に来たけど三時間も離れたところに行かされる、っていう文句だった。

お屋敷のご主人たちの借家にはいつも空きがあって、来た人に何度も同じ話をしなければならなかった。あんまりたくさんの条件をつけるので、三か月も四か月も空き家になっていることもあった。

私は子どもたちをアンリケタおばさんに預けることにした。もうこんなことを続けるわけにはいかなかったから。アンリケタおばさんは喜んで引き受けてくれた。リタは腰を椅子にマフラーで縛り付けておくことにした。おばさんは、働き始めた最初の日から預ければよかったんだ、って言ってくれた。私はおばさんに、ピーナッツはあげないでほしい、お腹にもたれてお昼ご飯が食べられなくなるから、ってお願いし、子どもたちにもピーナッツを欲しがっちゃだめよ、と言い聞かせた。でも預けるのは長続きしなかった。坊やがすっかりしょげてしまって、家にいたいと言い張った。通りにいるのは嫌だって。家にいたい、家にいたいの！って言って聞かない。結局、私は子どもたちを家に置いておくことにした。実際、前にそうしていたあいだになにも起こらなかったんだから。

ある日、帰ってみると、大きな羽根の音がした。アントニは太陽の明かりを背にして屋内物干し場に立っている。リタの肩に手をかけて。二人とも妙におとなしかった。でも私は、帰ると大急ぎでみんなのお昼ご飯を作らなきゃならなかったので、あまり気にしなかった。子どもたちはその頃、よく鳩の餌の豆で遊んでいた。それぞれが豆が一杯に入った箱を持っていて、それで床に絵を描く。道とか花とか星とか。

その頃私たちはもう、十つがいの鳩をかっていた。ある日のお昼ごろ、キメットが私が働いているお屋敷の近くのお客さんに会いに来たついでに、私を迎えに来てくれた。私は彼を奥様に紹介した。私はキメットと一緒にお屋敷を出て、途中で奥様に頼まれた買い物リストを食料品店のご主人に渡した。店から出ると、通りで待っていたキメットが私に、お前、気付かなかったのか、こんないい豆は今まで見たことがない、婚約していた頃に気付いていたんだがな、と言って私にもう一度中に戻って五キロ買ってこいって言いつけた。店のご主人が自分で豆を量ってくれた。料理人のペラみたいな人で、背が高くて、髪をぴっしりと分けている。顔に少しあばたがあるけど、目立つほどじゃない。いつも値引きしてくれるし、目方もごまかさない、正直なお店だ、って奥様は常々言っていた。

それに口数も少なかった。

21

私は日に日に疲れがたまってきていた。帰ってアパートに入ると、子どもたちはたいてい眠っていた。ダイニングの床に毛布を敷いて枕を二つ置いておいてやると、二人はときにはくっついて、お兄ちゃんがリタを腕でかばうようにして寝ていることもあった。ところがあるときから二人は眠っていないようになった。ちっちゃいリタがヒー、ヒー、ヒーって声を上げてお兄ちゃんと目を合わせる。お兄ちゃんは口に指を当てて、「黙れ」。するとリタはまたあのすごく変な笑い声を上げる、ヒー、ヒー、ヒー。私は何がそんなにおかしいのか知りたかった。ある日、どこにも寄らずに急いで帰って来たので少し早く家についた。私は泥棒みたいに息をひそめてアパートのドアの鍵を回した。物干し場は鳩でいっぱい、廊下も。でも子どもたちはどこにもいない。鳩が三羽、私の姿を見るやいなや通りに面したバルコニーに向かった。窓はいっぱいに開いている。鳩たちは羽根を何本かと影を後に残して逃げてしまった。あと四羽はあわてて物干し場の方へ、ときどきぴょんと跳ねたり、羽を開いたりしながら向かった。物干し場にたどり着くと、私の方をちょっと振り向いたんで、私は腕を振って驚かした。そしたら飛んで逃げて行った。私は子どもたちを探し始めた。ベッドの下も見た。子どもたちは、アントニーが赤ん坊だったころ、私たちが夜寝られるように閉じ込めたあの暗い部屋にいた。リタは膝に鳩をのせて床に座っていた。坊やの方は三羽の鳩を前にして豆をやっている。鳩は坊やの手の平の豆をくちばしでつついている。何してるの！って私が言うと鳩たちはびっくりして飛び立って壁にぶつかった。坊やは頭を抱えて泣き出した。鳩たちを部屋から出すのがどんなに大変だったことか……。

そして、なんたるお笑いぐさ！　ずいぶん前から、私が出かけている午前中、鳩たちがアパートの主になっていたんだ。物干し場側から入って廊下を走り抜けて、通り寄りのバルコニーから出て鳩小屋に飛んで帰っていたんだ。

子どもたちは鳩を驚かさないようにお行儀よくすることを覚えた。そうすれば遊び相手ができるから。キメットは、すてきじゃないか、って言った。鳩小屋は心臓で、そこから出て体を巡ってまた心臓に帰る血液は鳩たちだ、鳩たちが心臓――鳩小屋から出てアパートの中を巡るんだから、アパートは体だ、それでまた心臓である鳩小屋に戻っていくんだ、ってご機嫌だ。もっと鳩を増やさなきゃ、鳩は神の御心のままに生きていて全然手間がかからない、って言う。鳩たちが屋上から一斉に飛び立つときには、羽の音が雷みたいに押し寄せてくる。ねぐらに帰る前に手すりをくちばしでつついて、外装を食べてしまう。だから手すりのあちこちから下の煉瓦がのぞいている。アントニはリタを後ろにしたがえて、鳩の群れの中を突っ切るけれど鳩たちは動こうともしない。中には道を空けるのもいるし、二人の後について行くのもいる。キメットは、鳩たちはアパートに慣れているから、小部屋に産卵所を作ろう、って言い出した。子どもたちが屋上の床に座ると、すぐに鳩たちが取り囲んで、鳩たちは触られても全然平気。キメットはマテウに、小部屋を産卵所にしようと思う、部屋は鳩小屋の真下だから、天井に穴を開けて出入り口にすればいい、梯子《はしご》をつけてやれば鳩たちは鳩小屋と部屋の間を最短距離で行き来できる、と説明した。マテウが家主が賛成しないかもしれない、って言ったら、キメットは黙ってりゃわかりゃしない、鳩が汚さないようにすりゃ文句はないだろう、鳩の飼育をもっと広げて、最後には鳩牧場みたいなものにしたいんだ、世話は子どもたちと私がすればいい、ですって。私がそんなの正気の沙汰じゃない、って言ったら、キメットは、女はすぐに命令したがる、自分は自分が何をしてるのか、なぜしてるのかわかってるんだ、って言われた。言い出したらきかない。驚くほど辛抱強いマテウは、言われた通りに天井に出入り口をつけた。キメットが梯子を作ろうとしたら、少し古いけど、仕事場にあるのを持ってくる、ちょっと長いんで一段か二段削ればちょうどよくなると思う、と言った。

こうして下に産卵所ができて、とりあえずつがいになった鳩たちを閉じ込めて、鳩小屋からぐるりと外を回ってアパートの中にはいるのではなく、上と梯子で直接行き来することに慣らすことにした。出入り口の蓋を閉めたので、鳩たちは暗闇の中で生活している。蓋は板でできていて、上からは鉄の輪を引っ張って開けるようになっている。下側からは、梯子を一番上まで上って頭と肩で押し上げなければならない。雛は一羽も殺すことができなかった。子どもたちの叫び声と鳴き声で家が潰れそうになるから。私は、小部屋に掃除にはいるときには明かりをつける。するとと鳩たちは目がくらんで動きをやめてしまう。シンテットはいつになく口をひん曲げた。すごく怒っているんだ。

「まるで鳩を牢屋に入れているみたいじゃないか!」

暗闇に閉じ込められていた鳩たちは卵を産んであたため、雛が生まれた。羽毛に覆われた雛が生まれると、キメットが出入り口の蓋を開けて、私たちは小部屋の入り口に張った網越しに鳩たちが梯子を上がっている様子を観察した。ぴょんと跳ねて一段ずつか、二段おきに上がっていく。キメットの喜びようといったら…八十羽ぐらい生まれるかもしれないぞ。その八十羽が産んだ雛をうまく売れれば、俺の店を閉めることを考えてもいいかもしれない。そのうち土地を買って、マテウが現場から調達してくれる材料で家を建てるんだ、なんて言って。仕事から帰ってきて夕食をとっていてもうわの空で何を食べているかさえわからない、終わるとすぐに私にテーブルを片付けさせてイチゴ色の房がついた電灯の下で、節約のために赤い包み紙を使って計算を始める。何つがいいれば、何羽の雛が生まれて、何度生まれて、藁がどれぐらい要って…これならうまく行く、って。私が見ていると、下の鳩たちは上に上がれるようになるのに三、四日かかっていた。それに上に行くと、その鳩たちの顔を忘れたほかの鳩たちに散々つつかれる。一番しつこかったのは白い鳩、そう、あの一番最初に血だらけで物干し場にいた鳩。上の鳩と下の鳩が十分に馴染むと、上の鳩たちも好奇心から下へ降りた。

俺たちが家を建てる場所はバルセロナの山の手だろうな。鳩たちには特別の別棟を作るんだ。建物の周りにらせん状にスロープをめぐらせて、一番上まで行けるようにする。スロープ沿いにはずらりと産卵所だ。それぞれの産卵所の脇には小窓があって、一番上は尖り屋根《とんが》付きの屋上で、そこから鳩たちは飛び立ってティビダボ山やその周りを飛び回るんだ。鳩のおかげで有名人になれるぞ。家ができたらもう仕事場では働かなくてよくなるし、そうなったらいろんな鳩を掛け合わせて鳩飼育の賞を取るんだ。でも、家具職人の仕事は大好きだから、マテウに仕事場を作ってもらって、そこで友だちの注文だけを受けて家具を作るんだ。働くことは好きだからな。嫌なのはずる賢い旦那衆と交渉することだ。たしかにすごくいい人もいるけど、ずるい連中もずいぶんいて、ときどき仕事をするのが嫌になるほどだ、っていう具合に、まるで浮かれている。シンテットやマテウが遊びに来ると、将来の計画の話ばっかり。ある日、アンリケタおばさんが言った。キメットは三つがい鳩がいたら、そのうち二つをだれかにあげちゃってるじゃないか、ただ何かあげるのが好きだからって理由で…それなのにお人よしのあんたはこんなに一生懸命働いて……

22

鳩のクルル、クルルという声しか聞こえない。私は鳩の掃除で死にそう。体中、鳩の臭いがする。屋上にも、アパートにも鳩、鳩、鳩。夢にまで出てくる。鳩のお嬢さんだ。噴水を作ろう、上にクルメタ、君が鳩を手にのせてる像を建てるんだ、ってシンテットが言った。お屋敷に行くために通りを歩いていても鳩の鳴き声が追っかけてくる。私の脳の中に入り込んでミツバチの羽音みたいに鳴っている。ときどき奥様が私に話をしているときなんか、私はぼんやりしてしまって、答えられないことがある。私の話聞いてないの？　って言われる。

鳩の声しか聞こえないとは言えない。鳩の水に混ぜる硫黄《いおう》の臭いが手に残っているとか、餌箱に豆を流し入れるときに、外にこぼれないようにしたり、どの穴にも同じように入るようにしたりしたときの臭いが手に残っているとかも言えやしない。巣であたためている途中で落ちた卵の臭いときたら、鼻をつまんでいても思わず後ずさりするほどだとか、紫色の肌に黄色い羽がたくさん刺さったみたいな姿の雛たちが、必死の勢いで餌を欲しがるキーキー声しか聞こえないなんてことも。鳩のクルル、クルルという声しか聞こえないのは、家の中に鳩がいるからで、鳩用の部屋のドアを開けておいたら、鳩たちはそこいらじゅうを飛び回って、あげくの果てに通りに面したバルコニーから、気が狂ったような勢いで飛び出して行くんだ、ってことも言えない。すべての始まりはお屋敷にご奉公に出るようになったことで、私があんまり疲れていて嫌だというべきときに嫌だという気力もなかったからだ、とも。私は誰にも文句を言うことができなくて、問題は私だけのもので、家で文句を言おうものなら、キメットが足が痛いと言い出す、とも言えない。うちの子たちはお花みたいだけど、世話の行き届いていないお花で、私の家は、最初は天国みたいだったのに、今はぐちゃぐちゃだってことや、夜、子どもたちを寝かすときに、シャツをたくし上げておへそをブーって吹いて笑わせようとするときにも鳩の鳴き声が聞こえて、鼻の中が雛の生温かい悪臭でいっぱいになるってことも言えるわけがない。髪の毛も、肌も、服も、私の体中から鳩の悪臭がしているように思えた。誰も見ていないときに、私は自分の腕の臭いを嗅いでみたし、髪をとかすときにも嗅いでみた。でも、なぜその鳩や雛の悪臭が私の鼻にこびりついているのかはわからなかった。まるで頭から臭いのもとを浴びたかのように。見かねたアンリケタおばさんは、私に、あんたには自分ってものがないんだ、私だったらそんなことは許さないね、とっくに始末をつけてるよ、って言った。キメットのお母さんとはあまり会っていない。このところ急に老け込んでしまって会いにくるのをおっくうがるし、私も日曜日でも会いに行く時間がない。そんなお母さんがある日急にやって来て鳩が見たいと言う。キメットと子どもたちが遊びに行ったときに――めったに来ないんだけど、と不満げだったけど――鳩のことばかり話していて、もうすぐ金持ちになるとか言うし、アントニはアントニで鳩たちが自分の後ろをついてくるとか、アントニもリタも鳩たちとまるで兄妹であるかのように話をするんだって言うから。ところが小部屋から鳩のクルル、クルル、っていう声がしてきたら震えあがってしまった。こんなことを思いつくのは自分の息子だけだ、鳩がこんな家の中まで入りこんでるとは知らなかった、って言った。それからお母さんを屋上へ連れて行った。物置小屋の床の鳩の出入り口から下の階をのぞかせてあげた。そしたら頭がくらくらする、って。

「そうね、もしかするとキメットはお金持ちになるかも……」

水飲み場の中に硫黄が入っているのを見て、硫黄をあげていいのは鶏だけよ、鳩は肝臓がダメになるの、って言った。お母さんが話しているあいだも鳩たちはやり放題。あっちへ行ったり、こっちへ来たり、飛んだり、また下へ降りたり、手すりの上を歩いたり、手すりをくちばしでつついたり。まるで人間みたい。飛び立つときは影と光になる。私たちの頭の上を飛ぶときは、翼の影が顔を撫でる。キメットのお母さんは追い払おうと腕を風車みたいに振り回すけれど、鳩たちは見もしない。雄たちは雌たちの周りをぐるぐると回る。くちばしを突き出したり、上に向けたり、下に向けたり、尻尾を開いたり、翼の先で地面を掃いてみたり。産卵所を出たり入ったり、餌をつついたり。硫黄入りの水を飲んでも肝臓は平ちゃら。頭のくらくらが治ったら、キメットのお母さんは産卵所が見たいって言い出した。鳩たちは、ガラスみたいな目で私たちを熱っぽく見つめている。ずらりと並んだ黒っぽいくちばし。肉との境が模様みたい。二つずつある穴は鼻の穴…「ならず者」のつがいは王様とお妃様みたいだった。「坊さん」と「尼さん」は羽根のボールみたいにふくれてる。七面鳥みたいな尻尾のは少し慌てて産卵所を出て行ってしまった。

「卵、見ますか？」と私は聞いた。

「いいえ、けっこう」とキメットのお母さん。「後で卵を放棄しちゃうといけないから。鳩はすごくやきもちやきで、知らない人に卵を見られたがらないのよ」

23

それからちょうど一週間後、キメットのお母さんは亡くなった。朝早く、近所のおばさんが知らせに来てくれた。子どもたちはアンリケタおばさんに預けてともかく面倒を見てもらって、私はキメットとお義母《かあ》さんの家へ行った。ドアのノッカーには大きな黒いリボンが結んであった。始まりかけている秋の日のささやかな灰色の風がリボンを揺らしていた。亡くなったお義母さんの寝室には近所のおばさんが三人いた。ベッドの四本の柱と、頭の上の十字架に結んであったリボンは外されていた。お義母さんの着替えもすませてくれてあった。首元が細い芯の入ったチュールで、裾《すそ》にぐるりとビロードをあしらった黒いドレスだった。ベッドの足元には、お花抜きで、緑の葉っぱだけで作った巨大な花輪があった。

「驚かないでね」とても背の高いおばさんが、細くて長い指を動かしながら言った。「お花抜きの花輪にして欲しい、ってこの人はいつも言ってたの。私の息子は庭師だから、私より先にこの人が死んだら、お花無しの花輪にするっていう話になっていたのよ…お花抜き、っていうことにすごくこだわっていたわ。お花抜きね、っていつも言っていた。お花はもっと若い女性のためだって。もし私が先に死んだら、この人が、季節のお花を使った花輪を作らせる、っていう約束にもなってた。手に入りにくいお花とか、最近はやり始めたお花とかを使うような馬鹿な真似はしないって。葉っぱだけの花輪なんて、デザートの無いご馳走みたいなもんなんだけど、私にとっては。結局、彼女の方が先に逝っちゃったわね……」

キメットは、もう花輪があるんだったら、俺はどうすればいいんだ、って聞いた。「よかったら半分払ってちょうだい。そうすれば私たち二人で買ったってことになるでしょ」

するともう一人のおばさんが話に割り込んできた。がらがら声で、もしこの人が自分の希望を言えたならば、息子にももう一つ花輪を用意してもらいたい、って言うと思うの、そうすればお葬式の車に花輪をいっぱい積めるでしょ、一流のお葬式じゃ、載せきれなかった花輪を積むためにもう一台余分に車が出るものだもの…、と言った。

「私の息子は花輪が専門なのよ、この人も知っているわ、息子から聞いて。造花の花輪も作ってるの」

ビーズで作った花輪もあって、それなら一生ものだ、ビーズなら、ツバキ、バラ、青いユリ、ヒナギク…なんでもできる、花も葉っぱも全部ビーズで、ねじれた枝もみんなとってもきれいな色で。

ビーズを通している針金は雨にも、墓地の死んだ空気の湿気にも錆《さ》びることはないんだ、って説明してくれた。三人目のおばさんは、とっても悲しげな声で、あなたのお母さんは葉っぱだけの花輪を望んでいたのよ、清潔で簡素な。こんな死に方、めったにできるもんじゃない。聖女みたいな死に方。まるで女の子みたいじゃない。おばさんはエプロンの前で腕を組んでお義母さんを見つめてそう言った。

キメットのお母さんは赤いバラのベッドカバーの上に横たえられていた。まるで蠟《ろう》人形のように。靴は履いていなかった。両足はくっつけられて、大きな安全ピンで両足のストッキングが留めてあった。金のネックレスと指輪は外しておかれたようで、それらはキメットに渡された。息子が庭師をやっているおばさんが、キメットのお母さんはここ三、四日、頭のくらくらがひどくて、鳩を見に行ったときぐらいひどい、と言っていた、ちょっと怖くなって、転ぶといけないので家から出なかったみたいだ、と言った。

話しながらおばさんは、お義母さんの髪を二度、三度となでて、きれいに梳《と》かされていると思わない？　と聞いた。さらに、亡くなる前の晩、気分が悪くなったようで、おばさんの家へ行ってドアをノックしたんだけど、おばさんと息子さんでお義母さんを家まで連れて帰らねばならなかった、というのもおばさんの家を出たときには、もう一人では歩けなかったから、と付け加えた。おばさんと息子さんでお義母さんをベッドに寝かしたそうだ……　自分もお義母さんみたいな髪だったらいいのにとも言っていた。

がらがら声のおばさんはベッドに近づいて行って、キメットのお母さんの額を撫でた。そして、すぐに魂が体から抜け出そうとしていたのがわかったんで、みなでお義母さんの手と顔を洗ってあげて、エラディ神父に終末の儀式をしてもらう時間もあったのよ、と言った。お義母さんの着替えはほとんど手間がかからなかったらしい。というのもだいぶ前から全部用意してあったから。肩の形が崩れないようにクッション付きのハンガーに掛けてクローゼットに吊るしてある服を常々おばさんたちに見せていたのだ。もし私が死んで、あなたたちが服を着せてくれることになったら、靴は履かせないでちょうだいね、だって、死んだ人は、この世に戻ってくるときに、足音で人を驚かせたくないって思うみたいだから、って言っていたそうだ。キメットがおばさんたちに、どう感謝したらいいかわからないほどだ、って言うと、息子が庭師のおばさんは、あなたのお母さんはみんなに好かれていたの、コマネズミみたいにいつも走り回って、何か人のためにしてあげようとしていた…可哀そうに…服を着せてあげる前に、私たちは聖人様のお札の紐も替えてあげたの、そうすればきちんとしたかっこうで天国に行けて——まだ着いていなければってことだけど——ご満足だろうって思ったの、と言った。

いちばん口数の少なかったおばさんが座って、指でスカートのプリーツ二つを持って皺《しわ》を伸ばすと、私たちのことをじっと見つめていた。しばらく誰も何も言わないのでキメットに、あなたのお母さんは、あなたのことをとっても大事に思っていたわ…それにあなたのお子さんたちのことも。でも、ときどき言っていたの。できれば娘が欲しかった、って、と言った。

すると息子が庭師のおばさんが、言わないでおいた方がいいこともあるのよ、時と場合をわきまえないと…お母さんが亡くなったばかりなのに、お母さんは本当は娘が欲しかったのよって言うなんて、どうかしてるわ、って言った。キメットは、そんなことはとっくにわかってた、小さい頃には、自分の望みをかなえるために、キメットに女の子の服を着せたり、寝るときは女の子のパジャマを着せたりしたんだ、ととりなした。ちょうどそのとき、ノックもせずに、例の、塩が入っている、入っていないでひと悶着《もんちゃく》あった昼食に同席していた近所のおばさんがパンジーの花束を持って入って来た。そして、そろそろ葬儀屋を呼ばなきゃ、と言った。

24

シンテットとキメットは、「民兵隊」に入るとか、もう一度兵役に就くとか、なんでも必要なことはやるっきゃないとか、そんなことばかり話して止まらない。私は二人に、「民兵隊」もいいけど、二人とももう兵役はやったじゃない、と言って、シンテットに、キメットのことはそそのかさないで放っておいて、ただでさえ私たちは頭痛の種だらけなんだから、って頼んだ。そしたらシンテットはそれから八日間というもの私の顔を見ようともしなかった。で、ある日やって来て、「民兵隊」に入ることのどこが悪いんだ、って言った。

私は彼に、「民兵隊」はほかの人たちに任せておいて欲しい、キメットみたいに結婚してる人じゃなくって。キメットが「民兵隊」に入るかどうかに口は挟みたくないけれど、キメットはじぶんのところの問題で手いっぱいだし、第一、歳をとりすぎているもの、って答えた。シンテットは、キメットは今より元気になるさ、ラス・プラナスの練兵場に訓練を受けに行くから、って言った。私は、ともかくキメットには民兵になって欲しくないのよ、って言った。

私は疲れていた。死ぬほど働いているのに、何にも前に進まないどころかじりじりと後退するばかりだった。私は人の手伝いをするばかりで、私だって少しは手伝って欲しいのに、キメットにはそれがわかっていない。誰も私のことなんて気にしてくれないし、みんなが、まるで私が人間じゃないみたいに次々と用事を言いつけてくる。キメットたら、鳩を捕まえたの、鳩を誰かにプレゼントするだの、そればっかり！　日曜日になるとシンテットとどこかへ行っちゃう。バイクにサイドカーをつけて家族みんなで出かけるんだ、って言ってたのに。坊やを後ろに乗せて、私とリタはサイドカーで。なのに、繰り返すけど、日曜日はシンテットとどこかへ行っちゃう。二人とも「民兵団」に夢中で、そのために出かけるに違いない。まだ、ときどき足が痛いって言うけれど、すぐに止めてしまう。ていうのも坊やが足に布を巻いてびっこの真似をして、後ろに小さな腕で万歳するリタを従えてダイニングを歩き回るから。それを見てキメットはかんかんに怒って、私に、お前の育て方が悪いから、まるでジプシーの子みたいになっちゃったじゃないか、って言う。

ある日の午後、子どもたちがお昼寝をしていると、通りの扉をノックする音が聞こえた。二回ノックすると私たちを訪ねてきた人、一回だと下の人たち、というきまりになっている。私は錠を上げる紐を引っ張りに踊り場に出た。来たのはマテウで、下から、これから上がって行くよ、って叫んだ。彼を見たとたん、何かあまりよくないことがあったんだな、ってわかった。ダイニングに腰かけて、私たちは鳩のことについて話し始めた。マテウは、一番好きなのは、頭の後ろの羽根が小さな頭巾みたいになっていて、首全体が暗い紫と緑の玉虫色になっている奴だ、って言った。玉虫色の入っていない鳩なんて鳩じゃないとも。私は彼に、脚が赤い鳩には爪が黒いのが多いんだけど、気が付いてた？ って聞いた。そしたら、脚が赤くて爪が黒いなんてことはちっとも面白くない、本当に大事なのは玉虫色だ、光の方向によって緑や紫に色や光沢が変わるなんてどういうことなんだろうね、と答えた。

「キメットには言ってないけど、何日か前に、ネクタイをしたみたいな鳩を飼っている人と知り合ったんだ……」

私は、言わないでくれてよかった、また別の種類の鳩をキメットが買ってきたらたまらないもの、と言った。そしたらマテウは、そのネクタイは胸の辺りの羽毛が一列、縮れてサテンみたいになっているんだ、だから「サテンのネクタイ」って呼ばれてるんだ、って教えてくれた。もしキメットが時局にあんなに入れ込んでいなかったら、羽が下向きに生えている鳩だけじゃなくて、上向きに生えている鳩もいるってことがわかっただろうね、そいつらは「中国ネクタイ」っていうんだ、って。こんなにたくさんの鳩を飼うのは大変だろうね、とくにアパートの中にまでいるんだから、って同情してくれて、キメットはいい奴だけど、夢中になると見境がないからな…奴に頼まれると嫌とは言えない、あの目で眉間をじっと見つめられると断れなくなっちゃう…でも、上の鳩小屋とアパートの部屋の間に出入り口を作ってくれっていう頼みだけは断るべきだったな、て言った。子どもたちは？って聞かれたんで、寝ている、って答えたら、怖いくらい悲しそうな顔をした。私は彼に、子どもたちと鳩たちは家族みたいなもので…鳩たちと子どもたちは一緒なの、って説明した。すべては、子どもたちだけでお留守番させたせいで始まったんだけど…って話し続けたけれど、マテウはもう聞いていない、と感じていた。心ここにあらずっていう遠い目をしていたから。私がしゃべるのを止めたら、こんどは彼が話し始めて、もう一週間も娘に会っていない、グリゼルダがタイピストの仕事をみつけて、娘を実家の両親のところに連れて行ってしまったから、家に娘がいないなんて生きていけない、しかもグリゼルダは外でいろんな人たちに会っていて…娘は家にいないし…娘は家にいないし…まるで終わりがないみたいに話し続けていた。最後は私に、こんな個人的な話を聞いてもらいにきてしまって申し訳ない、男なら一人でけりをつけなきゃならないのに、私のことをすごく昔から知っているから、私のことをあんまりよく知っているから、まるで姉みたいで、まるで姉みたいで、って言ったところで、泣き始めた。それを見て私はとっても驚いた。聖パウロみたいに背が高くて目の青い大人が泣くのを初めて見たから。少し落ち着いてから、マテウは、子どもたちを起こさないように抜き足差し足で帰って行った。彼が家からいなくなると、私は胸の中にすごく変なものを感じた。憐れみと、気持ちのいい甘い水みたいなものが混ざったみたいな、たぶん今まで感じたことがないようなもの。

私は屋上に上がった。ピンと張りつめた、イチゴ色の夕焼け空。鳩たちが私の足元に寄ってくる。羽根がつやつやしている。雨が降っても水滴はその上を滑ってしまって中まで入ることはできない。ときどき風が吹いて首元の羽根を逆立てる…二、三羽が飛び立った。イチゴ色の夕焼け空を背景にするとみんな黒く見える。

夜、鳩のことも考えず、気になり始めると眠れなくなる私の疲れのことも考えずに、あの海色のマテウの目のことを想っていた。キメットとバイクで走り回った晴れた日の海の色。気が付いたら、わかっていたようで実は完全にはわかっていなかった幾つものことについて考えていた…知り始めたばかりのことについて学んでいたと言ってもいいのかも……

25

翌日、私は奉公先のお屋敷でコップを一つ割ってしまった。新品の値段を弁償させられた。少しヒビが入っていたのに。豆をいっぱい抱えてアパートに帰ると、くたくたでもう駄目ってぐらい疲れていた。階段の途中の天秤の落書きの前で立ち止まらなけりゃならなかったぐらい。疲れているときはいつも、そこで息が切れる。理由もなく、坊やを二つ叩いてしまった。坊やは泣き出した。リタもお兄ちゃんが泣くのを見て泣き出した。そして最後は三人組、私も泣き出したから。鳩たちはクルル、クルル。キメットが帰って来たときは三人とも顔は涙でぐちゃぐちゃ。キメットは、あげくの果てにこれかよ、って言った。

「午前中ずっと、家具にワックスをかけたり、虫の穴を塞いだりして、家に戻ってみれば、幸せで愉快な家庭どころか、涙の修羅場が待ってるんだ。昼飯なんて影も形もありゃしない」

それから子どもたちを乱暴につかまえて、両手に一人ずつ、腕の上の方をつかんでぶら下げて廊下を行ったり来たり、私は腕が折れたらどうするの、って言うと、泣き止まなきゃ、二人とも通りに放り投げてやる、ですって。結局、私はいらいらを飲み込んで、子どもたちと自分の顔を洗った。コップを割って、給金から差し引かれたってことは黙っておいた。キメットがお屋敷へ怒鳴り込んでひと騒動起こしかねないから。

その日私は、もうお終《しま》いにしよう、って決心した。鳩はもう終わりだ。鳩も、豆も、水飲み場も、産卵所も、鳩小屋も、梯子も、全部お終い！　でも、どうやったらいいのかはわからなかった…考えだけが、熾火《おきび》のように私の頭の中に残った。キメットは両足を椅子の前の脚に絡めるかっこうで朝ご飯を食べていたけれど、突然、片方の足を外して、足を動かしながら、膝に火種があるみたいで骨が熱い、って言い始めた。私は鳩のコロニーはお終いだって考えていたんで、キメットが言うことは片っ方の耳から入ってそのままもう片っ方から抜けてしまっていた。まるで、耳と耳が穴でつながっているみたいに。

脳みその中に赤くくすぶる熾火を感じていた。豆、水飲み場、餌場、鳩小屋、糞の籠、全部お終い！　梯子、藁、硫黄の玉、ならず者鳩、小さな赤い目の鳩、赤い脚の鳩、全部お終い！　七面鳥みたいな尻尾の鳩、頭巾鳩、尼さん鳩、小鳩も大人の鳩も、全部お終い！　屋上の物置小屋は私のもの、鳩小屋とアパートをつなぐ出入り口も塞ぐ。椅子も物置小屋の中に戻す。鳩が飛び回るのも終わり。洗濯物籠は屋上へ。屋上で洗濯物干し。丸い目の鳩、尖ったくちばしの鳩、薄紫の玉虫色の鳩、リンゴ色の玉虫色の鳩、全部お終い！　キメットのお母さんは、そうとは知らずに私に解決法を教えてくれていた……私は卵を温めている鳩たちに嫌がらせを始めた。お昼ご飯が済んで、子どもたちがお昼寝をしている隙に、私は屋上に上がって鳩たちをいじめた。屋上の物置小屋はオーブンみたいな暑さだった。午前中の太陽が全部天井に集中して、焼けるように熱くなっている。鳩の熱と熱の悪臭で地獄みたいだった。

卵を温めている鳩は、私が近づくのを見ると、頭を上げて、首を伸ばし、羽を広げて守ろうとする。胸の下に手を入れるとつつこうとする。羽根を逆立てるだけでじっとしているのもいれば、逃げて行って、私がいなくなったらまた卵を温めようと待らかまえているのもいる。鳩の卵は美しい。ニワトリの卵よりも美しい。もっと小さくて、もっと手の平にすっぽりと収まる。私は逃げようとしない鳩の卵を手に取って、鳩の鼻先に突きつける。手が何なのか、卵が何なのか、全然わかっていない鳩は頭を前に突き出して、くちばしを開いて、私をつつこうとする。小さくてつるつるの卵は羽根にくるまれていたので温かくて、羽根の臭いがする。何日かするとたくさんの巣が放棄されていた。卵は藁の巣の真ん中でじっと動かず腐っていった。中にできかけの雛が入ったまま腐っていった。血も、黄身も、そしてなにより先に心臓も。

それから私はアパートに戻って、小部屋に入った。一羽の鳩が出入り口から飛び去った。まるで悲鳴のように。少し経ってから、出入り口から頭をのぞかせて私を見張っていた。ならず者鳩たちは、いやいや巣から飛び降りて、不愉快そうな顔で床にいた。いちばんしぶとかったのは七面鳥みたいな尻尾の鳩たちだった。私はしばらく日を置いたのだけれども、彼らはまるでなにごともなかったような顔をしている。なんとしてもとどめをささなければ。私は鳩たちを脅かして雛たちを放棄させるという作戦を止めて、卵を取り上げてそれを激しく振ることにした。もう中に雛が入っているはずだと思ったから。頭を激しく殻にぶつけていることだろう。鳩たちは十八日間卵を温める。その半分ぐらいで卵を振ったのだ。鳩たちは卵を温めている期間が長ければ長いほど、より激しく抵抗した。より熱くなって。もっときつく、つつこうとする。温かい羽根の下に手を入れると、鳩の頭とくちばしが自分の羽根の間に私の手を求める。で、卵をつかんだ私の手が現れると、つつくのだ。

その頃は、神経が高ぶってよく眠れなかった。小さい頃のように、寝ているあいだもどきどきしていた。小さい頃は、お父さんとお母さんがよく喧嘩して、喧嘩の後はお母さんはしょんぼりと悲しそうにして部屋の隅に座っていた。私は夜中に目を覚ましたものだ。まるで内臓を紐で引っ張られるような気がして、まるでまだへその緒がついていて、おへそから私の全身が引っ張られて、何もかも全部、外に出てしまうようなそんな気がして。両目、両手、爪、両足、それから真ん中に固まった血がこびりついた空の血管が通っている心臓、それに黒い血の塊、それから、生きているのに死んでいるような両足の指…同じ感覚だ。全部が真空の中にまた吸い込まれて行く。縛って乾燥させたへその緒を通って。私を吸い込んでいく力の周りはふわふわの雲のような鳩の羽根で覆われていて、誰にもそれとはわからない。そんなことが何か月も続いた。何か月も何か月も、眠れない夜が続く。鳩の卵を台無しにしていく日々も。たいていの鳩は予定日が過ぎても、二日か三日卵を抱いている。雛がかえるのを待って。

何か月か経った頃、キメットはぶつぶつと文句を言い始めた。この鳩たちは使い物にならんな、くちばしで藁を集めて巣はつくるけど、結局はクソだ、って。すべては起こるべくして起こったこと。

だって、私は我慢の限界だったから。子どもたちを部屋に閉じ込めておいて、お屋敷にお皿を洗いに行く。スプーンに山盛りの食べ物を自分の口に運ぶ以外、誰も何もしようとしないあのお屋敷に。みんながなんとかしようとしてきたのに、結局痩せっぽちのままの男の子がいるあのお屋敷に。そしてなによりも、屋上にはクルル、クルルって歩き回る鳩たちがいて。

26

私が鳩たちに大革命をしかけているあいだに、来るべきものがやって来た。誰もがすぐに終わるだろうと思っていたのだけれど。とりあえず、ガスが来なくなった。つまり、うちのアパートまで上がって来なくなったし、お屋敷では地下に降りて来なくなった。最初の日から黒い鉄の枠がはまった灰色の七輪を使って、物干し場でお昼ご飯を作らなきゃならなかった。樫の炭は私が大急ぎで買いに行った。

「これが最後の一つだよ」と炭屋のおかみさんは言った。おかみさんのご主人も街に繰り出していたからだ。キメットも街を走り回っていた。毎日出かけて行く。私はいつか帰って来ない日が来るんじゃないかと思ってた。私のキメットは青いつなぎを着て出て行った。それから何日か、街に煙が上がったり、あちこちの教会から火花が散ったりした後、戻って来たキメットは、ベルトに拳銃を差して、肩からは銃身が二本ある小銃を掛けていた。ともかく暑かった。すごく暑かった。服は汗で背中にくっつくし、シーツも体中にまとわりついた。みんな戦々恐々だった。一階の食料品店はあっという間に商品が売り切れたし、誰もが同じことばかり話している。ある女の人は、ずっと前から兆しはあった、武装蜂起っていうのは、決まって血の巡りが速くなる夏なんだ、アフリカはもう沈んで無くなっちゃってるでしょうよ、って言っていた。

ある日、配達の時間になっても〈シラ印〉の牛乳が来なかった。お屋敷の人たちはみんなダイニングに座って〈シラ印〉の牛乳を待っていた。十二時に、正面の門の呼び鈴が鳴ったので、開けに行くように言われた。上っ張りの若旦那が後ろからついて来た。小さい荷車を引いた、〈シラ印〉の牛乳屋さんだった。私が格子扉を開けると、轍を引いたパックを二つくれたので、それを受け取った。上っ張りの若旦那はその人に、ほら、言わんこっちゃない、金持ちがいなきゃ貧乏人も困るんだ、って言った。

牛乳屋さんは若旦那に、荷車の蓋を閉めて、代金を払ってもらえないか、いつもは週決めでもらってるんだが、明日、牛乳が届けられるかどうかわからないので、と言った。奥様が上がって来て、それを聞いていた。牛はどうしたの？　牛は革命なんて起こさないでしょ、て言うと、〈シラ印〉の牛乳屋さんは、もちろんです奥さん、たぶん…でもみんなが街で騒いでいるんで、うちは閉めることにしたんです、って答えた。

牛乳がなかったら私たちはどうすればいいの？　と奥様。若旦那も割り込んでくる。

労働者たちは自分たちがボスになろうとしているんだが、どうやったらいいのかわからないのさ、あんたはどうだね、革命が起こって欲しいのかね？　と牛乳屋さんに聞いた。いいえ、旦那様、と言うと、〈シラ印〉の牛乳屋さんは、代金をもらうのも忘れて荷車を押して通りをのぼって行った。若旦那は呼び止めて、代金を払いながら、労働者にも善人はいるってことだ、と言った。〈シラ印〉の牛乳屋さんは、私はもう歳なんで…て答えて、残りのパックを配るために、近所の家の呼び鈴を押しに行った。私が格子扉を閉めると、粒々の石の階段で、お嬢様が待っていた。奥様、つまりお嬢様のお母さんがお嬢様に、明日から牛乳はないんですって、って言うと、お嬢様は、私たちどうすればいいの？　って聞いた。

ダイニングに戻って全員が座った。若旦那は私に、毎晩、鉱石ラジオを聞いているんだが、すぐに何もかもうまく行くようになる、フランコ軍が北上しているから、って説明してくれた。翌日、お屋敷の入り口の鎖をはずして、ふんにゃりと枯れたジャスミンの花に埋まった階段の一段目に足をかけるやいなや、奥様がミモザの脇で待っているのが目に入った。顔にいっぱい汗の粒を光らせて、すぐに私に胸の内をぶちまけた。

「昨日の晩、うちの主人が殺されそうになったの」

「え？」私は言った。奥様は、ここより涼しいからダイニングに行きましょう、と言った。

籐の椅子に座るとすぐに、「昨日の晩、うちの主人が会社から帰ってくる八時ごろ、玄関からあの人の「上がって来い、上がって来い」っていう叫び声がするんで、上がって行ったの、そしたら後ろに民兵がいて、主人に小銃を突きつけているじゃない」と言った。

「でも、どうして?」って私は聞いた。

「ちょっとお待ちなさい」奥様は笑いながら言った。「私の主人が神父さんだと思ったのよ…頭のてっぺんに毛が一本もないもんだから。民兵は主人が変装するために周りの髪も剃ったって思ったのね、そうやってずっと銃を背中に突きつけたままトラバセラ通りから来たわけ。民兵が逮捕する、って言うから、うちの主人は大変な思いをしてその男をうちまで連れてきて家族を見せようとしたのね……」

一瞬私は顔が赤くなった。もしかするとその民兵が、ちょっと調子に乗ったキメットじゃなかったかと思ったから。でもすぐに、奥様はキメットに会ったことがあるんだって思い出した。でも、本当にどきどきした。奥様が民兵に、結婚して二十二年になる、って言うと、民兵は、それは失礼した、と謝って行ってしまったそうだ。お屋敷では、夜になるとみんな鉱石ラジオにかじりついているらしい。お婿さん、つまり上っ張りの若旦那がイヤホンを独り占めにしているんだけど、その夜は全然聞こえないと、しかめっ面をしていたそうだ。

その民兵の、冗談みたいな話があってから二日後の午後三時ごろ、呼び鈴が鳴ったんだという。奥様が開けに行ったんだけど、正面の大理石の階段を降りながら、怖くて心臓が縮こまったそうだ。ていうのも泡の模様があるすりガラスの向こうにたくさんの人影があって、何本もの棒のような影は小銃の銃身だったから。

扉を開けると、五人の民兵と顔見知りの夫婦が入って来た。夫婦はプルベンサ通りの集合住宅ビルの元の持ち主だった。上っ張りの若旦那が何年も前に、このビルを抵当に取っていて、夫婦が借金の利息を払わないので、ビルを差し押さえて、今では若旦那のものになっているんだそうだ。夫婦はビルを返して欲しい、と言うので、全員聖女アウラリアの絵の箱がある居間に入って行った。若旦那が上がってくるやいなや、民兵の一人、とても痩せていてすごくハンサムな男が若旦那をテーブルにつかせて、耳の後ろにルガー銃を突きつけて、元の所有者にビルを返す、という書類に署名しろと言った。そのビルは盗んだも同然だからというのだ。利息が払えないというなら、それは十二パーセントという高利だったからで、払えなくても待ってやればいいじゃないか、と言う。その夫婦にはそれ以外に財産がないのだから、ビルを返すという書類に署名しろ、と命じた。

奥様によると、若旦那はネズミみたいに黙りこくっていた。耳に拳銃を当てられて首も動かせないまま。民兵は、若旦那があんまり黙っているので、うんざりしていた。するとしばらくして、若旦那は、ちょっとずつ、小さな声で、この人たちの言うことはおかしい、自分は法に則ってやっただけだ、と民兵に言った。すると夫婦は、この人にしゃべらせては駄目だ、神様だって説得しかねない人なんだから、て民兵に訴えたそうだ。

民兵は拳銃で殴りつけて、「書け！」と命じた。すると若旦那はまた銅像になってしまった。みんないい加減くたびれてしまって誰も何も言わなかった。若旦那は、彼らの勢いが無くなる頃合いを見て、話し始めて、説得はできたんだけど、「委員会」に連れて行かれることになった。若旦那は夜の十時になって戻って来た。革命委員会の人たちはみんな、彼が正しい、と言ってくれた。でも、それを認めてくれるまえに、自動車で散々連れまわされたらしい。しかも後ろの席には、どこか空地で若旦那を燃やしてしまえるように、アルコールの大瓶が何本も積んであったんだって。若旦那は、とてもうまく役を演じられたんで、委員会の人たちはその、家のない夫婦に大目玉をくらわせたそうだ。ただでさえ時間がないのに、余計な時間を無駄にさせたって。奥様のこんな話を聞いているうちに、私は背中を汗が一筋流れ落ちるのを感じた。まるで生きている蛇みたいに。その翌日もまたひと騒ぎあったらしい。こんども奥様は、暑さで枯れかかったジャスミンの下の階段で私を待っていた。昨日の夜十二時には、もうだめだと思ったわ、って。

今度は、お婿さんが貸しているガレージで、スカーフの染め付けをやっている人たちの訴えで民兵が家宅捜索にやって来たんだそうだ。ガレージの母屋を借りている人たちは自動車を持っていないので、ガレージだけ別に貸しているわけだ。でも家宅捜索に来た人たちは引き出しやクローゼットなんかの中に、がらくたしか見つけられなかったんで、捜索の後、すぐに帰っちゃったらしい。ガレージを借りてる人たちの狙いは、民兵が私たちを逮捕して、ガレージに住まわせて、代わりに彼らがこの家に住むってことなの、いったいどうなってるのかしらね、世の中は、って奥様が言った。

餌の豆をみつけるのがすごく難しくなってきて、鳩たちはだんだんといなくなっていった。

27

アンリケタおばさんは、今起こっていることは前代未聞だ、商売あがったりだよ、って言っていた。何もかも滅茶苦茶だ。銀行の預金だってどうなるもんかわかりゃしない、なんて言って、ペラヨ通りの地べたに女性用のボタンや靴下留めを並べて売り始めた。キメットになかなか会えなくなってきた。夜、寝に帰ってくればいい方だった。ある日、事態はまずい方向に行っている、アラゴンの前線に行かなきゃならない、って言った。ジュアン神父さまはなんとか助け出すことができた、マテウの服を着せて、シンテットが手配したトラックに乗せて国境を越えさせたんだ、ほら、と言ってキメットは私に金貨を二枚くれた。ジュアン神父さまが私と子どもたちのためにくれたんだそうだ。自分より私たちの方がお金が必要だろう、自分はどこにいても神様が助けてくれるし、神様がお決めになったときが来るまで死ぬわけはないから、って言って。私は金貨をしまった。キメットは、お屋敷の仕事をやめるなよ、ずいぶん長いこと奉公してるんだから、苦しくなったら助けてくれるかもしれない、今は、まずい状況だが、長くは続かない、しばらくは苦しくてもしかたないんだ、って言った。それから、グリゼルダはちょっといかれた男とできちゃってて、マテウとは別れるらしい…気の毒にな、って付け加えた。

こうしてキメットはアラゴン戦線に行っちゃった。私はいつも通りの暮らし。下手に考えると、周りは井戸だらけで、いつなんどき落ちてしまうかもしれないから。ある日、一時ごろ、家に帰ろうとしていたら、上っ張りの若旦那がこう長々と話し始めた。

「私たちはあんたにはとても満足しているんだ。いつでも好きなときに戻って来てくれればいい。だが、何もかも取られてしまって、家賃収入さえもない。あんたのご主人は、騒ぎを起こしている連中の一人だそうじゃないか。そういう輩《やから》とはあまりかかわりたくないんだ、わかるね？　私たちは毎晩、鉱石ラジオを聞いている。あんたたちもそうするべきなんだ、そうすれば奴らが夢ばっかり追いかけている無知な連中だってわかるはずだ。旗を振り回す代わりに、包帯でも作ってればいいんだ。そのうち総攻撃を受けて、五体満足な者はだれ一人いなくなるに決まってるんだから」こう私に言いながら、若旦那はダイニングを行ったり来たりしていた。ときどき喉ぼとけを触って。さらにこう続けた。「あんたには何も不満はない…ただ、給金が払えないんだ。最初っから言っていたように、金持ちがいなきゃ貧乏人は食っていけない。錠前屋や左官、コックや人夫が運転して走り回っている車は、いずれガソリンの代わりに奴らの血を入れて元に返さざるを得なくなるんだ」

それで話はお終いだった。若旦那は、ミミズのようにくねくねと伸びて傾いている噴水のそばのミモザを支えに行った。お屋敷を後にする前に奥様が私に、旦那様が三十年前から働いている会社が労働者たちのものになって、旦那様も彼らに使われているんだ、と言った。そして、いつでも戻ってらっしゃいね…と言ってくれた。

お昼ご飯のとき、まるで下の階から上がって来たかのような気楽さで、キメットとシンテットが現れた。シンテットは、自分は大砲を一門受け持っていて、それを運んでいろんなところへ行くんだ、と言った。二人は前線から戻って来たところで、私に食べ物を持って来てくれたのだ。でもすぐにまた行かなきゃならなかった。子どもたちは寝ていたので、キメットは出て行く前に、起こさないように忍び足でキスをしに行った。同じ日に、マテウもやってきた。やっぱりつなぎを着て小銃を下げて。とっても不機嫌だった。彼にほんの数時間前にキメットとシンテットが戻って来ていたのよ、って言うと、ぜひ会いたかったのに…と言った。太陽は照ったり陰ったりしていて、それにつれてダイニングも黄色くなったり白くなったりした。マテウは小銃をテーブルの上に置いて、とっても悲しそうに言った。俺たちみたいな平和的な男がこんなことになっちまって……

すごく不機嫌だった。キメットやシンテット、いや私自身よりももっと不機嫌だった。マテウは、自分は二つのことのためだけに生きているんだ、仕事と家族、つまりグリゼルダと娘だ、今日は、君にさよならを言いに来た、前線に行くから、もしかすると神様は自分を近々殺すために前線に送るようにしたのかもしれない、なぜなら、娘もグリゼルダもいなくなっちゃって、生きている意味がないから、と言った。少しのあいだいたんだけれども、しばらく話しているかと思うと、しばらく黙りこくっていた。子どもたちが目を覚まして出てきた。マテウに挨拶したあと、物干し場でビー玉で遊び始めた。溶けたり、また現れたりする陽だまりの真ん中で。お日様の照るときと陰るときのちょうど中間に、マテウはなにか記念になるものをくれないか、と私に言った。自分には、この世にもう私しかいないから、って。記念になるようなもの…思いつかなかったので、しばらく考えていた。食器棚の取っ手のところにある枯れた柘植《つげ》の小さな束と、それを束ねている赤いリボンが目に入った。私は柘植の束をとってリボンを解いて彼にあげた。マテウはすぐに財布を取り出して、リボンを中にしまった。そのとき、どこか私自身も知らない心のどこかの襞《ひだ》の中から、あることをマテウに聞いてみたいという気持ちがわいてきた。それはこんなにマテウを親しいと感じたことがなかったから、それまで聞いたことのないことだった…マリア、って誰だか知ってる？…キメットがときどきつぶやくんだけど…するとマテウは、キメットにマリアっていうガールフレンドがいたことはないよ、絶対に、って答えてくれた。

もう行かなくちゃ、とマテウは言って、子どもたちを呼んで額にキスをした。表の扉まで降りて行って、扉を開けかけた瞬間に彼は、私の手の動きにさからうように手で扉を閉めて、行く前に言っておきたいことがあるんだ、て言った。キメットは君みたいな奥さんに出会えて自分がなんて幸運なのかわかっていない、もしかするともう二度と会えないかもしれないからずっと覚えていて欲しくて言うんだけど、君たちの台所を作りに来た最初の日から、君のことを尊敬していたし、君のことを大切に思ってたんだ。私は動揺をごまかすために、なんで行くの？　ここにいればいいのに、なんのかんの言ってもグリゼルダはいい子だし、自分が馬鹿なことをしたって今に気が付くわよ、って言った。すると、もう仕方ないんだ、グリゼルダのことは済んだことだ、でも僕たちにはもっと大切なことがある、みんなのために大切なことだ、この戦いに負けたら、僕らは地図の上から抹殺されてしまうんだ、って言った。マテウは来たときよりももっと悲しそうな顔で出て行った。そのあとずいぶん長いあいだキメットには会えなかった。それから、アンリケタおばさんのために、市役所の清掃婦の仕事をみつけてあげた。

28

私たちは二人して清掃婦になった。清掃チームだ。夜、ベッドに入ると私はアントニが生まれるときに私が折ってしまって、キメットがぶつぶつ文句を言いながら交換した柱を触った。ベッドカバーから浮き上がっているレース編みのバラを触った。暗闇の中で柱と花を触りながら、何も変わっていないような気がした。朝になれば起きてキメットの朝ごはんを作って、日曜日になったらお義母《かあ》さんに会いに行って、昔、鳩たちがいた部屋に泣きわめく坊やが閉じ込められて、可哀そうなリタはまだ生まれてなくて…ときにはもっとさかのぼった。ケーキを売っていたころに。そこいらじゅうにガラスや鏡があって、とってもいい匂いのするあのお店。私は白い服を持っていて、それを着て通りを散歩して……

戦争に行ってしまったんだからもう会えないだろうとあきらめかけていた、ある日曜日のこと、身体中ほこりだらけで食べ物をたくさんかついだキメットが姿を現した。キメットは食べ物の包みと拳銃と小銃をテーブルの上に置いた。マットレスが要るんだ、って言って二枚持ち出した。アントニのと、私の独身時代の真鍮のベッドのを。アントニはお前と一緒に寝られるだろ、って。塹壕《ざんごう》はとってもうまくできていて、敵の塹壕にいる連中と話もできるんだけれども、うっかり頭を出そうもんなら撃たれてお陀仏だ、って言った。食料は十分ある、誰もが応援していて助けてくれる、農民の中からも参加する人がいて、部隊は大きくなっている。もちろん畑に水を撒いたり、家畜に餌をやったりしなくちゃならないんだが、家畜たちは放しておいても、一匹残らず戻ってくるんだ。何日も何日も戦闘がなくて、ただただ退屈なだけだ、敵側の連中と話すこともない、いつも寝ていて、昼間寝すぎるんで夜は眠れない、夜空の雲と星を眺めているんだ、仕事場に閉じこもって家具作りに明け暮れていたころには、星がこんなにたくさんあって、大きさもいろいろなんだなんて考えたこともなかった、なんて話してくれた。アントニはもっと話を聞きたがって、キメットの膝に座った。拳銃の撃ち方を教えてくれってせがんでいる。キメットはアントニに、お父さんたちがやっている戦争は戦争なんて呼べるもんじゃないし、最後の戦争になると思うよ、って話していた。二人ともお父さんが大好きで、キメットは二人に次の日曜日にはアラゴン人形の男の子と女の子を持って来てやろう、って約束していた。お昼ご飯はごちそうだった。食後、マットレスを縛る紐を見つけなければならなかった。下の食料品店にも行った。そこのご主人は、シャッターが私に、ほかの店に鳩の餌の豆を買いにやったことを根に持っているんだけど。店のシャッターが閉まっていたので、私たちは屋内物干し場側からご主人の名前を呼んだ。ご主人はすぐにキメットに、私たちが要るよりずっと長い紐をくれた。それとずだ袋も。キメットはずだ袋はバリケードを作るのに最高だ、前から袋に土を詰めれば一級のバリケードができると思ってたんだ、って言った。

「いいかい、俺がこんなに歳とっていなかったら」とご主人は言った。「あんたと同じぐらい若かったら、あんたと一緒に戦うところだ。店は空っぽだし、暇つぶしにもなるさ…俺たちの若い頃は、戦争はこんな風じゃなかったんだがな。世界大戦がどんなものだったかは知ってるだろう…毒ガスなんか使うんだ」キメットは、チョコレートのおまけの将軍カードを集めていたから、世界大戦がどんなものかは知っている、って答えた。「今の若い者たちがやってる戦争も悪くない…結局のところ、この戦争だって、最初の流血騒ぎがすぎれば、戦争ってほどのものじゃないんだし、繰り返すけど、結構気に入ってるよ、一か月もすれば、収まるさ。俺には経験があるからわかるんだ。俺が全然気に入らないのは、処刑や暗殺や、教会に火をつけることだ。見るに堪えないよ…しつこいけど、あんたたちの戦争はいいね。こんどきたらもっと袋をあげるよ。物干し場から一声掛けてくれ」キメットは、来週また来る、って言った。

私はお屋敷であったことをキメットに話した。今は市役所で働いていることも。そしたら、むしろその方がいいかもしれない、市を仕切ってる連中のところで働くのは悪いどころか、むしろいいことだと思う、って言った。キメットは鳩のいない小部屋を見た。私は、屋上にはまだ何羽か、年取っているのが残ってる、って教えてあげた。鳩たちは半分野生にもどっちゃって、お腹を空かせていたから、捕まえることができなかったたんだ、って言い訳すると、気にするな、大したことじゃない、世の中はなにもかもすっかり変わっちゃっているし、もっと変わるんだから、それも良い方にな、その恩恵にはみんながあずかるんだ、って言ってくれた。キメットは夜明けと共に出て行った。太陽が昇る方向は、血みたいに真っ赤だった。キメットを迎えに来たトラックのクラクションは小石だって目を覚ますほどやかましかった。二人の民兵がマットレスを取りに上がって来た。そのうちの一人が、シンテットが消えた、ってキメットに言った。迎えに行ったけどいなかったって。キメットは心配ない、言い忘れて悪かったけど、シンテットはカルタヘナへ紙幣を取りに行ったんで、たぶん週の中ごろまで帰ってこられないと思うよ、って答えていた。

29

キメットが前線に戻って行ってからちょうど三日後、シンテットがゴワゴワの新しいつなぎを着てやって来た。胸の辺りでたくさんのベルトが交叉していて、背中にはオレンジが入った大きな籠を背負っていた。子どもたちへのお土産さ、って言った。カルタヘナへ紙幣を取りに行ったんだけど、乗ってった軽飛行機がとっても古くて、なにも載っていないところの床が風でめくれ上がるんだ。町が視界に入る前に操縦士が、目的地まで飛んでいけないかもしれない、こいつはポンコツだから、って言ったんだ。飛んでいけないかもしれない、って言ったその瞬間に、バサッて、風に押されたのか、気圧の違いで吸い込まれたのか、鳥が一羽、床の隙間から機内に飛び込んで来てね。みんな鳥に気をとられていて、気が付いたときには、気を揉む暇もなくカルタヘナに着いていた。シンテットは、入って来たときにテーブルの上に置いてあったリュックサックからミルク缶を六つ、コーヒーを一パック取り出して、コーヒーを入れてもらえないか、って私に頼んだ。戦争は辛いけど、なかでも一番あこがれるのは、陶器のお皿で食事をすることと、磁器のカップでコーヒーを飲むことなんだ。あのキメットを怒らせたホット・チョコレート用のカップでコーヒーを飲ませてもらいたいんだが、って言った。私たちは二人して笑った。このお土産は、うんざりするほど一緒に壁紙をはがしたことのご褒美だ、と言った。コーヒー用のお湯を沸かしているあいだに、僕らみたいに平和で愉快に暮らしてきた人間がこんな歴史の気紛れに翻弄されるなんて悲しいことだ、歴史は本で読むもので、砲撃の下で自分も登場人物になって書くもんじゃない、ってコーヒーを一口、一口飲みながら言った。私はとってもびっくりしてシンテットを見ていた。私の知っているシンテットじゃなかったから。戦争は人を変えてしまうんだ。コーヒーを飲み終わっても、軽飛行機でのカルタヘナへの旅のことを話していた。孫の代まで語り継ぐべき旅だったな。雲の野原が下に見えるかと思うと、青い野原みたいな海が見える。海っていうのは、上から見るといろんな色をしていて、水の中に水の流れがあるんだ。鳥が機内に飛び込んできたときには、鳥を隅にどけなきゃならなかった。ていうのも風の力があんまり強いんで、床板がめくれるだけじゃなくって、僕も、ほかのものも一緒に持ち上げられるんだ。鳥は腹を上にして死にかけていて、脚の指を伸ばしたり曲げたりしている。くちばしの隅に臨終の唾をためて、小さなガラスみたいな目も半ば閉じられていた。話はマテウのことになった。シンテットもキメットも、なかなか思い切ってマテウには意見を言えないらしい。二人よりもちょっと年上だから。でも、二人とも、初めてグリゼルダにあったとき、この女は人形だ、マテウは人形の相手をするには人間的すぎる、グリゼルダはマテウにとって頭痛の種にしかなりえない、って思ったんだそうだ。でも、そういうことは身をもって痛い思いをして悟ることで、教えてもらうもんじゃない。

シンテットは今になってもまだ、鳩たちはどうしてる？　って聞いてきた。少ししか残っていないし、残ってるのもほとんど野生化しちゃってる、って答えた。巣は毎日一つずつゴミ箱に捨てている、ゴミ収集の人はいっぺんに巣を出すと嫌な顔をするだろうから、とも。彼に昔の鳩たちの部屋を見せてあげた。もうずいぶん前にきれいに掃除してあったけれど、まだ鳩の臭いがした。天井の出入り口は屋上側から古いブリキ板で塞いであるし、梯子は床に寝かせてある。戦争に勝ったら、この部屋をピンクに塗ろう、ってシンテットは言った。いつ戻って来るの、って聞いたら、キメットと同じころに戻れると思うよ、って答えた。シンテットは稲妻みたいに階段を駆け降りて、降りながら、ずっと、さよなら、さよなら…って言っていた。そして通りの扉をバタンとすごい音を立てて閉めた。私はダイニングに戻ってテーブルの前に座った。そしてテーブルの大きなヒビの中に詰まって固くなっている古いパンくずを爪で掻き出し始めた。しばらくそうしていた。呼び鈴が鳴ったんで開けに行くと、アンリケタおばさんと子どもたちだった。子どもたちはオレンジをもらって大喜びだった。

30

ある日、朝早く仕事に行く途中のこと、通りを走る車から私の名前を呼ぶ声がした。

振り返ると車が止まった。中から民兵の制服を着たジュリエタが飛び出してきた。とっても痩せて、顔色がとっても青白くて、熱っぽい目には疲れがにじんでいた。元気？って聞かれたので、元気よ、でもキメットは前線、アラゴン前線にいるけど、って答えた。話したいことがたくさんある、まだ同じアパートに住んでいるのか、次の日曜日の午後、よかったら会わないか、って言われた。車に戻る前に、ケーキ屋さんのご主人が、ラ・ラバサダ街道で殺されたのよ、って教えてくれた。革命が始まって間もないころで、なにか家族でとっても揉めてたみたい。二人の甥がね。一人はご主人を守ろうとしていたんだけど、もう一人の怠け者の甥が、ご主人は悪人で裏切り者だ、って告発して殺させたのよ。そして、私も前線に恋人がいるの、と言った。

ジュリエタは車の方へ歩いて行った。私も仕事に向かった。

ジュリエタは日曜日にやって来た。私は三時から待っていた。アンリケタおばさんが子どもたちを迎えに来て、連れて行ってくれた。知り合いからアンズの砂糖煮の缶詰をもらったからおやつに食べさせてあげる、って言って。私は、ジュリエタが遊びに来るから家にいなきゃいけないこと、ジュリエタがスペインじゅうから集まってくる疎開児童の係りをしてることをおばさんに話した。アンリケタおばさんが子どもと一緒に行ってしまうと、入れ替わりにジュリエタが来た。来るとすぐに、ジュリエタは婚約者が殺されるんじゃないかと気が気じゃない、もし彼が殺されたら、海に身を投げる、それくらい愛している、って話し始めた。一度、一緒に寝たんだけど、何もされなかったの。それで余計に好きになった、って。とってもいい子で、めったにないぐらい愛されてると思う。その夜は、どのグループだか知らないけど、彼のグループが接収して、彼を見張りに立てていた屋敷で一緒に過ごしたんだそうだ。彼女は暗くなりかけたころに屋敷についた。十月だった。門扉を開けると――思いっきり押して開けなければならなかった。というのもちょっと前の雨のせいで門扉の向こうに土砂が溜まっていたから――そこは蔦や柘植や糸杉とか大きな木がたくさんある庭だった。風が落ち葉をあちこちに拭き散らかして、突然、パシッと顔に葉っぱが当たったときには、まるで蘇った死人に叩かれたように思った。屋敷の周りは全部庭だった。暗がりの中を、枝があちこちに揺れる、家の鎧戸は全部閉まっていて、風で吹き散らされ、吹き上げられる葉っぱの中、ジュリエタは心が縮こまるような思いで歩いて行った。彼は門の前で待っているつもりだけど、もし、そこにいなかったらすぐに庭に入るんだ、隣近所の人たちに見られない方がいいから、って言っていた。彼はなかなかやって来なくて、ジュリエタは、あたりがどんどん暗くなって、たくさんの糸杉が――黒糸杉は墓地に植える木だ――体を寄せ合う死人たちみたいに震えながら撓《しな》るなか、じっと待っていた。彼がやって来たとき、ジユリエタはもっと怖かったらしい、だって、顔が見えなくて、それが彼だってわからなかったから。二人はすぐに家の中に入って、懐中電灯で中を探った。空き家独特の臭いがして、足音が、まるでほかの部屋を誰かが歩いているように響いた。彼女はもしかするとそれは、屋敷の住人たちの魂かと思ったそうだ。だって、仕人たちは一人残らず殺されてしまっていたんだから、ぞっとするのも無理もない。その屋敷には、幅の広いカーテンとバルコニーがついた大きくて天井がすごく高い広間がいくつもあった。ある広間の壁は全面鏡になっていて、二人の姿が、正面、背面、側面と一度に見られた。二人の影も踊っていた。懐中電灯の灯りがそこいらじゅうに反射しているうえに、一本の木の枝が風の気紛れで窓ガラスを叩いたりこすったりしていた。二人はロングドレスや毛皮のコートがいっぱい詰まった作り付けのクローゼットを見つけた。ジュリエタはどうしても着てみたくなって、雲みたいなチュールがついた黒いドレスを着た。ドレスの胸とスカートには黄色いバラがあしらわれている。肩はむき出しで、彼はその姿を一言もいわずに見つめていた。それから二人はクッションがたくさん載ったソファで一杯のサンルームへ行って横になった。二人は抱き合って、葉っぱを揺らし、枝を撓らせる風の音を聞いていた。そうやって夜を過ごしたんだそうだ。ときどきうつらうつらしながら。この世にたった二人だけで、戦争と危険と隣り合わせで。月が昇って、鎧戸の隙間から差し込む光がなにもかもに白い縞模様をつけていた。それが最初で最後の夜のように思えた。二人は夜が明ける前に逃げ出した。庭では枝と風が戦っていて、ぶら下がった蔦はまるで生き物みたいに二人の後を追いかけて顔に襲いかかる。ジュリエタはそのドレスを持って来てしまった。なぜなら、持ち主が死んでいるなら盗むことにはならないだろう、って思ったから。ドレスは箱に入れてしまってあるけれど、あまり彼のことが恋しくなるとそれを着る。そうして目をつぶると、あの夜の庭の、どこの風とも違う風の音がまた聞こえてくるんだって。ジュリエタの婚約者は背が高くて痩せ型、真っ黒な目は無煙炭みたいに輝いている。彼の唇は、人を落ち着かせる静かなしゃべりかたをするために作られたようだ。ジュリエタは、その唇を通って出てくる声を聞くだけで、世界が違って見えるんだって。彼が死んじゃったら、彼が死んじゃったら…ってジュリエタは言った。私は彼女に、私もそんな恋をしてそんな夜を過ごしてみたいわ、でも、私は事務所の掃除をして、ほこりを払って、子どもたちの世話をしなくちゃならない。この世の美しいこと——風、生き物みたいな蔦、空気を切り裂く糸杉、あちこちに舞う庭の葉っぱ、そういうものとは縁がないの、と言った。私はもうお終い。悲しいことと、頭痛の種しか私には残っていない。そう言う私をジュリエタは励ましてくれた。世の中は良い方に変わるから心配はいらないわ。みんなが幸せになれるのよ。だって、みんな、苦しみ続けるためじゃなくて、幸せになるために生まれて来たんだから。私だって革命がなかったら貧乏な労働者のままで、お金持ちみたいな、あの素敵な愛の一夜を過ごすことなんて絶対になかったんだから。何が起ころうと、あの夜の思い出はずっと残るのよ！　あの怖さも、葉っぱも、蔦も、縞々の月も、それに私のあの人も……

アンリケタおばさんのところに行ってジュリエタのことを話すと、革命に加わっている女の子たちはとんでもない恥知らずばかりだ、っておばさんはかんかんだった。自分たちの仲間が住人を殺したかもしれない屋敷で恋人と二人きりで一晩過ごすなんて、しかも彼氏を喜ばせるために奥さんのドレスを着て、あげくの果てにそれを盗んじまったんだろ？　そんなことは冗談でもやっちゃいけない、って。子どもたちはアンズの砂糖煮をたくさん食べたよ、って話してくれているあいだに、当の子どもたちは、煙だらけの井戸から出てきている、頭が人間のエビの絵の前の椅子によじ登っていた。二人をそこから降ろすのは一苦労だった。私たち母子三人、私が真ん中で子どもたちの手を引いて家に向かっている途中、なぜだかわからないけれど、胸のずっと奥深いところから熱い悲しみがこみあげて来て、喉にへばりついた。お庭や、蔦や、縞々の月のことを考えるのを止めて、市役所のことを考えるようにした。それで一日はお終い、おやすみなさい。

31

すべての灯りが青かった。まるで魔法の国みたいできれいだった。日が暮れるとすぐにすべてが青になった。背の高い街灯も背の低い街灯もガラスが青く塗られた。家の窓は暗く塞がれて、すこしでも光が漏れると笛を吹かれた。

海から砲撃があったときに、私のお父さんが死んだ。でも砲撃のせいじゃなかった。びっくりして心臓が止まっちゃって、それっきり動き出さなかったのだ。でも私はなかなか実感がわかなかった。だって、もうずいぶん前から私にとって、お父さんは死んでいたようなものだったから…私のものじゃないみたいな、というか、私が自分のものとして愛せない、というか、思えば、お母さんが死んだときに、私にとってはお父さんも死んだようなものだったから。お父さんの再婚相手が、お父さんが亡くなった、って知らせに来た。そしてお葬式の費用を少し出してもらえないかって。私はできるだけのことをした。大した額ではないけれど。その人が帰ったあと、一瞬、ほんの一瞬だけ、ダイニングの真ん中で、頭に白いリボンをつけた小さい頃の私になっていた。私と手をつないだお父さんの横で。私たちは公園がある通りや、お屋敷がたくさんある通りを散歩したものだった。その中に犬がいるお庭があって、その犬は私たちが通りかかるといつも鉄柵に鼻を押し付けるようにして吠えかかるのだった。一瞬、またお父さんを好きになりそうだった、ていうか、ずっと昔に、お父さんを愛したことを思い出したような気がした。私はお通夜に行ったけれど、二時間しかいられなかった。翌朝、早起きして事務所の掃除にいかなきゃならなかったから。それがお父さんの連れ合いに会った最後だったと思う。私はお母さんが生前ずっとペンダントに入れて身に着けていたお父さんの写真をもらってきて子どもたちに見せた。子どもたちはほとんど誰だかわからないようだった。

キメットとシンテットとマテウの消息がわからなくなってずいぶんたったある日曜日、キメットが七人の民兵と一緒に、ぼろぼろのかっこうで食料をいっぱいかついで現れた。汚さとだらしなさは誰も同じだった。七人は、翌日の明け方にキメットを拾いに来るからと言って立ち去った。キメットは、前線では連携がうまく取れていなくて、あまり食べ物が手に入らない、おまけに自分は肺病になっちゃったんだ、て言った。お医者さんがそう言ったの？　って聞いたら、肺が穴だらけだってことぐらい、医者に見せなくてもわかる、うつさないように子どもたちにはキスはしない、って答えた。治るの？　って聞いたら、この歳で、このふざけた病気にかかると、一生ものだ、穴はどんどん深くなっていって、最後は肺が笊《ざる》みたいになる、流れ出た血は行き場所がないんで口から出てくる、そうなったら棺桶を準備するタイミングだ、ですって。

お前はいいよな、健康で…って言われた。鳩たちはみんないなくなっちゃって、小さな月の模様があって、釘みたいに痩せた鳩——あの、いつも帰って来る鳩——しか残っていない、って私は言った。戦争さえなけりゃ、今ごろ、上まで産卵所になっている鳩舎がある小さな家を建ててるんだけどな、って言ったあとで、今にすべてうまく行くさ、こっちへ戻って来る道すがら、たくさんの農家があったんだけど、みんな山ほど食べ物をくれるんだ、って付け加えた。キメットは三日間家にいた。翌日、七人の民兵が、もうすこしここにいろという命令が出た、と伝えに来てくれたから。その三日間、キメットは、家ほどいいところはどこにもないな、って言い続けていた。戦争が終わったら、木の虫みたいに家の中にもぐりこんで、誰になんと言われようと出てこないんだ、なんて言っていた。しゃべるときには、爪をテーブルのヒビに入れて、そこに詰まったパンくずを掘り出していた。私がときどきやるのとおんなじことをするんで、私は少しびっくりした。私がそうしているのを見たことがないはずなのに。

私たちと過ごしたほんの短い時間、キメットはお昼ご飯を食べるとすぐに寝てしまっていたけれど、あんまり会えないお父さんがいるのがうれしくて子どもたちは、キメットのベッドへ行って一緒に寝ていた。事務所の掃除に行くために毎朝、子どもたちを預けなければならないのがつらかった。キメットは、例の青い街灯を見ると気分が悪くなる、いつか自分が命令する立場になったら、全部赤で塗って、国じゅうがはしかにかかったようにしてやる、俺だって悪ふざけのひとつぐらいできるところを見せてやるんだ、って言っていた。彼曰《いわ》く、しかも青く塗ってもなんの役にも立たない、奴らが爆撃したけりゃ、街灯が黒く塗ってあったって爆撃はできるんだから、ということだった。私は彼の目がすごく落ち窪んでいるのに気がついた。まるで誰かが、彼の目を完全に頭の中にめりこませようとして叩いたみたいに。キメットは、行ってしまう前に私をきつく抱きしめてくれた。子どもたちの顔じゅうにキスをしていた。子どもたちは階段の下までお父さんを見送って行った。私も。上がって来るとき、私は一階と二階のあいだの踊り場で立ち止まって、天秤のお皿を指でなぞった。リタは、お父さんのお顔がおヒゲでざらざらだったからお顔が痛い、って言った。

アンリケタおばさんが私に会いにやってきた。キメットが家にいるあいだは遠慮していたのだ。そして、何週間もしないうちに、戦争は負けるよ、って言った。敵が合流して一つになったら、こっちは負けたも同然、あっちは勝ったも同然だよ、連中はあとは押しに押せばいいんだから。あんたたちのことを考えると心配でね。キメットがおとなしくしてくれていたら何もなかったろうけど、これまで首までどっぷりつかってきたことを考えると、どうなることかと思ってさ。アンリケタおばさんが言ったことを、下の食料品店のご主人にも言ってみた。ご主人には誰も信用しちゃいけないぞ、って言われた。アンリケタおばさんに、下の食料品店のご主人に誰も信用しちゃいけないって言われた、って言ったら、おばさんは、下の食料品店のご主人は、私たちが負けるように願をかけているんだ、なぜなら戦争のおかげで売り上げががた減りだから、配給の分以外に、隠れて高値で売ってはいるけどね、と言った。下の食料品店のご主人が終戦を願っているのは、闇で売るのが怖くてしかたがないからで、戦争さえ終われば、どんな終わり方でもいいのさ、とも言っていた。下の食料品店のご主人はご主人で、アンリケタおばさんは王族のことしか考えていない、って言う。ジュリエタがまたやってきて、年寄り連中にも困ったものだ、反対ばかりする、私たち若い者は健全な生き方をしたいだけなのに。人によっては、健全な生き方をするってことはけしからんことで、健全な生き方をしようとする人をみつけると毒を盛られて半狂乱になったネズミみたいにとびかかってきて、捕まえて牢屋に入れてしまうんだ、って言った。

私はジュリエタに子どもたちのことを話した。日に日に食べ物が減って行くけど、どうしたらいいかわからない、もしキメットがほかの前線に配置換えになったら——キメットがそうなるかもしれない、って言ってたんだけど――、今よりもっと会えなくなるし、わずかだけどすごく助かっている食料品も持って来てもらえなくなると思う、ってこぼした。ジュリエタは、よかったら、アントニを困窮児童保護施設に入れてあげる、と言った。リタは女の子なので、やめた方がいいかもしれないけど、男の子は、他の子と接することで世の中へ出る準備もできるし、って。私のスカートにしがみついて聞いていた坊やは、食べるものがなくても、家から離れたくない、って言った。でも、食べ物を手に入れるのが本当にむずかしくなってきて、それ以外に方法はないし、そんなに長いあいだじゃないかもしれない、同じぐらいの歳の子たちと遊ぶのも面白いわよ、って坊やに言った。うちにはお腹を空かした二人の子が口を開けて待っているのに、そこに入れてあげる食べ物はなかった。どんなに辛かったか説明のしようもない。晩ご飯を食べていないことがあんまり気にならないように、私たちは早くベッドに入った。日曜日は、あまりお腹が減らないように、ベッドから起き上がらないようにした。ジュリエタが差し向けてくれたトラックに乗って、私たちはアントニを施設に連れて行った。施設についてさんざん良いことを並べて説得したのだ。でも、坊やは騙《だま》されていることを知っていた。騙している私よりもよく知っていた。施設に連れて行く話をしていると、下を向いて黙っていた。まるでまわりの私たち大人が存在しないかのように。アンリケタおばさんは、必ず会いに行くからね、って約束していた。私は毎週日曜日に会いに行く、って言った。トラックは私たちと紐で縛ったボール紙製のトランクを乗せてバルセロナから出て、絶望へと続く白い街道をひたすら走って行った。

32

一段一段がすごく高くて、すごく幅の狭い石の階段を、両側から迫る壁と天井に押しつぶされそうになりながらのぼって行くと、子どもたちがあふれている屋上に出た。みんな丸坊主で、頭は瘤《こぶ》だらけ、目だけがギョロっとしていた。大声で叫びながら走り回っている。私たちの姿を発見すると、順繰りに叫ぶのを止めて、まるで人間というものを見たことがないようにじっとこっちを見つめ始めた。若い女の先生が近づいてきて、事務所に連れて行ってくれた。私たちはたくさんの子どもたちの真ん中を通って屋上を横切らなければならなかった。先生に言われて、自分たちの境遇を説明した。ジュリエタは書類を見せて、この人は子どもに食べさせることができないのでここに入れたいと思っている、少なくともここなら食料はあるから、と説明した。先生はアントニをじっと見つめて、ここに入りたいか、と聞いたけれど、アントニは一言も答えない。先生が私を見たので、私も先生を見て言った。自分たちはこの子を施設に入れるためにここまで来ました、ここまで来たからには、入れていただきたいと思います、って。そしたら先生は、優しい眼差しで私をまっすぐに見つめて、あの子たちはみんな着いたばかりです、もしかするとお宅のお子さんはここ向きではないかもしれませんね、と言った。先生はまたアントニの方を見た。私は、先生がアントニの本当の姿をそこに見ていることに気が付いた――お花のようなアントニ。生まれて何か月ものあいだ、あんなに悩まされたこの子が、こんなに可愛い子に育ったなんて信じられなかった。額にかかる、黒い水のようにつやつやの縮れ毛と芸術家みたいな睫毛《まつげ》。そしてサテンのような肌。二人とも。アントニもリタも。もちろん戦争前みたいにはいかないけれど、それでも可愛かった。私は、この子を置いて行きます、って言って、ジュリエタと一緒に出口の方へ歩き始めた。そしたらアントニが、置いてかないで！　って泣き叫びながら、死に物狂いの蛇みたいに飛びかかってきた。僕、おうちに帰りたい、施設なんて嫌いだ、置いてかないで！　置いてかないで！　置いてかないで！

でも私は心を鬼にしてアントニを振りほどいた。大げさに騒がないの、なんの役にも立たないんだから、ここにいなきゃいけないんだからいなきゃいけないのよ、ここはいいわよ、お友だちもすぐにできて一緒に遊べるし、って言って。でもアントニは、もうあの子たちのことは見たよ、みんな悪い子だ、僕のことをたたくよ、ここにいたくないよ！　ジュリエタはくじけ始めていたけれど、私は頑として譲らなかった。先生の額には汗の粒が光っていた。帰りたい、って言った。ジュリエタに手をつないでもらっているリタは、アントニと帰りたい、って言った。私は坊やの前にしゃがんで、私たちは食べていけないの、坊やが家にいたらみんな飢え死にしちゃうのよ、ってはっきりと言って聞かせた。ここにいる時間はそんなに長くないはず、いろんなことがうまく行くようになるまでだし、それにそんなにかかるわけないもの…坊やは目を落として唇をとんがらかして、両手を下にたらしている。もう納得したかな、って思って帰りかけた瞬間、また始まった。私に飛びついてスカートにしがみつくと、置いてかないで！　置いてかないで！　ここにいたら死んじゃう、みんなにたたかれる！　って泣き叫ぶから私は、死ぬわけないわよ、たたかれもしないわよ、って言って、私たち三人は逃げるようにその場をあとにした。私はリタを引きずってジュリエタの後ろについていく。丸坊主の子どもたちの雲を横切って。階段を降りる前に私は振り返ってアントニを見た。屋上の反対側に突っ立っていた。先生に手をつながれて。もう泣いてはいない。でも老人みたいな顔をしていた。

ジュリエタは、自分だったらできなかっただろう、って言った。ジュリエタの友だちだという運転手が、どうだった？ って聞くから、私は説明してあげた。それからバルセロナに着くまで誰も話さなかった。まるでみんなで、口にするのも恥ずかしい悪事をしでかしたかのように。途中で雨が降り出した。ワイパーが右へ左へ、一生懸命フロントガラスを拭いている。雨粒が涙の河みたいにガラスを伝って落ちていく。

アンリケタおばさんは毎週日曜日、坊やに会いに行ってくれた。帰ってくると、いつも、まああよ、って言っていた。私は時間がなくて行けなかった。リタが食べられる量は少し増えたけど、目を見るとアントニに会いたがっていることがわかったし、全然しゃべらなくなっていた。私が家に帰ってくると、リタはいつも置いていったのと同じ場所にいた。暗くなっていたら、バルコニーのそばにいた。空襲警報が鳴っているときは、アパートのドアのそばにいた。唇を震わせながら。でも一言もしゃべらない。それを見ると、ビンタをくらったような気がした。十発のビンタを。ある日、民兵がやってきて、シンテットとキメットが男として立派に戦死した、と言った。そして私に唯一の遺品を渡してくれた。腕時計だ。

私は呼吸をしに屋上に上がった。通り側の手すりに近づいて、いっときそこでじっとしていた。風が吹いていた。長いこと使っていないので錆びてしまった物干しの針金が風に揺れていた。物置小屋の扉もパタパタ…私は扉を閉めに行った。すると小屋の奥に、お腹を上にして一羽の鳩が横たわっていた。小さな月の模様がある、あの鳩だ。首の羽毛が死の汗で湿っていた。目には目やにがこびりついていた。骨と羽根。脚を触ってみた。といっても、小さな指を下向きに曲げて折りたたまれた脚を指で撫でただけだけど。もう冷たかった。そのままにしておいた。そこが彼の家だったのだから。私は扉を閉めた。そしてアパートに戻った。

33

「あの人はコルクだ」っていう言い方を耳にすることはあったけど、どういう意味だかわからなかった。コルク、というとビンの栓ぐらいしか思い浮かばなかった。いったん抜いたコルクの栓が、ビンにもう一度入らないときには、鉛筆みたいにナイフで削って入れる。するとコルクは悲鳴をあげる。コルクを削るのはむずかしい。固くも柔らかくもないから。そしてついに私はわかった。「あの人はコルクだ」っていう意味が…だって、私こそがコルクだったのだから。私自身がもともとコルクでできているというわけじゃない。私がコルクみたいにならなきゃならなかった、ということだ。それから雪の心っていう言い方。生きていくために私はコルクみたいにならなきゃならなかった。もし雪みたいに冷たい心を持ったコルクになれなかったら、つまり前みたいにつねれば痛い生身のままだったら、私はあんなに長くて狭くて高い橋を越えられなかっただろう。私は腕時計を箱に入れて、これはアントニが大きくなったらあげよう、って思った。

キメットが死んだなんて考えたくなかった。これまで通りなんだと考えたかった——キメットは戦争に行っていて、戦争が終わったら、痛い足のまま、肺を穴だらけにして帰ってくるんだ、シンテットも、顔から飛び出しそうな目、あんまり動きが無いんで夢見ているんじゃないかと思える目をして、口をちょっと曲げ気味にして現れるんだ。夜、目が覚めると、私の心の中は、引っ越し屋さんがやってきて何もかも場所を変えてしまったあとの家みたいだった。私の心の中では、洋服ダンスが玄関に置かれていて、椅子は重ねられて脚が上を向いている。コーヒーカップは床に置かれて紙で包んで藁を詰めた箱の中に入れるばかりになっている。ベッドの枠も台も分解して壁に立てかけてある。すべてがごちゃごちゃ。私はできるだけ喪服を着るようにした。キメットのためには喪に服したかったから。私のお父さんのときはそんなことなかった。いろいろ大変なことが山積みで喪に服する余裕なんてない、という口実で。そうやって黒ずくめで私は、昼は汚くて悲しげな街を、夜は薄暗くて青い街を歩いていた。喪服の上には一つだけ白い染みのように、ちっちゃくなった私の顔がのっかっていた。

グリゼルダが来てくれた。お悔やみを言いに、と彼女は言っていた。蛇皮の靴を履いて、お揃いの小銭入れを持っていた。服は白で、赤い花柄だった。マテウのことでいい知らせがある、元気みたいだ、別々に生活はしているけれど、娘のために友だちでいることにしたんだ、って言った。あの、子どもみたいだったキメットとシンテットが死んじゃうなんて考えられない、とも。グリゼルダはこれまでにないほどきれいだった。ますます洗練された雰囲気で、肌はさらに真っ白、緑の水みたいな目はますます緑。ますます落ち着いていて、夜になると花びらを閉じて眠る花にますます似てきていた。私は彼女に、坊やを困窮児童保護施設に入れたことを話した。そしたら、そのミント色の目で私をみつめて、かわいそうに、こんなことをいっちゃ悪いけど、施設はとっても悲しいところみたいよ、って言った。

そうなのだ。グリゼルダの言ったことは正しかった。施設はとっても悲しいところだった…施設にいなきゃいけない期間が終わったとき、ジュリエタがアントニを迎えに行ってくれた。アントニは別人のようだった。すっかり変えられてしまっていた。体はふくれちゃって、お腹は出てるし、頬は真ん丸、両足の骨が出っ張ってて、真っ黒に日焼けしている。坊主頭はかさぶただらけ。首には瘤が。私のことを見ようともしなかった。すぐに自分のおもちゃが置いてあるところへ行って、それを指先で触っていた。私が小さな月の模様がある鳩の小さな指にしたように。リタは、なんにも壊してないよ、ってお兄ちゃんに言った。

二人がおもちゃのところにいるあいだ、私とジュリエタは顔を見合わせていた。リタがアントニに、お父さんが戦争で死んだのよ、みんな戦争で死んじゃうの、戦争っていうのはみんなを殺しちゃうの、って言っているのが聞こえた。施設ではサイレンは聞こえるの？ って聞いていた。ジュリエタは帰る前に、できたらミルク缶や保存肉を持ってきてあげる、って言ってくれた。その日の晩ご飯には、三人で一匹のイワシとカビの生えたトマトを食べた。猫がいたとしても、残った骨一つみつけられなかっただろう。

私たちは三人一緒に寝た。私が真ん中で、両側に子ども一人ずつ。死ななきゃならないならば、こうやって死ぬんだ。夜、警報が発令されてサイレンが鳴っても、私たちは黙ってそうしていた。ただ耳を澄ませてじっとしていた。警報終了のサイレンが鳴ると、眠れれば眠るんだけど、眠っているのかどうかはわからなかった。三人ともいつも黙っていたから。

最後の冬が一番辛かった。十六歳の少年たちまで連れて行かれた。壁という壁はポスターで埋まっていた。昔は「戦車を作ろう」というポスターの意味がわからなくて私とアンリケタおばさんは大笑いしたんだけど、同じポスターが今、剝がれて断片だけが壁に残っているのを見たときには、もう少しも笑えなかった。市街戦の訓練を受けているとっても年取った人たちがいた。老いも若きも全員、戦争だ。戦争が彼らを吸い上げて、死を与える。体の内も外も、たくさんの涙、たくさんの痛み。ときどきマテウのことを考えることがあった。廊下に立っているのが見えた。まるで本当にそこにいるかのように。あんまり本当っぽいので、怖くなるぐらい。青い目をしたマテウは、グリゼルダに首ったけ。でも、ほかの男の人が好きなグリゼルダは彼のもとにはいない。みんな行かなきゃならないんだ、っていう、あのマテウの声が聞こえる。みんな行ってしまって、ネズミ捕りの中のネズミみたいになっちゃった。どうしようもない。どうしようもない。ジュアン神父の二枚の金貨を売る前に、私は何もかも売ってしまった——刺繡のあるシーツ、上等のテーブルクロスセット、ナイフ、フォーク、スプーン…買ってくれたのは市役所の清掃婦仲間たち。その人たちはそれをまた売ってもうけていた。ほとんど食べ物なんて買えなかった。お金がなかったし、食べ物もなかったから。牛乳は本当の牛乳じゃなかったし、肉があると、馬肉だという噂だった。

みんな街から出て行き始めていた。下の食料品店のご主人は、「見てごらん、ほら、新聞やポスターを…もう逃げださなきゃ」て言っていた。最後の日は風が強くて寒かった。風が、通りを埋め尽くしている白い紙の切れ端を舞い上げていた。心の中の寒さは、どうにも防ぎようのない寒さだった。あの頃、私たちがどうやって生きていたのかわからない。街を出て行く人たちがいて、街に入ってくる人たちがいるなか、私はアパートに閉じこもっていた。アンリケタおばさんが、家の近くの商店に人々が押し入って奪い取った缶詰をいくつか持って来てくれた。誰かがどこかで食料を配っている、と聞くとそこへ行った。わからないけど。そこから戻ってくると、食料品店のご主人が戸口に立っていて、私には挨拶しようとさえしない。夕方、私はアンリケタおばさんに会いに行った。おばさんは、少し前に進んだね、間違いなくまた王様が戻ってくるよ、って言った。そしてレタスを半分くれた。そして私たちは生きていた。まだ、生きていた。私は何が起こっているか全然わかっていなかったけれど、ある日、アンリケタおばさんがやって来て、マテウが広場の真ん中で銃殺されたよ、間違いない、って言うんで、私は他になんて言ったらいいかわからないんで、どの広場の真ん中？　って聞いたら、広場の真ん中さ、どの広場かはわからないけど、そうなんだよ、本当に、嘘じゃないよ、みんな広場の真ん中で銃殺されるのさ、って言った。五分ぐらい経ってからやっと、体の中から強い痛みが込み上げてきた。そんなこと、そんなことあり得ない…私はまるで魂が心の中で死んじゃったみたいに、小さな声でつぶやいた。だって、マテウが広場の真ん中で銃殺されたなんてあり得ないもの。あり得ない！　アンリケタおばさんは、顔から血の気がすっかり引いちゃったじゃないか、そんなにショックを受けるってわかっていたら、教えなかったのに、って言った。

仕事もないし、明日の見通しも立たないなか、私は持っているものを全部売ってしまった――娘時代のベッド、柱のついたベッドのマットレス、坊やが大きくなったらあげようと思っていたキメットの腕時計…洋服も全部。グラスも、ホット・チョコレート用のカップも、食器棚も…いよいよ、あの、神聖なものに思えていた金貨を除いて何も売るものが無くなると、恥ずかしさをグッと飲み込んで、私は以前奉公していたお屋敷へ行った。

34

私がグラン通りを渡ろうとしていたとき、市電が急ブレーキをかけた。初めてのことじゃない。運転手に怒鳴られた。人が笑っていた。ビニールクロス屋さんの前で、私は立ち止まってショーウィンドーを見ているふりをした。本当のことを言うと、私には何にもはっきりとは見えていなかった。いろんな色の染み、人形たちの影…店の入り口から、ゴム引きのクロスのお馴染みの臭いが漂い出てきて、鼻から私の脳に侵入して私をぼーっとさせた。餌の豆を売るお店は開いていた。角の下宿屋の前をお手伝いさんが掃いている。バルの日よけの色が変わって、花壇にはまた、お花が植わっている。私はお屋敷の庭側の入り口へ行って、機械的に扉の錠前を持って引っ張った。すごく力が要った。いつも扉は固かったのだけれども、ずいぶん時間が経っているので余計に力が要った。やっとのことで少し開けて、隙間から手を差し込んで鉤《かぎ》から鎖を外そうとした…でも、とっさに思い直して手を引っ込めて、地面にひどくひっかかる扉を閉めてから呼び鈴を鳴らした。するとすぐに、上っ張りの若旦那がサンルームから顔をのぞかせた。私を見るといったん引っ込んで扉を開けに出てきた。

「なんの御用かな?」

なんの御用かな、って言った声は鞭でたたく音みたいに冷たかった。土の上を歩く足音が聞こえた。誰が呼び鈴を鳴らしたのか見に来た奥様だった。奥様が近くまでくるとすぐに若旦那は私たち二人だけを残して上へあがってしまった。奥様と私はお庭を上がって行って、ポートランド・セメントの中庭のところで立ち止まった。例の男の子は空の洗濯槽の中に入っていた。へらで緑色の石鹼の泡をこすり落としている。私が誰だかわからないようだった。私は奥様に、仕事を探しているんです、もしかするとこちらで…と言いかけたら、若旦那に聞こえたんだろう、出てきて、ここには人に頼むような仕事はない、仕事が欲しいっていう奴はここに上がってきて見てみろ、私たちだってたくさんのものを失ったんだ、失ったものは取り戻さなきゃならん、革命派の連中なんぞ糞くらえだ！　危険を冒す気なんて毛頭ない、貧乏人はこの家にはいらない、貧乏人とかかわりあいになるぐらいなら家が汚い方がましだ、ってまくしたてた。奥様は、落ち着きなさい、と言ってから私を見て、戦争で神経がまいっているのね、ちょっとしたことでカーっとなるんだから…でもね、節約しなきゃならないのは本当よ、嘘だと思ったら、あの子を見てごらんなさい、かわいそうに洗濯槽をきれいにしなきゃならないのよ、お手伝いさんなんか雇える状況じゃないのよ、って言った。キメットが戦死した、って言ったら、若旦那は、それは本当に気の毒だが、キメットを戦地へ行かせたのは自分じゃない、って答えた。それから、あんたは赤だ、わかるかい？　あんたみたいな人は私たちにとっては危険なんだ、私たちにはなんの罪もないんだ、と言った。奥様が見送ってくれた。噴水のそばまで来ると、あの人はファシストになっちゃったの——あの人とは義理の息子のことだ——、革命派の人たちに連れまわされたあと、一度はショックを乗り越えたんだけど、あとになってどうしても納得がいかなくなって、ずっと恨みを抱えてるのね、私たちだってすごく苦しんだのよ、って言った。私は通りに出て、奥様が扉を閉めるのを膝を使って外から押して手伝った。扉の材木が雨でふやけてしまってるから地面を引きずるのよ、って奥様は言った。私は豆を売っている食料品店の前で立ち止まって一息入れた。店は半分空っぽで、通りに豆の袋も出ていなかった。また歩き始めて、こんどはビニールクロス屋さんの前で止まってお人形さんたちと小さな白いぬいぐるみの熊を見た。熊さんは耳の中に、黒いベルベットで小さな筋が入れてあって、同じベルベットのオーバーオールをはいている。首には青いリボン。黒い鼻先もベルベット。こっちを見ている。とっても豪華なお人形の足元に座っている。小さな目はオレンジ色で、真ん中が艶のある、井戸みたいに深い黒。両腕を開いていて、足の甲が白い。呆けた顔をしている。私はあんまり見とれていたので、どれくらい時間が経ったのかも気づかないうちにすっかりくたびれてしまっていた。そしてグラン通りを渡ろうとして、片足を車道に、片足をまだ歩道に置いているときに、真っ昼間でついているわけもない青い街灯が、見えた。そして私は転んで、なんかの袋みたいに大の字に地面に倒れてしまった。

家の階段を上って、天秤の絵の前で一息ついたときには、何も覚えていなかった。まるで車道に足を降ろしたときから、天秤のところに着くまでの時間が、私が生きた時間ではなかったかのように。

アンリケタおばさんが、毎週土曜日にマンションの階段を掃除する仕事と、週に二回、午前中、世界のニュースをやっている映画館の掃除の仕事を見つけてくれた。でも、全部足しても、地面の砂粒一つぐらいの収入にしかならなかった。そしてある晩、痩せて肋骨が皮膚を突き破りそうになって、体中の血管が青く浮いているリタとアントニを両側にして横になっているときに、この二人を殺してしまおうかと思った。どうやったらいいのかはわからなかった。ナイフで刺すのはだめだ。目隠しをしてバルコニーから投げ落とすのもだめ…足を折るぐらいで済んでしまったらどうするの？　二人とも私より力が強いし、めくらの猫みたいなわけにはいかない。だめだ。割れるように痛む頭と、氷のように冷たい足のまま、私は眠りに落ちた。するといくつもの手が現れた。寝室の天井が雲みたいに柔らかくなった。手は脱脂綿みたいで骨がなかった。降りてくるにつれて透明になっていく。小さいころにお日様にかざして見た私の手みたいに。

その、天井から出てきた手は、最初は組まれていたのに、だんだんとほどけていって、手が降りてくるにつれて、子どもたちは子どもたちでなくなっていた。子どもたちは卵になっていた。殻と黄身だけになった子どもたちを手がつかんで、用心深く持ち上げると、振り始めた。最初はゆっくりと、でもだんだんと乱暴に。まるで鳩たちの怒りと戦争の怒りと戦争に負けた怒りが、私の子どもたちを振るその手に込められているかのように。叫びたかったけど声が出なかった。叫んで近所の人たちを呼びたかった。誰か、近所の人か警官に来てもらってその手たちを追い払ってもらいたかった。でも、叫び声が出そうになった瞬間、私は思い直して声を押し殺した。というのもキメットが戦死しているので、警察が私を捕まえに来るから。こんなことはもう終わりにしなきゃならない。私は漏斗《じょうご》を探した。二日前から私たちは何も食べていない。ジュアン神父さまの二枚の金貨を、生きたまま奥歯を全部抜かれるような思いで売ってしまってからずいぶん経つ。もう全部お終いだ。漏斗はどこだろう？　どこに置いたんだろう？　何もかも売り払ってしまったのだから、漏斗だってあるはずがない。どこだろう？　どこ？　さんざん、ほうぼうかき回した末に、台所の食器棚の上に口を下にして置いてあるのをみつけた。椅子の上に登ってそこにみつけたのだ。じっと私を待っている漏斗を。ほこりをかぶって、口を下に置かれた漏斗。それを手にとって、なぜだかわからないけれど洗ってから食器棚にしまった。あとは塩酸を買うだけだ。二人が寝ているあいだに一人ずつ順番に、口に漏斗を突っ込んで塩酸を流し込む。それから私も飲む。それで終わりだ。すべて丸く収まる。私たちは誰にも迷惑はかけないし、誰も私たちを愛してはいないのだから。

35

塩酸を買いに行くお金さえなかった。下の食料品店のご主人は私の顔を見ようともしない。でもそれはご主人が悪い人だからではなくって、怖いからだと思う。うちにはたくさんの民兵たちがかつて来ていたから。突然、鳩の餌の豆を買っていた食料品店のご主人のことが頭にひらめいた。ビンを持って行って塩酸を買おう。払う段になったら、小銭入れを開けて、お金を持ってくるのを忘れたんで、明日、払いに来ます、って言えばいい。私は小銭入れもビンも持たずに家を出た。そんな気になれなかったから。家を出た。何をしにかわからないまま。ただ家を出た。走っている市電には窓ガラスがない。代わりに網戸の網が張ってある。みんなひどいかっこうで歩いている。

なにもかもがまだ、重い病気の後遺症でひどく疲れていた。こうして私は通りをさ迷い歩き始めた。私のことなんか目に入っていない人たちを眺めながら。この人たちは、私が塩酸で子どもたちを体の中から焼き殺そうとしているのを知らないんだ。私は自分でも気づかないうちに、スカーフをしたすごく太った女の人のあとについて行っていた。二本のろうそくを真ん中辺りで新聞紙で包んで持っている。曇り空の穏やかな日だった。雲間から太陽がのぞくと、女の人のスカーフが光り、女の人のコートの背中も光った。ジュアン神父さまの司祭服みたいな蠅の色だった。反対方向からやってきた男の人がその女の人に挨拶した。二人は少し立ち止まったので、私はショーウィンドーを見ているふりをした。ガラスの中に女の人の顔が見えた。犬みたいな頬の顔だった。女の人が泣き出した。突然、少し片手を上げて、持っているろうそくを男の人に見せた。二人は握手をすると、それぞれまた歩き始めた。私はまた女の人のあとをつけ始めた。彼女を見ることと、彼女が歩くにつれてスカーフの両側が風を含んでふくらむのを見ることで、自分が一人じゃない、って感じることができたから。ずいぶん長いあいだ、陽が差さなかった。なにもかも黒っぽくなって、ついに小雨が降り出した。雨が降り出す前は、片方の歩道は湿気で湿っていて、もう片方は乾いていた。雨はすぐにどちらの歩道も同じようにしてしまった。ろうそくの女の人は傘を持っていて、それを開いた。傘にはすぐに光沢が出て、やがて骨の先から雨粒がしたたり落ち始めた。雨粒の一つがいつも彼女の背中の真ん中に落ちた。毎度、同じ粒が落ちているかのように。落ちた雨粒は少しずつ下へ滑っていった。私は雨に打たれていた。髪がだんだん濡れてくるけど、その女の人は、ゴキブリみたいに、決心固く、頑固に、どんどん歩いて行く。私はその後ろについて行く。最後に教会の前に着くと、男物の傘を閉じて腕にぶら下げた。ちょうどそのとき、片足の無い若い男の人が私の方へやってくるのが目に入った。私の前で立ち止まると、お元気ですか、と言った。私は、確かにどこかで会った覚えはあるんだけども誰だかわからなかった。ご主人はどうしていらっしゃいますか？　今、僕は自分の店を持っていて、戦争ではフランコ将軍側にいたもんで、おかげでいい生活をさせてもらってます、と言った。私は、知っているのに誰だかわからない、というもどかしさを感じ続けていた。その人は私と握手して、ご主人が亡くなったのはとても残念です、と言って行ってしまった。五十歩も遠ざかってしまっていただろうか、まるで真実の風が私の中で吹いたかのように、わかった。キメットのところにいた役立たずの徒弟だ。

男物の傘とろうそくの女の人は、教会の入り口で小銭入れを開いて、ぼろぼろのかっこうをして、ほとんど裸の子どもをおぶった女乞食に恵んであげるための小銭を探していた。女の人はろうそくと傘が邪魔になって小銭入れを開けるのに苦労していた。傘の骨がポケットの蓋にひっかかっているうえに、風で片っ方に吹き寄せられたスカーフのせいで目が完全にふさがれていたから。お金をめぐんであげたあと、小さい方の入り口から教会の中に入った。私も無意識のうちに中に入った。教会は人でいっぱいだった。

神父さまが、裾に二〇センチほどの幅で刺繡が入った糊のきいた白い上っ張りを着ている二人の助手と一緒に、右に左に走りまわっていた。神父さまのミサ服は白い絹で花の刺繡があって、全体が金の帯で縁取りされている。真ん中には明るい色の宝石でできた十字架がついている。十字架の縦と横の腕が交わる部分からは赤い光線が出ているけれど、光というよりも血に見えた。私は祭壇へと近づいて行った。教会の中に入るのは結婚式のとき以来だった。幅が狭くて背の高いステンドグラスの窓が色のついた光の斑点を落としている。ガラスがところどころ割れていて、そこから曇った空がのぞいている。主祭壇は茎も葉っぱも純金の白ユリでいっぱい。まるで黄金の叫び声。何本もの柱がその叫び声を上へ上へと運んで行って、屋根の尖塔に集められた叫び声は天国に届くんだ。男物の傘の女の人がろうそくに火をつけようとしていた。火をつけるためにろうそくを支えている手が震えている。ろうそくを立てると、十字を切って、私と同じように立ち上がった。ほかの人たちはひざまずいている。私はひざまずくのも忘れて、皆がひざまずくのをぼーっと見ていた。その女の人も同じように突っ立っていた。もしかするとひざまずけないのかもしれない。それからお香が回ってきた。お香が広がるあいだに、私は祭壇の上に小さな玉が現れるのを見た。祭壇の片っ方にかたよって、黄金の白ユリの束の根元から山になりつつある。小さな玉の山はどんどん大きくなっている。今ある玉の脇に次から次へと新しいのが生まれている。石鹸の泡みたいに、小さい玉がびっしりと密集している。その小さな玉の山がむくむくと高くなる。神父さまにも玉が見えているのかもしれない。ある瞬間に「聖母マリアさま！」て言わんばかりに両手を開いて頭に近づけたから。私はほかの人たちを見た。振り返って、教会の端までぎっしりとつまっている後ろの人たちを見た。皆、こうべを垂れているので玉が見えるわけがない。小さな玉はお互いにくっつき合って今にも祭壇からあふれ出そう。もうすぐお祈りをしている侍者の少年たちの足元に届くだろう。白ブドウの色をしているこの小さな玉はだんだんピンクに色づいてきたかと思うと、最後は赤くなった。それに明るさも増している。目が疲れたので閉じて、暗闇の中で今見ているものは本当なんだろうか、って考えて、また目を開けると、小さな玉はもっと明るくなっていた。山の片側がもう全部赤くなっている。この小さな玉は魚の卵みたい。魚のお腹の中の、生まれる前の赤ん坊が入っている子宮に似た袋に詰まっている卵みたい。小さな玉たちは、まるで教会が一匹の大きな魚のお腹であるかのように、教会の中で生まれている。これ以上時間が経つと、もうすぐ教会は小さな玉でいっぱいになってしまうだろう。人も、祭壇も、椅子も玉に包まれてしまうだろう。そのとき、遠くから声が聞こえてきた。大きな苦しみの井戸の底から聞こえてくるような声、切られた首から出てくるような半分かすれた声、ことばを言うことができない唇の声。教会全体が死に絶えた。神父さまは絹のミサ服と血と宝石の十字架をつけたまま祭壇に磔《はりつけ》になっている。人々は、幅が狭くて背の高いステンドグラスの窓から色のついた光に染められている。何ひとつ生きているものはなかった。今や血に満たされた小さな玉だけが広がっていく。血の臭いでお香の匂いをかき消しながら。死の臭いである血の臭いだけ。私に見えているものが誰にも見えていない。みんなこうべを垂れているから。何を言っているのかわからない遠くから聞こえてくる声にかぶさるように、天使の歌声が上がった。でもそれは、腹を立てた天使たちの歌声で、人々を叱りつけている。お前たちは戦争で死んだすべての兵士たちの魂を目前にしているのだ、と諭している。その歌は、悪をよく見ろ、神が祭壇からあふれさせ給う悪を、と言っている。神は、悪にとどめを刺すべく皆が祈れるように、犯された悪を見せ給うたのだ。私は、たぶんひざまずくことができないので立ったままでいる、ろうそくの女の人を見たまま、いっときうっとりとしていた。きっと彼女も死んだ兵士たちを見ていたからだ。顔から飛び出しそうな目をしていた。私たちは見つめ合った。私たちは見つめ合った。自分も彼らを見た、とその目が語っていた。身内の誰かを戦場の真ん中で銃弾で殺された人の目が。その女の人の目が怖くなって、私はひざまずいている人たちを踏みそうになりながら教会から出た。外は、入る前と同じように細かい雨が降っていた。何もかもが同じだった。

私は登って行く、上へ、上へ、上へ。クルメタ、飛べ、クルメタ…喪服の上に白い染みみたいな顔を乗せて…上へ、クルメタ、お前は後ろにこの世のすべての悲しみを引きずっている。この世のすべての悲しみとお別れするんだ、クルメタ。速く走れ。もっと速く走れ。血の小さな玉がお前の足を止めないように。捕まるな。上へ舞い上がれ。階段を上がれ、お前の屋上に向かって、お前の鳩小屋を目指して…飛べ、クルメタ。飛べ、飛べ、丸い小さな目と、小さな鼻孔が開いたくちばしを突き出して…私は家に向かって走って行った。皆、死んでいた。すでに死んでしまった人たちは死んでいる。生き残った人たちも死んだようなものだ。まるで殺されたかのようにふるまっている。私は階段を駆け上がった。こめかみの血管が破れそうだった。私はドアを開けた。鍵を差し込む穴が見つからなかった。私はドアを閉めるとドアにドンと背中を押し当てて、まるで溺れているみたいに苦しい息をした。マテウが手を差し出しているのが見えた。ほかに方法が無かったんだ…って言った。

36

私は小銭入れを握りしめてアパートを出た。本当に小銭だけを入れる小さいものだ。それからビンの入った買い物籠。降りて行く階段がとてつもなく長く、その先には地獄が待っているように感じられた。階段は何年も塗りなおしていなかったので、暗い色の服を着て壁に擦れると、服が白っぽくなった。腕の高さまで、壁は人形や名前の落書きでいっぱいだ。どれも消えかかっているけれど。天秤の絵だけがはっきりと見える。描いた人が深く彫り付けているから。手すりは湿ってべたべたしている。昨日の晩、ずっと雨が降っていたからだ。私が奉公していたお屋敷の、クローゼットの前の階段みたいに、この階段も二階まではつぶつぶの石でできている。二階からうちまでは赤いタイルで木の縁取りがある。私は床に座った。すごく早い時間なので、何も音はしない。私はビンを見た。階段の薄暗い明かりの中で光っていた。昨日見たことを思い出して、くじけてはダメだと思った。ボールみたいにはねながら、下へ下へと階段を降りていけたらいいのに、って思った。そして最後はポン、ってぶつかって止まるんだ。立ち上がった。

立ち上がるのが難儀だった。体の蝶番《ちょうつがい》が錆《さ》びちゃってるんだ。蝶番が錆び付いたら、おさらばだよ、ってお母さんが言っていた。立ち上がるのが難儀だったけど、つぶつぶの石の部分の階段を降り切った。すべるのが怖くて手すりにしがみつきながら。階段は羽根のいやな臭いがした。建物の入り口横のゴミ箱だ。ゴミ箱を一つ一つ残らず漁っている男の人がいた…昨日、走って家に帰る途中で、一瞬、手を差し出して物乞いをしようか、という考えが頭をよぎった。教会の入り口で、男物の傘の女の人に手を差し出していた女乞食のように。子どもたちを連れて…今日はこの通り…明日はあの通りって…今日はこの教会…明日はあの教会って…お慈悲を、お恵みを…どうかお慈悲を、お恵みを、って。ゴミ箱を漁っていた男の人はなにかみつけたようだ。袋を開けて、みつけたに違いないものをその中に入れた。濡れたおがくずがいっぱい入ったゴミ箱があった。その下に何かいいものがあるかもしれない。たとえばパンの食べ残しとか…でも、私たちのぺこぺこのお腹に、パンのかけらが何の役に立つだろう。草を食べようと思えば、草を取りに行く労力がいるし、結局のところ、草じゃお腹はいっぱいにならない…私は読み書きを覚えて、お母さんに白い服を着ることを教えられた。私は読み書きを覚えて、ケーキや、飴や、中にリキュールが入ったチョコレートや入ってないチョコレートを売るようになった。

そしてほかの人たちと同じ一人の人間として通りを歩いていた。読み書きを覚えて、お客さんの相手をしたり奉公したりした…バルコニーの上から私の鼻に、丸い水滴が一粒落ちて来た。私はグラン通りを渡った。商店の中には売り物の商品がそろい始めている店もあった。その数少ない店に入って買い物をすることができる人たちがいた。私は買い物籠の中のビンから考えをそらすためにそんなことを考えていた。緑に輝くビンから。何もかもが今までとは違って見えた。もしかすると明日はもう見られないからかもしれない。見ているのは私じゃない、話しているのは私じゃない、眺めているのは私じゃない。明日になれば、美しくも醜くもない。私の目の前には何も現れない。今はまだ、私の目の前にあらゆるものが姿を見せる。まるでそこで、死ぬ前に永遠の命をつかもうとしているかのように。そして私の目はショーウィンドーみたいにそれを全部映し出す。ビニールクロスの店には、もう熊さんはいなかった。いないとなると無性に見たくなった。ベルベットのパンツをはいてぼーっとした顔で座った熊さんを…鼻の中に、建物の入り口のゴミ箱の羽根の臭いがまだ残っていて、ビニールクロスの臭いと混ざり合った。私の鼻の中の二つの臭いは、歩いているあいだ、香水屋さんの前に来て、石鹸と上等のオーデコロンの香りがどっと押し寄せてくるまで続いていた。少しずつ餌の豆を売っている食料品店が近づいていた。通りに出ている袋は一つもなかった。この時間、前に奉公していたお屋敷では、奥様が朝食の準備をし、男の子は中庭でボウリングをしている。地下室の壁は雨水が浸みてできた白カビが他の白カビとくっついて大きくなって、塩みたいにきらきら光っている。食料品店のご主人はカウンターの中にいた。お客は、家政婦の女の子が二人と、ご婦人だった。家政婦の一人には見覚えがあった。ご主人が二人の家政婦とご婦人の相手をしているあいだに、立ちっぱなしの私は足が痛くなった。私の番になったときに、また別の家政婦の子が入ってきた。私はカウンターの上にビンを置いて言った。「塩酸をください」。払う段になって、まだ蓋の隙間から少し煙が出ているビンを前に、私は小銭入れを開けた。びっくりした振りをして、お金を忘れてきちゃったわ、と言った。ご主人は、ご心配なく、わざわざ払いに来なくてもいいですよ、またいつかついでがあるときに払っていただければ、いつでも都合のいいときに、と言ってくれた。お屋敷の人たちはお元気ですか、と聞かれたので、もうずいぶん前に、戦争が始まったころに、ご奉公はやめました、って答えた。ご主人は自分も戦争に行った、また店を開けたのは奇跡的だ、と言って、カウンターから出て来て、塩酸のビンを買い物籠に入れてくれた。私はまるで世界が自分だけのものであるかのように安堵の溜息をついた。そして店を出た。転ばないようにしなくちゃならない。轢《ひ》かれないようにしなくちゃ、市電に気をつけて、とくに坂を下ってくるのに。気をしっかりもって、まっすぐに家に帰らなきゃ。青い街灯を見ないようにして。そう、とくに青い街灯を見ないようにして。

香水屋さんのショーウィンドーをまた見た。黄色いオーデコロンがいっぱいに詰まったビン、ぴかぴかで新品の爪切りばさみ、蓋に小さな鏡がついたパフケース、黒いマスカラとまつ毛を塗るための小さな刷毛……

またビニールクロス屋さんの前を通る。エナメルの靴を履いたお人形さんたち…とくに青い街灯を見ないで、慌てずに通りを横切ること…青い街灯を見ない…誰かに呼ばれた。誰かに呼ばれたんで私は振り返った。呼んだのは豆を売っている食料品店のご主人だった。こっちへ近づいてくる。振り返ったとき、私は神様の言うことを聞かずに振り返ったために塩の柱にされてしまったロトの妻のことを思った。塩酸と間違えて漂白剤を売ってしまったとか言われるんじゃないかと思った、わからないけど。一緒に店に戻ってもらえないか、申し訳ないけど、よかったら一緒に店に戻ってもらえないか、ってご主人は私に言った。私たちはお店に入った。誰もいなかった。ご主人は私に、うちに家政婦として来てもらえないか、って聞いた。私のことはずっと前から知っているし、長いこと働いていた女の人が年を取ってしんどい、と言って辞めてしまったんで。そのときお客さんが入って来たけれど、少々お待ちください、と言って、私の前に立って答えを待っている。私が黙っているので、もしかするともう働いているのか、もう先約があるのかと聞くので、私は首を振った。私はどうしたらいいかわからない、と言った。もし仕事がないんなら、うちはけっこういい家だし、私は口うるさい方でもない、あなたが責任感のある人だということも知っているし、と言った。私がうなずくと、じゃあ、明日から始めてください、と言った。それから慌てて奥から缶詰を二つ出してきて、なんかの包みと、それからほかにも覚えてないけど何かを買い物籠に入れてくれた。そして翌朝、九時に始めて欲しい、と言った。私は無意識に塩酸のビンを買い物籠から取り出して、気をつけてカウンターの上に置いた。それから何も言わずに店を出た。アパートに着くと、私はそれまでめったに泣くことなんてなかったんだけど、それが当たり前のように大泣きした。

37

真ん中にどんぐりと葉っぱの模様とインクの染みがあった。染みは、真鍮の花瓶で隠されていた。ベールだけを身に着けて、乱れ髪を風になびかせながら花輪を編んでいる裸の女の人たちが花瓶には描かれていた。造花の赤いバラと黄色いマーガレットがたくさん活けてあるけれど、それは中にあるまがい物の苔の台に刺さっているのだ。真ん中にどんぐりの模様とインクの染みがあるテーブルクロスからは三連の結び目の房が一本下がっている。食器棚は赤みがかった木でできていて、ピンク色の大理石の仕切りがある。大理石の上が食器を入れる部分で、ガラス製品が入っている。ガラス製品というのは、グラスとか水差しとかワインのボトルのことで、それらは飾りだった。一方の窓はいつも暗くて、吹き抜けに面していた——その吹き抜けには台所の窓も面している。その部屋はダイニングで、二つある窓のもう一つは、店の方を向いていていつも開けてある。ご主人がダイニングにいても店の様子がわかるように。椅子はウィーン風で、背中と座る部分が穴だらけだった。「疲れませんか?」とご主人はいつも私に聞いた。ご主人は、うちの子と同じアントニという名前だ。私は、働くのに慣れているんです、って答えたし、ある日なんかは、若いころはケーキ屋さんで働いていたんです、って打ち明けもした。ご主人はときどき私と話すことが気に入っているようだった。疱瘡《ほうそう》でできた顔のあばたも、薄暗いダイニングではほとんど目立たなかった。店とダイニングの間にはドアがなかった。出入りできる空間が開いているだけだ。ご主人はそこに、山のような髪にやたらと簪《かんざし》をさした日本女性が描いてある蛇腹カーテンをかけていた。その人が片手に持っている団扇《うちわ》には、ずっと遠くに何羽も鳥が飛んでいる絵が描かれていて、近くに火のともった提灯がある。

ご主人のお宅は質素で、市場へ続く通りに面した二部屋以外は薄暗かった。間取りはこんな具合だった——日本女性のカーテンから先は廊下になっていて、その突き当たりにソファとカバーのかかった安楽椅子とコンソール・テーブルがある居間があった。廊下の左側には、市場に続く通りに面した二つの部屋のドアが並んでいる。廊下の右側には台所と、窓のない部屋があって、そこが倉庫、物入れになっていて穀物の袋やジャガイモの袋やビン類でいっぱいだ。廊下のまわりはそれだけ。廊下の突き当たりに居間があって、居間の右手はご主人の寝室だ。居間と同じ大きさで、バルコニーの上には上の階の屋内物干し場が、四本の鉄柱に支えられて張り出している。物干し場の向こうには埃っぽい中庭があって、二階に付属したお庭の、槍のような泥棒除けがある柵で仕切られている。この中庭はいつも、紙くずや上の方の階から落ちて来るゴミくずでいっぱいだった。二階の庭には一本だけ木があった。元気のない桃の木だ。桃の実は、ナッツぐらいの大きさになると地面に落ちてしまう。二階に付属する柵のすぐ横に鍵のかかっていない格子戸があって、そこを出ると市場にまっすぐ続く通りだ。居間にもどって、コンソール・テーブルの上には上の部分に木の装飾がある鏡と、ヒナゲシ、麦の穂、ヤグルマギク、野バラといった野の花が活けられている釣り鐘のガラスの花瓶が二つあった。釣り鐘と釣り鐘の間には、耳に当てると海の音が聞こえるという、あの巻貝があった。海のうめき声をぜんぶ自分の中にためこむことができる、あの巻貝。それは私にとっては、人間を超える存在だった。自分の中に寄せては返す波の音をためこんで生きられる人なんていないだろう。それのほこりをはらうたびに私は、しばらく耳に当てていた。

家のタイルは赤だった。拭いたとたんに、またほこりが目立つといった種類のタイルだ。ご主人が最初に言ったことのひとつが、居間と寝室のバルコニーをあまり長く開けっ放しにしておかないように十分に注意して欲しい、ということだった。ネズミが入ってくるというのだ。脚が細くて長い小さなネズミ、「せむしネズミ」たちだ。中庭の格子戸の足元にある小さな排水口から出て来て、倉庫に走り込むんだそうだ。そこに潜んでいて、袋をかじって穀物を食べてしまう。穀物を食べられるだけなら、まだいい。食料は不足してはいたけれど。袋はご主人か店員が倉庫に取りに行くんだけど、知らずに店まで運んでいくときに、引きずった袋から粒がそこいら中にまき散らされて、後でスコップで集めるのがすごく大変なんだって。店員は二階で寝起きしていた。下宿しているのだ。ご主人はシャッターを閉めた後、家族でない人が家の中にいるのを好まないから。

ご主人のベッドはダブルベッドだった。しばらく経ってから、前は両親のベッドだったんだ、僕にとってはこのベッドは家族の匂いなんだ、冬になると焼きリンゴを作ってくれた母の匂いなんだ、って説明してくれた。黒いベッドで、その柱はまず下から上に行くにしたがってだんだん太くなって、それからまた細くなる。そこに玉があってそこからまた同じように、細い柱が太くなっていって、また細くなる。

ベッドカバーは私が売らなければならなくなったのとほとんど瓜二つだった。全体にレース編みのバラが浮き上がっていて、レース編みの房がついている。房は洗ったり、アイロンをかけたりすることはできるんだけど、まるで自分の意志をもっているみたいに捻じれなかったり、また捻じれたりする。部屋の隅には、後ろで服を脱ぐための屏風が置いてある。

38

立ち直るのは簡単ではなかった。でも死の穴の中から少しずつ普通の生活に戻りつつあった。子どもたちは、もう骨と皮ばかりではなかった。血管の色も正常な皮膚の下に隠れて薄くなっていた。稼いだお金ではなく、節約したお金で支払いが遅れた家賃を払っていった。というのも豆を売るお店のご主人は、仕事が終わるといつも、「これ持って行きなさい」と言って、割れたお米とか、粒の小さいひよこ豆なんかの包みをくれたから。いつも決まった配給量よりも少し余分があるんだ、と言っていた。お店は戦争前のようなわけにはいかなかったけれど、それでもいいお店だった…それから、豆やなんかと一緒に料理できるようにハムやベーコンの端っこもくれた。豆だけじゃさびしいからって…たくさんもらった。たくさん。それが私たちにとってどんなにありがたかったか、言葉では言い表せないほどだ。包みを持って私は店を出て、走って家に帰った。途中で必ず立ち止まって天秤の絵をなぞった。家では子どもたちが待っていた。目を真丸にして。「今日は何をもらったの？」私は包みをテーブルの上に置いて、みんなで豆を選り分けた。レンズ豆なら、小石を取り出して床に落として後で拾う。天気がよければ夜、みんなで屋上にあがって座る。私が真ん中で両側に子どもたち。寝るときと同じように。気温が高いときなんかは、そこで三人で寝込んでしまって、お日さまの光で私たちの目の前が赤くなるまで目覚めないで、目覚めたとたん、完全に目が覚めないように目を半開きにしながら急いでアパートへ戻って毛布の上に寝転がるのだった。まだマットレスはなかったから。私たちは、また新しい一日が始まるまでの時間、そうやって眠った。子どもたちがお父さんのことを話すことはまったくなかった。まるでそんな人はいなかったかのように。私も思い出しそうになると、懸命に面影を振り払おうとした。説明のしようのない大きな疲労感が私の中にあったから。ともかく生きなきゃならなかった。あんまり頭を使うと、脳みそがまるで腐ってしまったかのように痛くなった。

もう何か月も——十三か月？　十五か月？——ご主人のお宅で働いて、何か月も働いて家がぴかぴかになったころ——油と酢を半々で混ぜたもので家具は全部磨いてあるし、ベッドカバーも歯よりも白い、安楽椅子のカバーも洗ってアイロンがかけられている——ある日、豆屋さんのご主人が私に、子どもたちは学校に行っているのか、って聞いた。私は、今は行っていない、って答えた。また、ある日は、私に、最初にあなたが豆を買いに入ってきたときから気になっていたんだ、キメットのことも知っていた、中に入らないで通りでポケットに両手を突っ込んであちこち見まわしていたね、と言われた。お客の相手をしていたのに、どうして外にいるキメットのことがわかったんですか、って聞いたら、通りに豆の袋を出していたのを覚えているかい？　袋を外に出していなかったとしても、外に豆を取りに行かなかったとしても、キメットのことは目に入ったさ、カウンターの後ろに鏡が掛かっていて、万引きされないように見張っていたからね、って答えた。あの鏡は、向きを変えるだけで、通りに出してあった袋が見えて、子どもたちが手を突っ込んで思い切り豆をつかんで引っ張り出すところもね、今だから言うけれど、怒らないでほしい、あなたのあとを追いかけて行って、うちで働く気はないかって聞いたあの日、追いかけて行ったのは、あなたがぞっとするような顔をしていて、何かすごく悪いことが起こっているんだな、って思ったからなんだ、とも言った。怒りゃしません、キメットが戦争で殺されて、何もかもが大変だっただけです、って答えた。そしたら、僕も戦争へ行って、一年間病院にいたんだ、って。戦場で思いっきり体をぼろぼろにされて、死にかけているところを助けられたんだ、って言ったあとで、日曜日の三時に来て欲しい、って言った。もう歳だから、二人きりになっても心配することはないよ、ずいぶん前からの知り合いなんだし、って付け加えた。

39

私は天秤をなぞってから階段を降り切った。半曇りの日曜日の午後だった。雨は降っていないけれど、陽も照っていない。風もなかった。息をするのがちょっと苦しかった。海から上げられた魚みたいに。お店のご主人には、中庭の小扉から入るように、って言われていた。いつも通り鍵はかかっていないし、日曜日はそこからしか出入りができないんだ。誰か来ても、鉄のシャッターを上げたり下げたりするのは面倒だから、って。ご主人に会いに行こうとしていて、その決心はついていたのに、そして現にこうしてお店に向かっているのに、なぜか私は歩いていても気もそぞろ、ショーウィンドーというショーウィンドーに自分の姿を映してぐずぐずしていた。ショーウィンドーには通り過ぎる私が映っている。ショーウィンドーの中ではすべてが、暗いものは実際よりもっと暗く、明るいものはもっと明るく見えた。髪型が嫌だった。私が自分で切って、洗ったのだ。髪は好き勝手、バラバラだった。

ご主人は、上六階分の物干し場を支えている四本の柱のうちの二本の間で立って待っていた。私が入ったとき、ちょうど一番上のアパートの辺りから、新聞紙で折った紙飛行機がくるくる回りながら落ちて来た。ご主人はそれを空中で捕まえて、何も言わない方がいい、文句を言いに行ったら、腹を立てて、もっといろんなものを投げ落とすかもしれない、って言った。髭を剃りたてなのがわかった。耳のそばに小さな切り傷があった。曇り空の光の下だと、あばたが余計に深く肌に食い込んで見えた。それぞれの丸いあばたの皮膚は、生まれつきの皮膚よりも新しいので、色が少し明るかった。

入ってくれ、と言われたので、先に立って中へ入った。ほかの日なら開いているお店から蛇腹のカーテン越しに入ってくるはずの光がないので、すべてが違って見えて、別の家みたいな変な感じがした。ダイニングの明かりがついていた。玉を半分に切って下を向けたような陶器の笠で、天井から六本の真鍮の鎖でぶら下がっていた。笠と同じように白いガラスの小さなチューブの房飾りが垂れている。上の人が走ったりすると、チューブ同士がぶつかってきれいな音がした。ダイニングに私たちは行って、そこに座った。

「クッキー、要るかい？」

と言って、私の目の前に、四角いブリキの缶を置いた。缶は何層ものバニラのクッキーで上までいっぱいだった。私は手で缶を押し返して、ありがとうございます、でもお腹いっぱいです、と答えた。ご主人は、子どもたちは元気か、って聞いたんだけど、しゃべりながらクッキーを元の食器棚に戻すあいだ、動作やことばにすごくぎこちなさがあることに気が付いた。まるで殻を割られた二枚貝みたいに、まさに不安そのものだった。日曜日にわざわざ来てもらって悪いね、たぶん日曜日は家を片づけたり、子どもたちと一緒にいる日だろうに、って言った。ちょうどその瞬間、上の階で走る音がして、電灯の笠の小さいチューブが触れあって、チリン、チリン…と音を立てた。二人とも揺れている笠を見上げた。チューブの音が止んだとき、私は、何かおっしゃりたいことがあるなら、おっしゃってください、て言った。そしたらご主人は、「どう言ったらいいか、難しいんだが」と言った。両手をテーブルの上に置いて、両方の指を絡ませた。あまり強く絡ませたんで、指の節が白くなっていた。「とても困ってるんだ」って言った。僕はとても単純な人生を送っている人間で、ずっとここに住んで、どこへも行かずに、絶えず店を片づけて、働いて、掃除をして、袋の在庫を確認して、ネズミがかじらないように見張って、ていうのも、一度なんてネズミが食器用たわしの束の中に巣を作っちゃってたわしを汚したのに、ネズミと子どもは殺せたものの、自分はそうとは気づかずにたわしを売ってしまった。お客のお手伝いさんに、愛想はいいんだが、僕は全然好きじゃない子がいて、その子がたわしを二個買っていった。それからしばらくして、雇い主のおばさんがお手伝いと一緒に来て、食器を洗うたわしの中にネズミの糞があるなんて、信じられない、なんて不潔なんでしょう！ってひどく怒鳴り散らしたんだ。この話は、下水口から中庭を通ってネズミが入ってくるのに注意しなくちゃいけない、っていうほんの一例なんだ。僕の人生にはほとんど楽しみというものがない、と言った。働いて、わずかな老後の蓄えをするだけの、とても自慢できるような人生じゃない。僕は老後のことをよく考えるよ、みなに尊敬される老人になりたいけど、老人が尊敬されるには生活するに十分な蓄えがなくちゃだめなんだ。必要なものまで切り詰めるというわけじゃない。でも、老後のことはよく考える。歯も髪もなくなって、足も衰えて、靴を履く力もなくなったときに、老人ホームに入ってそこで死ぬようなことにはなりたくない、毎日死に物狂いに働いた末に。ご主人は指をほどいて、二本をテーブルクロスの染みを隠している花瓶の中に突っ込んだ。そして赤いバラとマーガレットの間から苔を一つまみ取って、って言った。私の顔を見ずに、いつもあなたとあなたの子どもたちのことを考えてるんだ、って言った。僕は人の運命っていうものを信じている…日曜日に来て欲しい、って言ったのは、落ち着いて話したかったからだ。なぜなら、あなたに一つ質問したいことがあるんだが、どう質問したらいいかわからなくて。というのも、あなたにどう受け取られるかわからないからなんだ。

また上の人が走って、チリンチリンという音がした。天井が抜けないならまあいいか…ご主人はその台詞を、私がまるで家族の一員であるかのように言った…僕はひとりぼっちなんだ、って言った。本当にひとりぼっちなんだ。両親もいないし、家族も親戚もいない。降ってくる雨と同じぐらい孤独なんだ。悪気はまったくないんで、これから言うことをどうか変な風にとらないで欲しい…つまり、僕はひとりぼっちだけど、一人では生きていけない…それからご主人はかなり長いこと黙っていたけれど、頭を上げて、キッと私を見つめて、結婚したいんだが、子どもを作ることはできないんだ: て言った。

そして、手でテーブルをドンと力いっぱいたたいた。子どもを作ることはできない、でも結婚したい、たしかにそう言った。真鍮の花瓶からちぎりとった苔を丸めて緑の玉にしようとしていた。ご主人は立ち上がると、日本女性と向き合った。それからこちらに向き直り、また腰かけた。座りながら、まだちゃんと座っていないうちに、私に聞いた。

「僕と結婚してくれないだろうか?」

それは私が恐れていたことばだった。恐れていながら、いつかはやってくるとわかっていたことばだった。私はひどく動揺して、何が何だかわからなかった。

「僕は自由だし、あなたも自由だ。僕にはパートナーが必要だし、あなたの子どもたちには誰か……」

私よりずっと緊張した様子で立ち上がって、日本女性のカーテンを通り抜けて、二度、三度とダイニングを出たり入ったりした。それからまた腰かけると、私には彼がどんな意味で善人かわからないかもしれない、彼がどんな種類の善人かわからないだろう、私にはいつも愛情を感じていたんだ、豆を買いに来て、抱えきれないぐらい買って行ったあのころから、と言った。そして、

「あなたもひとりぼっちだと思う。あなたが働いているあいだ、子どもたちは二人っ

きりでアパートに閉じこもりっきりだ。僕なら、すべてを解決できる…もし気に入らなかったら、何も聞かなかったことにしてくれ…ただ、言っておきたいのは、僕は子どもがつくれないってことだ、つまり、戦争のせいで、僕は半分、役立たずなんだ。あなたと結婚出来れば家族だってできる。僕は誰も騙したくないんだ、ナタリア」と言った。

40

私は不器用な蝿みたいにアパートの階段を上った。どこにも行きたくなかったし、誰にも話したくなかったけれど、十時になると、もうそれ以上我慢ができなくなった。子どもたちを連れてアンリケタおばさんの家に飛んで行った。おばさんはもう、髪を梳《と》かして、ベッドに入る準備をしていた。私は子どもたちをエビの絵の前に置いて、これを見ていなさい、て言いつけた。そしてアンリケタおばさんと台所に閉じこもった。おばさんに何があったか話して、ご主人の言うことはわかったような気はするけど、完全にわかってはいないような気もする、って言った。その人は戦争でダメになっちゃったんだね、あんたの考えてる通りだよ、だからあんたと結婚したいって言うのさ、だって、あんたと結婚すれば、家族ができるわけだし、たいていの男は、家族なしじゃ、海の上を漂ってる空のビンみたいなものさ、って言った。

「子どもたちにどう言おう?」

「そうと決めたらすぐに言った方がいいよ、ごく当然のことみたいにね。あの子たちにわかってることなんて……」

私は何日か考えていた。いいことと悪いことを十分に秤にかけて、決心が固まった日に、ご主人に、わかりました、結婚しましょう、って伝えた。返事に時間がかかったのは、突然のことだったし、時間が経つにつれてますます突飛なことに思えたからで、それに子どもたちのことも心配だったし、あの子たちは戦争のせいで実際の歳より大人で、飢えのせいで普通より早くものがわかるようになっているもんだから、て言った。ご主人は私の手を握った。その手は震えていた。気づかないかもしれないけど、あなたは僕の心の中にすごく素敵な庭を開いてくれた、って言った。私は仕事を始めた。バルコニーの脇の、お日さまがところどころ当たっているタイルの上に棒立ちになった。桃の木からなにか影が飛び去った。一羽の小鳥だった。そして中庭には、上の方の物干し場から、塵が雲のように落ちて来た。ガラスの釣り鐘型花瓶がある居間で、蜘蛛《くも》の巣をみつけた。蜘蛛の巣は釣り鐘から釣り鐘へとわたっていた。片方の釣り鐘の木製の台から出て、巻貝の先を通ってもう一つの釣り鐘の木製の台にとどいていた。私は、自分の家になるはずの、これら全部を眺めた。喉に何か詰まったような気がした。というのも、はい、と言ってから、いいえ、と言いたい気持ちが募っていたからだ。何一つ好きなものはなかった。お店も、暗い腸みたいな廊下も、排水口から出て来るネズミたちも。昼に帰ったときに、子どもたちに伝えた。結婚する、とはっきり言ったわけじゃなくって、別の家に住むのよ、そこにはとても善い男の人がいて、あなたたちを学校に行かせてくれるの、って言った。どちらも一言も言わなかったけど、わかってくれたと思う。しゃべらない習慣がついているのだ。ただ、二人の目が悲しそうになった。

その日曜日から三か月後の午前中の早い時間に、私はアントニと結婚した。その日からアントニは大アントニ、息子は小アントニとなったけれど、やがて、息子のことはトニって呼ぶようになった。

結婚する前にアントニが家を改装してくれた。私は子どもたちを真鍮のベッドに寝かせてやりたいと思ったので、真鍮のベッドを二つ買ってもらった。私が娘時代に持っていて、後で売らなければならなかったベッドと同じようなのを。台所の流しの上に棚が欲しい、と言えば棚が入った。染みのないテーブルクロスが欲しい、と言えば染みのないテーブルクロスを買ってもらえた。ある日、私は、自分は貧乏だけど神経質なところがあって、新しい家には古い家の悲しみが染みついたものは持ってきたくない——服も、って言った。そしたらすべてが新しくなった。私が、自分は貧乏だけど神経質なところがある、って言ったら、アントニも自分もそうだ、って言った。そしてそれは本当だった。

41

こうして子どもたちは勉強し始めた。それぞれが窓のある自分の部屋で。金色のベッドに白いベッドカバー、冬には黄色い掛布団。明るい色の木製の勉強机に小さな椅子もある。結婚した翌日、アントニは私に、これ以上五分と掃除をしている君を見たくない、午前と午後来てくれるお手伝いさんを探してくれ、そうだお手伝いさん、お手伝いさんが必要だ、って言った。洗濯をさせるために君と結婚したんじゃない、前にも言ったように、家族が欲しかったからだ、自分の家族が満足しているのを見たいんだ、とも言った。私たちに不足しているものはなかった。服もお皿もナイフ、スプーン、フォークも、いい香りの石鹸も。ただ寝室は冬には凍るように寒く、真夏以外も寒かったので、みんな厚い靴下をはいて寝ていた。

アンリケタおばさんが遊びに来てくれた。最初のときは、私たちの初夜がどんなだったか聞かせてくれって、うるさく迫った。「あれ」ができないのに、どんな顔で過ごしたんだ、って。そして笑った。はじめのころは、二人でカバーのかかったソファに並んで座っていたけれど、そのうちに、それぞれ安楽椅子に座るようになった。ソファは体が沈みすぎて、コルセットの骨が腕の下に当たって痛いから、って。おばさんは、すごく変わった姿勢で座る。とくに足の形が変で、足の先はくっつけて、両膝は開いている。背中をピンと伸ばして、その上にアンコウみたいにぱっくり開けた口と、紙の三角錐《さんかくすい》みたいな鼻がついた顔が載っている。私はおばさんに持っているものを全部見せた。おでかけのときの服、家にいるときの服、という風に。おばさんは、お店の稼ぎでこんなに買えるはずはないから、アントニには貯金があるに違いない、って言った。私は、知らない、って答えた。寝室の屏風には驚いていた。なんてアイディアだろう、って。私がお手伝いさんに来てもらっている、って言ったら、あんたなら当然だよ、って言われた。お手伝いさんの名前はロザだって教えてあげた。アンリケタおばさんはロザを見るためにときどき早めに来た。とくにアイロンをかける日に。ロザはカバーのかかったソファのある居間でアイロンをかけるので、それが見たかったのだ。帰るときにはお店を通って帰ったけど、アントニは、最初のときからときどき、おばさんにクッキーの小さい包みを持たせてあげたりしたんで、すっかり気に入られてしまった。遊びにくるとアントニの話しかしなくなったくらいに。アントニを見る目ときたら、まるで自分の夫を見ているかのようだった。

ある日、私たちはとてもちっちゃなネズミを捕まえた。午後の早い時間にネズミ捕りにかかっていた。見つけたのは私だった。私の呼び声でみんな中庭に出て来た。バネ式のネズミ捕りだったので、真ん中でつぶれていた。体が破裂して、腸と血が少し出ていた。下半身の穴から、赤ちゃんネズミの鼻がのぞいていた。何もかもがとても繊細だった。色、小さな手の指、白いお腹の皮膚——といっても真っ白ではなくって、体のほかの部分よりもかなり明るい灰色だった。血の臭いに興奮した銀蠅が三匹たかっていた。私たちが近づくと一匹が驚いたように飛び立ったけれど、すぐに戻って来てほかの二匹と一緒になった。三匹とも真っ黒な体に青と赤の光沢があって、キメットが話してくれた悪魔みたいだった。キメットは蠅になりすました悪魔は死んだ動物を貪り食うんだ、って言っていたけど、蠅たちも同じようにしていた。でも蠅たちの顔は黒かった。キメットによれば、悪魔の顔は、蠅になっても燃えるように赤いはずなのに。それから手も。本当の銀蠅と間違われないために。アントニは私たちが見とれているのを見て、さっとつかんで通りに出ると、ネズミ捕りごとネズミを下水に捨ててしまった。

子どもたちはアントニによくなついていた。馴染まないんじゃないか、ってあんなに心配していたのに。とくにトニはアントニが大好きだった。リタの方はまた別だった。もっと距離をとっていた。トニは宿題がないときには、アントニについて回って、何か仕事をいいつけられると、大喜びでやっていた。

夕食後にアントニが新聞を読んでいると、近づいて行って、自分も新聞が読みたいという口実で、体をすり寄せていった。

42

私は家に閉じこもって暮らしていた。通りに出るのが恐かった。通りにちょっと出たとたん押し寄せてくる人や、車や、バスや、バイクや…に怯えていた。心臓が縮こまっていた。家にいるときだけが安心だった。最初は大変だったけど、少しずつ、この家が我が家、身の回りのものが自分のもの、っていう感じになってきた。影も光も。日中の光のことがわかってきた。寝室や居間のバルコニーから入ってくる光がどこに模様を作るかってことも。差し込む光がいつ長くなって、いつ短くなるかも。子どもたちは初聖体拝領のお祝いをした。私たち全員が新調の服をおろした。アンリケタおばさんが、リタに服を着せるのを手伝いに来てくれた。私がリタの全身にオーデコロンを塗りながら、この子、姿勢がいいでしょ？　って言ったら、アンリケタおばさんは、ほんと、背中に油を一滴垂らしたら、ツーっと下に落ちて行きそうだね、って答えた。ドレスを着せてベールをつけてやる。アンリケタおばさんは、口をピンでいっぱいにして、ベールとカチューシャを髪に留めていく。こうやって衣装を着けたリタはお人形さんみたいだった。パーティは家でやった。パーティが終わると、私はリタの部屋に行ってドレスを脱がしてやった。私がベッドの上でペチコートをたたんでいるときに、リタが言った。学校のお友だちも今日、初聖体拝領のお祝いをしたんだけど、その子もお父さんが戦争に行って死んじゃったって言われてたの。でも二日前に帰ってきたんですって、とっても病気なんだけど、生きているんですって。ずうっと遠くの牢屋に入れられてて、手紙も書かせてもらえなかったから、みんなわからなかったらしいよ…私がゆっくりと振り返ると、リタはこっちをじっと見ていた。私はその顔を見て、私が新しい生活に慣れようと懸命になっているあいだに、リタがすごく変わったことに気付いた。リタはキメットだった。猿みたいな目、なんとも説明のしようはないけれど、見つめられると息苦しくなるような何か。こうして苦しみが始まった。眠りが浅くなって、全然眠れなくなって、生きるのが辛くなって。

もしキメットが死んでいないのなら、帰ってくるだろう。誰かキメットが死ぬところを見た人がいるのか？　いやしない。たしかに届けられた時計はキメットのものだった。でもいろんな人の手に渡って、結局他の死んだ人の腕にはめられている時計を見て、死んだのがキメットだ、ってことになったのかもしれない。もし、病気になって戻って来たリタのお友だちのお父さんみたいに帰ってきて、豆屋さんと結婚した私を見たら？　私はそのことばかり考えていた。子どもたちが家にいなくて、アントニも店にでているときなんて、私は廊下を行ったり来たりしていた。廊下がまるで、私がいずれ行ったり来たりするのに必要になることがわかっていて、そのために特別に作られたかのように――居間のバルコニーからダイニングの日本女性まで。日本女性から居間のバルコニーまで。坊やの部屋に入ったら？　壁だ。倉庫に入ったら？　壁だ。どこに行っても壁と廊下と日本女性の蛇腹カーテンしかなかった。壁、壁、廊下、壁、廊下。私け行ったり来たり。リタの友だちのお父さんのことを考えながら。ときどき子どもたちの部屋へ行ってそこからまた別の部屋へ、まるで振るわれている金槌みたいに。引き出しを開けたり閉めたり。お手伝いさんが食器を洗い終わって帰るときに、甘い声で、ナタリア奥様、それではまた明日って挨拶するんで、私は台所に入って行くと、また壁だ。それから蛇口。

蛇口をほんの少しひねって、チョロチョロと水を出して指で右へ左へと水を切る。まるで雨のときの自動車のワイパーみたいに。そうやって三十分、四十五分、一時間…気づかないうちに。最後は自分が何をしているのかもわからなくなる。しまいには腕がいたくなって、おかげで幻想から目覚める――キメットがあちこちを駆け回る旅から帰ってくる、もしかすると監獄を出てすぐに、まっすぐに自分の家を目指して、階段を駆け上がって。でも、アパートには違う人たちが住んでいるんで、下に降りて食料品店のご主人にどうなってるんだ、って聞くと、ご主人は私は豆を売る食料品店のご主人と結婚した、みんなキメットが死んだと思っていたから。キメットはここに現れて、すべてを燃やしてしまう。戦争に行ったキメットには家もなければ、妻もいない、子どもたちもいない。監獄から出て来たばかりで。今までなかったほど重い病気にかかって、帰ってくる…だってこれまでもキメットが具合が悪いと言うと、私はいつもそれを鵜呑みにしたもの。少し風が吹いて日本女性の蛇腹カーテンが揺れる。カーテンに背を向けた私は疲れて縮みあがった心で振り返る。キメットがそこにいる、って思って。私は彼の後を追いかけて、何でもないのよ、私が結婚してるのはあなたとだけなんだから…でも二発平手打ちをもらって私は立ち上がれなくなる…こんな恐怖が二年か三年続いた。もしかするともっと長かったかもしれないし、もっと短かったかもしれない、記憶から消えていくこともあるから…しかも困ったことに、アンリケタおばさんは、二人っきりになるとすぐにキメットのことを話題にするようになった。坊やを連れてバイクに乗っていたのを覚えているかい？　坊やが生まれたとき何て言ったか覚えているかい？　リタのときは？　あんたのことを初めてクルメタって呼んだときは何て言ったの？　覚えてる？　みんな覚えてるかい？

私は、眠れないし、食欲もないので、無理にでも外出しなければならなかった。散歩しなくちゃならなかった。気を紛らわせないとならなかった。誰もが外の空気に当たった方がいい、って言ってくれた。まるで牢屋にいるみたいに家に閉じこもって暮らしていたから…長いあいだ閉じこもっていたあとで、初めてリタと外出した日、通りの臭いで私は気分が悪くなった。私たちはグラン通りのショーウィンドーを見に行った。すごくゆっくりとそこまで歩いて行った。着くと、リタは私の顔を見て、怖がっているような目、と言った。私は彼女に、ちょっと変なのよ、って答えた。私たちはショーウィンドーを見た。すべてがずいぶん久しぶり…通りの一番端まで来ると、リタが通りを渡ろうと言った。こんどは反対側を歩いて戻るために。私は、歩道の石の角に足を掛けたとき、目の前が急に曇って、青い街灯が見えた。少なくとも一ダース以上の。私の目の前で青い染みの海が揺れているみたいだった。そして私は倒れた。家まで連れて行ってもらわなければならなかった。夜になって、少し気分がよくなって夕食を取っている最中に、リタは、通りを渡ろうとすると気を失っちゃうんだから、どうしたらいいかわからないわ、って言った。私が怯えたような目をしていた、とも。みんな、長いあいだ、家に閉じこもってばかりいるからだ、少しずつ出かける努力をしなきゃ、って言った。だから私は出かけた。でも違う場所へ。たった一人で、公園へ行った……

43

たくさんの葉っぱが落ちるのを見て、たくさんの芽が生まれるのを見た。ある日の昼食中に、リタが外国語が勉強したい、外国語しか勉強したくない、って言いだした。飛行機で働きたいというのだ。飛行機に乗って、乗客が飛び出さないようにベルトを締めるのを手伝ったり、乗客にお酒を運んだり、頭の後ろに枕を入れてあげたりする仕事……アントニはすぐさま、いいじゃないか、って言った。夜、床に入ってから私はアントニに言った。いいよ、って言う前にあなたと私で話し合って、飛行機で働くことが本当にいいかどうか考えるべきじゃない？　するとアントニは、たしかに前もって話すべきだったかもしれないけど、リタが飛ぶことしか考えていないなら、どんなに忠告したってむだだろ、って答えた。若い連中にはやりたいようにやらしておいた方がいい、蟹みたいに後ずさりばかりしている僕ら年寄りよりよっぽど知恵があるんだから、って。それから付け加えた――ずっと前からおまえに言いたかったことがあるんだ、今まで言わなかったのは、おまえが話好きな方じゃないし、人の話を聞くのが好きな方でもないように思えていたからで、こうやってリタのことで話をした機会を利用して言っておきたい、僕は人生の中で、三人が家に来てくれてからほど幸せだったことはない、おまえに礼を言わなきゃならない、ていうのも、幸せには幸運がついてくるみたいで、景気は戦前ほどよくないのに、商売はうまくいっている、僕のお金は全部お前たちのものだ。そして眠ってしまった。

私はといえば、寝ているのか、起きているのかわからなかったけど、ともかく鳩たちが見えていた。前に見えていたように。何もかもが同じだった。濃い青色に塗られた鳩小屋、藁をあふれんばかりに敷き詰めた産卵所、洗濯物を干せないんでどんどん錆びていく屋上の針金、アパートへの鳩の出入り口、よちよちとアパートを横切って物干し場から通りに面したバルコニーへと行進して行く鳩たち…何もかも同じだった。でも何もかもが素敵だった。それは辺りを汚したり、羽根の虱《しらみ》を取ったりする鳩たちじゃなかった。ただ上へ上へと舞い上がって行く神様のお使いたちだった。羽の生えた光の叫び声みたいに逃げ出して、屋根の上を飛んでいく…雛たちは生まれたときから羽根が生えていて、血管なんか見えない。首の辺りに羽根が刺さっているみたいな哀れな姿でもない。頭もくちばしもちゃんと体の大きさにあっている。親鳥が、あの熱に浮かされたような仕草で雛たちの口に食べ物を入れてやることもないし、雛たちも絶望的なキーキー声を上げて餌をねだることもない。床に落ちてしまった卵だって腐ることはない。私は鳩たちの世話をしている。新しい藁を入れてやる。水飲み場の水だって、いくら暑くても濁らない。

翌日、そんなことを、公園のバラの前のベンチで私の隣に座った女の人に話した。昔は四十羽も鳩を飼っていたんです…いや、つがいが四十だから、八十羽ですね…いろんな種類の。絹のネクタイをしたみたいな鳩、すべてがあべこべの国に生まれたみたいに羽毛が逆立った鳩、ならず者鳩、七面鳥みたいな尻尾の鳩…白、ピンク、黒、まだら…頭巾をかぶったみたいなの、スカーフを巻いたみたいなの…頭のてっぺんからくちばしまで羽根がカールしていて目がほとんど隠れているもの…カフェ・オ・レみたいな色のほくろがあるの…みんな専用の塔に住んでいて、上へはらせん階段みたいなスロープで上がって行くんです。スロープの外寄りの壁には小さな縦長の窓が並んでいて、それぞれの窓の下には卵をかえす場所があって、鳩が卵を抱いています。交代しようと待ち構えている鳩は窓の縁にいます。ちょっと遠くから塔を見たら、鳩で覆われた塔みたいなんです。石の造りものならほかにもあるかもしれませんが、ぜんぶ本物の鳩なんですよ。窓から飛び出すようなことはなくて、飛ぶときはいつも塔のてっぺんから。そんなときはまるで塔からたくさんの羽根とくちばしでできた王冠が出て行くみたいに見えるんです。でもね、戦争で爆弾が落ちて、何もかもお終《しま》いになっちゃいました。

どうもその女の人が別の女の人に私が言ったことを話したらしい。そしてそれを聞いた女の人がまた別の女の人に。みんな耳元でひそひそ話。私が近づいてくるのが見えると、誰かが、ほら、あの鳩の人よ、ってほかの人に知らせる。まだ話を知らない人が、戦争で鳩たちは死んじゃったの？ と聞くこともある。するとベンチの隣に座っている人は、それでいつも鳩たちのことを考えているらしいわ…って言う。そうかと思うと、まだ話を知らない人たちに、あの人の旦那さんは、鳩専用の塔を作らせて鳩でいっぱいにしたんですって、まるで「栄光の雲」だったそうよ…と説明している人もいる。

私自身のことについて印象を話しているときには、鳩たちが懐かしいのよ、あの鳩の人は、鳩のことが懐かしいの、ほかのことなんか考えられないのよ、鳩のこととか上まで小窓が並んでいる塔のことしか…なんて言っていた。

いくつかある公園に行くのに私は、たくさんの車が通っていて気分が悪くなる通りを避けた。ときには静かな通りを通るためにずいぶん遠回りをした。それぞれの公園へ行く道は二、三通りあった。いつも同じじゃつまらないから。私は気に入った家の前で立ち止まって、じーっと眺めていた。中には、目を閉じてもどんな家か言えるぐらいよく知るようになった家もあった。窓が開いていて、中に人の姿がなければ、中ものぞいた。歩きながら考えた——黒いピアノがある部屋の窓は開いているかしら、ろうそくの明かりがある玄関は開いているかしら、白い大理石の玄関にいる門番は観葉植物の鉢を外に出して水をやっているかしら、前にお庭と小さな青いタイル張りの噴水のあるお屋敷で水はほとばしり出ているかしら…雨の日は家にいたのだけども、所在なくて、結局は雨でも出かけるようになった。公園には女の人たちはいなくて、新聞を持って行って、小雨だったらベンチの上に新聞を敷いて傘をさして座った。雨がどんなふうにして葉っぱを優しく傾けるか、花を開けたり閉じたりするかを眺めていた…家に帰る途中で本降りの雨につかまることもあったけど、気にしなかった、いや、むしろうれしかった。急いで帰る必要はなかったので、本降りになった日にたまたまあの玄関が白い大理石で、観葉植物の鉢を外に出し雨に当てようとしている家の前を通ると、必ず立ち止まってしばらく眺めていた。なので、全部の鉢の観葉植物を知っていて、新しい葉っぱが出てきたせいで、どの葉っぱが切られたのかということまでわかった。こうして私は人気《ひとけ》のない通りを歩いて、ゆっくりと生きていた…いつも柔らかくて優しいものを求めて歩いていたので、気持ちまですっかり軟弱になって、何にでもすぐに涙をこぼすようになった。だからいつも袖にハンカチを入れていた。

44

ある晩、食事が終わってトニが自分の部屋に行こうとしていたら、アントニが、もう少し私たちといて欲しい、話したいことがあるから、と言った。私は夕食の片づけは終えていて、テーブルには飾りも戻してあった。真ん中にはあのベールをかぶって髪の毛がバラバラの女の人たちの模様がある花瓶も置かれていたけれど、お花はもうずいぶん前に換えていた。バラとマーガレットは色が褪せて汚くなっていたので、今はチューリップとアーモンドの花が挿さっている。アントニはトニに、大きくなったら何をしたいか考えたことがあるか、って聞いた。お前はよく勉強するし、成績もいいから、大学に進みたいと思っているのかもしれないね、もしそうなら、どの学部に行くのか考えておいた方がいい、じっくりとよく考えなさい、今答える必要はないんだよ、時間は十分にあるから、って言った。トニは下を向いて聞いていたけれど、アントニが話し終わると、まず私の顔、次にアントニの顔を見て言った——考えることはないよ、ずいぶん前に決めているから。進学はしたくない、今勉強しているのは、知らなきゃならないことを知るためだよ、勉強するのは必要だから、勉強できてうれしいよ、賢くなれるし、でも僕は実用的なことにしか興味はないし、この家から動きたくないんだ、一つだけお願いしたいのは、跡を継いで食料品店をやらして欲しい、ってこと。おじさんだって毎日年取っていくんだし、誰か手伝いが必要でしょ？　アントニはまがい物の苔をちょっとちぎって丸めていた。いいかい、食料品店を経営するのは食っていくためだ、あまり自慢できるような職業じゃない、と僕は思うんだが。

苔の玉をこね回しながらさらにことばを続けた。もしかすると僕をよろこばせるために言ってるんじゃないか？　この話はこれで終わりってことじゃなくて、またあらためてしよう。いくらでも考えていいから。僕をよろこばせるために言った自分のことばに縛られて、次の日になって後悔するようなことになって欲しくない。前から気付いていたけど、おまえは頭がよくて、何でもなりたいものになれるはずなんだ。トニは黙っているあいだじゅう、唇をキッと結んで、眉間に二本の長い皺をよせていた――頑固なのだ。自分が何を言ったりしたりしているか、なぜそう言ったり、したりしているかはよくわかっているつもりだ、と答えた。少なくとも二回は同じことばを繰り返したあとで、彼は爆発した。あの従順で、内気なトニが。爆発したんだけど、その前に、いらいらしたようすで、花を全部揺らせてまがい物の苔をちょっとちぎった。いまや二人が杏を丸めている。トニは、食料品店をやりたいっていうのはおじさんを助けたいからだ、おじさんの仕事を続けたい、店を発展させたいんだ、だって、この店が好きだから、と言い放った。そして早口で、おやすみなさい、と言って廊下を通って寝に行った。私たちが寝に行くとき、廊下を二人で縦に並んで歩きながら、アントニは、まるでしゃべるのを止めることができないみたいに、僕にはそんな値打ちはない…そんな値打ちはない…って言い続けていた。でも、そんなの滅茶苦茶だ、トニがお医者とか設計士になるのがみたいんだ、自分が育てたも同然なんだから、とも言っていた。

私たちは、いつも屏風の後ろで服を脱いだ。夜じゅう、寝室の椅子の上に服が散らかっているようなことがないように。屏風の後ろにはスツールがあって、そこに腰かけて靴を脱ぐことができた。それから洋服掛けもある。アントニはパジャマを着てからそこから出てきたし、私は彼の前か後に、ネグリジェを着てから出て来た。ネグリジェのボタンは首の上まで留めて。手首のボタンも。最初アントニは、屏風の後ろで脱ぐのは母親ゆずりの習慣だ、って言っていた。屏風は空色で白いマーガレットが、まるでそこに投げ捨てたみたいに散らしてあった。上から下まで皺だらけの生地が真鍮の骨で支えられていて、取り外して洗えるようになっていた。

　眠ってはいるんだけど、眠りが浅い夜は、市場に向かう最初の荷車の音で目が覚めた。起きて水を飲みに行って、飲み終わる、子どもたちがよく寝ているかどうか耳を澄ませた。何をしたらいいかわからないので、日本女性のカーテンを通って店の中を歩き回った。穀物の袋に手を突っ込んだりした。とくにトウモロコシの袋によく手を突っ込んだ。ダイニングから一番近くにあったから。袋に手を突っ込んで、黄色い粒に小さな白い口がついているトウモロコシを一つかみ取り出す。腕を上げて手の平を開くと小さな粒は雨のように落ちて来る。もう一度つかみ出して、まず手の臭いをかいでから周りのもの全部の臭いをかぐ。点《つ》けっぱなしにしてある台所の明かりがここまで届いて、小さなパスタ類のガラスケースが光って見える——星形のパスタ、アルファベットのパスタ、米粒みたいなパスタ、それから粒コショウも。ガラスのビンも光っている——グリーン・オリーブのビン、黒オリーブのビン、どのオリーブも百歳にでもなったかのようにしわしわだ。私はオリーブをかき回す。木のひしゃくを櫂《かい》のように使って。まわりの漬け汁に泡が立つ。オリーブの臭いがのぼってくる。私はぼんやりとそんなことをしながら、ときどきキメットが死んだあとの年月、水銀みたいに落ち着きのなかったキメットがすっかり死んでしまったあとの年月について考える。ダイニングのイチゴ色の照明の房の下で家具の図面を描いているキメット…どこで死んだのかも、ちゃんと埋葬されたのかどうかも知らない、ずっと遠くに……。それとももしかするといまだにアラゴンの荒野の土や草の上に骨を風に晒して横たわっているのかもしれない。そして風が運ぶ埃が骨を埋めていく。空っぽの鳥籠のような肋骨を除いて。そこにはバラ色で、深い穴がいくつも開いていて、小さな虫が棲んでいる肺がいっぱいに納まってポンプの役目をしていたのだ。肋骨は一本だけ欠けている。それが私だ。肋骨の鳥籠から折り取られた私は、すぐに小さな青い花を摘んで、葉っぱを一枚ずつちぎっていく。葉っぱはクルクル回りながら落ちて行く、トウモロコシの粒のように。全部の花が青色だった。川や海や泉の水のように。そして木の葉っぱは全部が緑。引き出しみたいに大きな口にリンゴをくわえて隠れて暮らしている蛇のように。私が花を摘んで葉っぱをちぎってしまうと、アダムが私の手をたたいて言った。「台無しにするんじゃないよ！」でも蛇は笑うことができない。リンゴをくわえているから。そして陰から私のあとをつけまわしている…私は寝に戻って、台所の電気を消す。あの荷車はずいぶん前に通り過ぎてしまっていて、ほかの荷車やトラックがどんどん道を下って行く。下って、下って…私は、たくさんの車輪が回っているのを思い浮かべているうちに頭がぼんやりしてきて、また眠りに落ちることもあった。

45

「若い男性がお前と話がしたいんだそうだよ」、アントニが居間に入ってくるなり言った。

ロザはアイロンがけをしていて、私はカバーの掛かったソファに座っていた。その人はアントニに用件を言おうとしたんだけど、アントニは彼に、用件は私に直接言った方がいいからちょっと待つように、と言ってあるようだ。私はちょっと変だと思った。私はロザに、すぐに戻ってくるから、と言った。わかりました、ナタリア奥様。私は何だろうと思いながらダイニングの方へ行った。廊下を一緒に歩きながら、アントニは私に、会いたいって言っている子は町内でも一番ハンサムな子なんだ、と言った。ダイニングに着くころには足がふらふらしていた。ダイニングには角のバルのご主人がいた。バルは彼が二年前に買ったものだったので、新しい店だといってよかった。アントニは正しかった。バルのご主人はたしかにハンサムだった。颯爽《さっそう》として、ツグミの羽根みたいに黒い髪をしていた。感じもすごくよかった。私を見るとすぐに、僕は考え方が古いんです、って言った。私は彼に座るように言って、二人とも腰かけた。アントニは店に戻って、その人は話し始めた。自分は仕事中毒なところがある、働き者なんで、時代は悪いけど、レストラン兼バルのおかげで暮らして行けるし貯金もできる、来年には、ずいぶん前から売りに出ている隣の石鹼屋も買うつもりだ、バルを拡張して宴会場も作ろうと思っている、その拡張がうまく行けば、三、四年で、カダケス村の自分の両親の家の近くに一軒家を買えるはずだ、というのも、結婚したら、妻に夏を海辺で楽しく過ごさせてやりたいからだ、自分にとって海はこの世で一番素晴らしいものの一つなんだ、と言った。

「うちの両親はとっても仲がいいんです。家には笑いが絶えないし、居心地がいいんです。母はいつも父について、『この人に出会えてなんて幸せなことか！』って言っているんですが、僕は結婚したら、妻にそう言って欲しいんです」

私はずっと黙って聞いていた。その若者がまるで回り続ける水車みたいで、いったい何を言おうとしているのかわからなかったから。話を終えると、それっきり黙ってしまった。そうやって、じっと彼が待っているうちにずいぶん時間が経ってしまった。私は最後に、あのー、どんなご用件で……

やっとわかった。リタだ。

「お嬢さんが通るのを見るたびに、まるで花のようだ、って思っていました。お嬢さんをいただきたいんです」

私は立ち上がって、蛇腹のカーテンの間に首を突っ込むとアントニを呼んだ。アントニが入って来て、私が話を伝えようとしたら、もうわかってる、と言って腰かけた。私はリタから何も聞いてないし、リタが何て言うかまず聞かなきゃ、って言った。私は、リタからは何も聞いていない、リタから話がないんではなんとも言えない、って言うと、若者は、私のことはビセンスと呼んでください、リタは何も知らないんです、って言うんで、私は彼に、まずリタと話をしなきゃ、でもリタはまだ若すぎるわ、って言った。若くても僕はかまいません、もしリタが待って欲しいというなら待ちます、でも僕は明日にでも結婚したいって思ってるんです、僕は考え方が古いんで、彼女と話す必要はありません、そんな勇気はありません、お二人に彼女と話して、意向を聞いて欲しいんです、よかったら、僕のことを調べてもらってもかまいません、と付け加えた。私は、リタと話してはみるけど、うちの娘は難しい性格だから、こんなやり方ではらちが明かないかもしれない、と言った。思った通りだった。家に帰ってきたリタに、角のバルの男の人が結婚を申し込みに来たわよ、って言ったら、私のことを見て、答える代わりに、部屋に本を置きに行って、台所で手を洗ってから戻って来て、それから言った。私が結婚なんかしたがってると思う？ 角のバルの主人のおかみさんになって一生を終えるつもりがあると思う？

ダイニングに座って、二度指で髪全体を梳くと私の顔を見た。目が笑っていた。それからほとんど何も言えないほど大笑いし始めた。ときどき、そんな顔で見ないでよ、って言いながら……

私にも笑いが伝染した。何がおかしいのかわからないまま、私も笑い出した。こうして二人で大笑いしていると、アントニがやってきて、両手で蛇腹のカーテンをかき分けて頭だけダイニングに突き出して、何がそんなにおかしいんだ？ って聞いた。アントニの顔を見ても、私たちは笑い止まなかった。最後にリタが、結婚なんて冗談みたいでって言った。結婚なんてしたくない、もっと世界が見たい、結婚なんて嫌だ、結婚なんてしたくない、バルのご主人には私たちから断ってもらっていい、お断りします、って、時間の無駄だから、自分にはほかにも悩みがあるんだし、とも言った。それから、その人は自分で結婚申し込みに来たの？　って聞くから、アントニが、そうだ、って答えた。そしたらリタはまた笑い出した、ハ、ハ、ハ。私はしまいには、もういいでしょ、あんな立派な人があなたと結婚したがってるんだから、笑いごとじゃないわ、と言った。

46

アントニに呼ばれて、またビセンスがやって来た。アントニは彼に、リタは聞かん気で、自分のやりたいようにやる子なんだ、残念だけど、と言った。すると彼は、お二人は僕のことを気に入ってくださっているんですか？　と聞いた。私たちが、気に入っている、と答えると、彼は居住まいを正して言った。じゃ、リタは僕の妻になります。

私たちの家に、次から次へとお花とか、バルの夕食招待券とかが届くようになった。トニはリタの味方だった。僕はこんな話、全然、気に入らないよ、リタは正しい、世界を見たいのに、なんでバルの主人なんかと一緒にならなきゃならないんだ、彼が結婚したいなら、喜んで結婚するって相手はこの国にほかにも山ほどいるさ。

朝早い時間、リタは物干し場の入り口にいた。私は居間で何をしていたか忘れたけれど、居間とバルコニーとの境に立ち止まってじっと彼女を見ていた。リタは中庭を向いていて、私には背中を見せていた。彼女の影は床に落ちている。逆光なので、頭の短い髪の毛がはねて輝いている。それがすごくきれいだった。体は細くて、足は長く丸味がある。つま先をゆっくりと引きずって、床の埃に線を引いている。

足は右、左、と動いて線を引いている。そのとき、突然、私は自分がリタの影の頭の上に立っていることに気付いた。もっと正確に言うと、リタの影の頭が私の足の上にちょっと上がってきていた。リタの影が梃《てこ》の腕で、外側にいるリタと太陽の方が内側の影と私よりも重いので、私は今にも宙に舞い上げられそうだった。私は時が過ぎ去ったことをしみじみと感じた。曇り、晴れ、雨、それに夜を飾る星、という時間じゃない、春の中の春、秋の中の秋という時間じゃない、木の枝に葉っぱをつけたり、それを落としたりする時間じゃない、花をしぼませたり、開かせたり、色づかせたりする時間じゃない、そうじゃなくて、私の中の時間だ。目に見えないけど、私たちを形作っていく時間。心の中をいつまでも回ると同時に、心も一緒に回している時間、私たちを内側から、外側から変える時間、じっくりと辛抱強く、私たちの最終的な姿を作っていく時間だ。リタがつま先で埃に線を引いているのを見ながら、お兄ちゃんのアントニの後ろを追いかけて、両手を上げてよちよちと鳩の雲をかきわけながらダイニングの中をぐるぐると回っているリタをそこに見ていた…リタが振り返った。居間のドアのところに突っ立っている私を見て少し驚いた様子。そして、すぐに戻るわ、と言って中庭の扉から出て行った。リタはそれからたっぷり三十分ほどして帰ってきた。頬を赤くして。そして私に言った。ビセンスのところへ行ってきたの、喧嘩をしちゃった、だって私が、女の子と結婚したい男の子がまずしなきゃいけないのは、女の子を納得させることよ、家族にこそ取り入ろうとすることじゃなくて。女の子が喜ぶかどうかもわからないで花を贈ったりするもんじゃないわ、って言ったから。そしたらビセンスは何て言ったの？　と私。リタのことがあんまり好きなんで、もし結婚してくれないなら、バルを閉じて修道院に入る、って言ったらしい。

私たちはビセンスの店に食事に行った。リタは空色に白い水玉が刺繍してある服を着ていた。最初から最後までふくれっ面をして料理にはいっさい手を付けなかった。食欲がない、というのだ。最後のデザートになって、ボーイが料理を運んだり皿を引いたりしなくなると、ビセンスは、まるで自分自身に言っているかのように、世の中には女の子の気を引くのがうまい男たちもいるけど、自分はそうじゃないんだ、ってつぶやいた。

このことばがリタの胸を打った。二人はデートし始めた。でも、二人のお付き合いはまるで戦争だった。すぐにリタは、お付き合いは終わり、私はビセンスともほかの誰とも結婚しない、と宣言して、部屋に閉じこもってしまった。学校へ行くときは出てくるのだが、リタがビセンスの店のほとんど真ん前にあるバス停からバスに乗るとすぐにビセンスがうちに来てこぼすのだった。

「彼女に気に入られていると思うときもあるんですが、二日後には嫌われている。花をプレゼントして喜んでくれているかと思ったら、二日後にまたプレゼントすると今度は受け取ってもらえない」

アントニがダイニングに入ってきて腰かけると、いつものように苔をちょっとちぎった。リタはまだ若い、子どもなんだ、てビセンスを慰めると、ビセンスは、覚悟はしていましたし、僕もずいぶん辛抱しています、でも、リタといると付き合いがどこまで進んでいるのかわからなくなるんです、だから焦ってるんです、と言った。リタが帰ってくる時間になるとビセンスは逃げるように帰っていった。トニが話の輪に加わることもときどきあった。トニは、ビセンスが本当に苦しんでいるのを見て、悲しそうな顔をするのだった。そして、しだいに、ビセンスの味方をしてリタと口喧嘩をするようになった。世界を見て回るっていうけど、それが終わったらどうするんだ? なんて言って。

アントニとトニが店のことについて、何を仕入れなきゃいけないとか、経営をどうするかとか、話しているときには、私は二人から離れて、そこいらを片づけながらダイニングを出たり入ったりした。二人の話は聞いていなかった。でもある晩、私の耳に「兵隊」ということばが入ってきた。私はダイニングに入る手前の台所で、床に釘付けにされたみたいに動けなくなった。アントニはトニに、兵役はバルセロナですることもできるようだが、そうなると期間が一年延びるらしい、というようなことを言っているようだった。トニは、一年余分になっても、どこか知らない土地に送られて一年短く兵役に就くよりも、バルセロナの方がいい、って言っていた。そして、トニはアントニに、変なことを言うようだけど、僕は小さいころに、戦時中だけど、食べ物がなかったんで一時、家から出なけりゃならなかったんだ、で、そのとき以来、家にいたい、いつも家にいたいっていう気持ちが異常なくらい強いんだ、木の中に巣くう虫みたいにね、その気持ちは今もあるし、これからもかわらないと思うよ、って言った。アントニは、わかったよ、と答えた。そこで私はダイニングに入っていった。アントニは私を見ると、この子の軍服姿をすぐに見ることになるぞ、って言った。

47

リタが結婚式の日取りをみんなの前で発表した。そして、結婚するのは、これ以上ビセンスの悲しそうな顔を見ないで済むためと、彼が犠牲者ぶって町内の同情を買うのを止めさせるためだ、と言った。あの顔で一言もいわずにいられたら、自分が悪い女だと思われてしまうから、と。そんな噂が立ったんじゃ、もし彼と結婚しなかったら尼さんにでもなるしかないし、そんなのは嫌だ。希望通りに飛行機の客室乗務員になれないなら、映画や舞台の女優になってきれいな服を着てハンサムな男とつきあいたいところだけども、それを言うなら、彼女自身が認めるように、ビセンスだってハンサムなのだ。たった一つ気に入らないのは——そしてリタはそれが嫌でたまらないのだが——ビセンスの店が同じ町内にあって、家から近すぎるということ。なんでそれがそんなに嫌なんだ、って聞いたら、自分でもうまく説明できないけれど、なんか嫌なの、そんなに近くに住んでいる人と結婚するのはまるで家族と結婚するみたいで、全然夢がない、と言う。お互いをもっとよく知るための婚約期間が過ぎ——ずいぶん長い婚約期間だったんだけど——結婚式の準備をする時期になった。ドレスやらイニシャル入りのリネンやら嫁入り道具一式を作るためにお針子さんに週に二度来てもらって、カバーのかかったソファのある居間で作業をしてもらうことになった。お針子さんとリタが縫いものをしているときはビセンスも来ていた。彼が入ってくるのを見るとリタは、同じ町内じゃなければのぞきに来ることもできないのに、式の前にどんなドレスかもわかってしまう、と腹を立てた。ビセンスにもリタの言うことはわかっていたのだが、来ずにはいられなかったのだ。居間に入ってくるときはまるで悪事でもはたらいているようにびくびくしていた。いっとき、少しも動かずにじっとしていて、みんな手を動かしていて相手をしてもらえないと、すーっと帰って行った。最後は私も手伝いを遠慮させられた。リタ曰《いわ》く、私はあまり縫い物がうまくないから。

公園に行くのも気が進まなかった。鳩のことで気の毒そうな顔で私を見る顔見知りのおばさんたちがたくさん私を待っているのにうんざりしていたから。鳩や鳩の塔について話すまえの、あの不安な気持ちは時間とともに薄らいでいった。

鳩たちのことを考えるなら、一人で考えたかった。私が好きなように考えたかった。考えると悲しくなるときもあれば、悲しくならないときもあったから。日によっては、葉っぱや枝の下に座っていると、ちょっとだけ笑いたくなることもあった。自分が何年かまえには、卵の中の雛を殺していたんだということが思い出されて。曇っているので傘を持って家を出たときなんか、公園で鳥の羽根を見つけると傘の先で地面に押し込んで埋めてしまったものだ。知っているおばさんがたまたまいて、どう、座らない？と言われると、いえ、いえ、どうしてかわからないけど座ると気分が悪くなるんです、と答えた。肌寒いときには、座っていると湿った葉っぱが背中に入って、夜になると咳が出て…そう言い訳しておばさんたちを遠ざけておいて、私は一人で、逆立ちをして生きている木々を眺める。葉っぱがみんな足の先だ。木は土の中に頭をつっこんで土を食べている。根という口と歯で。血は人間とは違う形で流れている。頭から足へ、幹を上へと昇って行く。生まれたときには青々としている木の足を風や雨や小鳥たちがくすぐる。死ぬときにはまっ黄色になる木の足を。

いつものように、家に帰ると少し頭がふらふらする。なぜだかわからないけど、外の空気は私には合わないのかもしれない。居間に入ると電気がみんなついていて、リタはぶつぶつ文句を言って、お針子は困った顔をして、ビセンスは立っているか、座っているか、帰ってしまっているか、だ。

アントニはいつも、散歩はどうだった？ と声をかけてくる。トニが、お針子とリタが縫い物をしているのを眺めていることもあった。トニとリタが口喧嘩をしていることも。軍事教練から帰ってきて腹ペコなのに、リタがおやつを用意してくれない、と文句を言って。リタは、そんなことにかまけていたら花嫁道具一式の用意が間に合わないわよ、式までには、一針も足りないことなくぜんぶきちんと揃えたいんだから、結婚したら楽しむことだけに集中するの、と答えている。二人そろっておやつを食べながら言い合いをしているのを見かけることもあった。自分たちが何について言い合いしているのかもわからないで。私は外から帰ってくるとすぐに靴を脱ぎに行ってソファに座った。二人がしゃべっているあいだも、私には葉っぱが見えていた。生きている葉っぱ、死んでいる葉っぱ、木のうめき声でもあるかのように枝から出てくる葉っぱ、何も言わずにくるくると回りながら落ちてくる葉っぱ、高いところから落ちてくるのはまるでとっても薄い鳩の羽根みたいだった。

48

結婚式の日がやってきた。前の晩は一晩中雨が降っていて、教会に行く時間になったのに土砂降りだった。リタはウェディング・ドレスを着た。私が着て欲しいと言ったから。良い結婚式では花嫁はウェディング・ドレスを着なければならない。こうして結婚式が執り行われたが、いっしょに私とアントニの結婚記念日も祝った。このところ急に老け込んでしまったアンリケタおばさんは、リタにエビの絵をプレゼントした。小さいころにこの絵ばかり見ていたから、って。アントニは持参金を張り込んだ。貧しいお嫁さんにはしたくなかったから。ビセンスは、ありがたいけど、そんなことは気にしない、持参金があろうがなかろうが、リタとは結婚したいのだから、と言った。一方、リタは、持参金はビセンスと別れるときに助かるわ、なんて言っていた。リタが結婚したときには、すべてがそろっていた。昼食会は、ビセンスのバルのバンケット・ルームでやった。となりの石鹼屋さんはもうずいぶん前に買収して拡張がすんでいたのだ。上から下まですっかり飾り付けが終わっていて、壁にはアスパラガスに白いバラ——本物は季節が終わっていたので紙のバラ——の花輪があった。照明からはリボンが垂れ下がっていて、その先に紙のバラが結び付けられている。昼間なのにたくさんの小さな赤いランタンには火が入っていた。ボーイさんたちのシャツには、身動きができないほど糊がきいている。ビセンスのご両親もカダケス村からやって来た。黒い服を着て、靴はピカピカだ。うちの子たちも、ビセンスも、アントニも、みんな私にシャンパン色の絹のドレスを着て欲しい、と言った。それに、養殖真珠の長いネックレスも。絶対にやってくることはないと散々思い込んだ末にやっとこの日がやってきたので、ビセンスは一度殺されて、無理やり生き返らせられたように真っ青な顔をしていた。リタはご機嫌斜め。教会を出るときにウェディング・ドレスの裾とベールが濡れてしまったから。トニは教会には来られなかったけど、軍服姿でパーティにはやって来て、軍服姿でダンスをした。

扇風機を回さなければならなかった。紙のバラは人工の風に揺れていた。リタがアントニと踊った。アントニは悪くなった桃みたいにメロメロだった。ビセンスのご両親は私のことを知らなかったんだけど、お知り合いになれてとても光栄です、と言った。私も、お知り合いになれてとても光栄です、と答えた。ビセンスはいつもリタとナタリアさんのことを手紙に書いてくるんですよ、とご両親が言った。三曲目が終わると、ダンスの邪魔になる、とリタはベールを外した。リタはみんなと踊った。踊っているときは笑って、頭を後ろにそらしてスカートの裾を持っていた。目が輝いている。鼻と上唇の間に小さな真珠のような汗が光っている。リタがアントニと踊っているとき、スミレ色の宝石のイヤリングをしたアンリケタおばさんが近づいてきて、キメットもこれが見られたらね…と言った。ほとんど知らない人たちまで私に挨拶に来て、ごきげんよう、ナタリアさん…と言った。私が軍人さん——私の息子——と、手首から指先まで皺のはいった手の平を息子の手の平に合わせて踊ったとき、私は丸い玉を次々に重ねたようなベッドの柱が折れるような気がして、その手を放して彼の首へと持っていった。私がギュッと締め付けるので、息子は、何してんの？　と言った。私は、絞め殺すのよ、って答えた。息子とのダンスが終わると、養殖真珠のネックレスが彼の軍服のボタンにひっかかって切れて、真珠がそこいらじゅうに散らかってしまった。さあ大変、みんなで拾い始める、拾った人は次々に、さあ、ナタリアさん、さあ、どうぞ、と言って渡してくれる。私はそれを小銭入れに入れる。さあ、どうぞ、さあ、どうぞ…ワルツはアントニと踊った。みんなが周りに輪を作って私たちが踊るのを見ていた。というのも、くるくる回り始める前に、ビセンスに、今日は私たちの結婚記念のお祝いでもあるんだ、とアナウンスしてもらっていたから。リタが私にキスをしに来た。そして、ビセンスがワルツのアナウンスをしているあいだに、小さな声でささやいた。ほんとはね、最初の日からビセンスに首ったけだったの、でもそんなとこ見せたくなかったし、これからも絶対に知られることはないわ、て。そう言いながら、私のことを唇でくすぐったので、頬にしばらくリタの熱い息が残っていた。パーティもだんだんに勢いが衰えていって、お開きのときがやってきた。トニは帰って行った。新郎新婦も行ってしまった。行く前にリタがお花を配った。レストランの中はすごく暑かったので、外の午後の空気が清々《すがすが》しかった。バラ色の午後は、どことなく季節の終わりを感じさせた。もう全然雨は降っていなかったけれど、通りじゅうに雨の匂いが漂っていた。私はアントニと家に帰り、中庭の小扉から入った。私は屏風の陰で服を脱ぎ、アントニは、丈夫な糸で真珠のネックレスを作り直さなきゃいけないね、と言った。彼も服を着替えて、店に仕事をしに行った。私はコンソール・テーブルの前の、カバーのかかったソファに座った。コンソールの上の鏡には私の頭のてっぺんが映っていた。髪の毛がちょっとだけ。両側では、あの釣鐘型の花瓶の中で、どれぐらい前からそこにあるのか誰も知らない、あの小さな花たちが眠っていた。巻き貝はコンソールの真ん中にあって、中でザブーン、ザブーン…という海の音がしているのが聞こえるようだった。もしかすると誰も聞いていないときには、中で音はしていないのかしら、と思った。でも、そんなことは誰にも、絶対にわからない。つまり、巻き貝に耳が当てられていないときに、中で海の音がしているかどうか、なんてことは。私は小銭入れから真珠を出して小さな箱にしまったのだけれども、一つだけ残しておいて巻き貝の中に入れた。海のお伴ができるように。私は、アントニに、晩ご飯はどうするの？ って聞きに行ったら、カフェ・オ・レだけでいいよ、ありがとう、って答えた。私が、廊下からそう聞いたので、彼はダイニングに入って来てそう言った。答えてしまうと彼は、蛇腹のカーテンをくぐって店に戻って行った。私はまたカバーの掛かったソファに座って、暗くなるまでじっとしていた。こうして通りの街灯に火が入るまで、私は暗闇の中にいた。弱々しい光が少し入ってきて、まるで明かりのお化けみたいに赤いタイルに染みを作った。私は巻き貝を手に取って、すごく注意して、右に左にと傾けてみた。中で真珠が転がる音を聞くために。巻き貝は薄い金色で、白い斑点があった。小さい角がいくつもあって、一番端のとんがりは丸味を帯びていた。中は真珠色だった。私は貝をいつもの場所に戻して、巻き貝は教会で、中の真珠はジュアン神父さまだ、と思った。ザブーン、ザブーン…という音は、その歌しか歌えない天使たちの歌声。私はソファに戻って、アントニが入って来るまで座っていた。暗いとこで何やってるんだ？　って聞くんで、私は、別に何も、と答えた。リタのことを考えているのか？　て聞かれたので、そうよ、って答えたけど、本当はリタのことなんて考えていなかった。アントニは私の横に座って、今日は早く寝ようか、慣れないベストなんて着たんで体がガチガチだ、って言った。私も疲れたわ、って言って、一緒に立ち上がった。私はカフェ・オ・レを作りに行った。カップ半分だけでいいよ、と彼は言った。

49

トニが帰ってきた気配で目が覚めた。夜帰ってくるときにはいつも、中庭を横切って、抜き足差し足で入ってくる。私はベッドカバーのレース編みの花を指で撫ではじめて、ときどき葉っぱを引っ張ってみる。どこかで家具がミシッと音を立てる。コンソール・テーブルだろうか、ソファだろうか、それとも箪笥か…暗闇の中でまた、リタの白いドレスの裾が見える。ジェムのバックルがついたサテンの靴を履いた足の上でくるくると回っている。こうして夜が過ぎていく。ベッドカバーのバラには真ん中にハートがついている。あるときハートの一つが擦り切れて、中から玉を半分に切ったようなとても小さなボタンが出てきた…ナタリア奥様。私は起きた。トニはみなを起こさないように、バルコニーのドアを完全には閉めていない…私はドアを閉めに行った。もう少しでバルコニーというところで、私は寝室へ戻って、手探りで屏風の後ろに入って、手探りで服を着た。まだ夜明け前だった。いつものように裸足で、壁を伝って手探りで台所へ行った。私は息子の寝室の前で立ち止まって耳を澄ます。静かな深い寝息が聞こえる。台所に入って水を飲む。やめられない習慣なのだ。格子模様のビニール・クロスのかかった白いダイニング・テーブルの引き出しを開けて先が尖った、じゃがいもの皮むき用のナイフを取り出した。歯の部分はのこぎりのようにギザギザになっている…ナタリア奥様。このナイフを発明した人はたいしたものだ。食事をしたあとで、電灯に照らされたテーブルの上でさんざん考えたに違いない。昔のナイフはこんなじゃなかったもの。砥《と》ぎ屋さんに持って行かなけりゃならなかった。もしかすると、必死になってこのナイフを発明した人のせいで、砥ぎ屋さんは仕事を変えなければならなかったかもしれない。気の毒な砥ぎ屋さんたちは今、もっと稼ぎのいい仕事について、怖がるおかみさんを後ろに乗せてバイクで稲妻みたいに道路を走っていることだってありえる。街道を行ったり来たり。だって、物事っていうのはそういうものだから。街道に通りに廊下、中にもぐり込むための家、木の虫が木の中にもぐり込むみたいに。壁また壁。昔、キメットが通りがかりに私に、まったく木の虫にも困ったもんだ、と言ったことがあった。私が、ずーっと穴を掘り続けていて、どうやって息をするのかわからない、奥に行けば行くほど空気は少なくなるはずなのに、って言ったら、キメットは、やつらはそういう風にできているのさ、いつも木に鼻先を突っ込んで勤勉に働き続ける、理由なんかないのさ、って答えた。ナイフが全部、台所や節約一辺倒の児童施設や孤児院のナイフであるわけはないから、まだ砥ぎに出さなければならない昔ながらのナイフが残っていて、だから砥ぎ屋さんはやっていけてるのかもしれない。そんなことを考えているうちに、いろんな香りや悪臭が生まれ出てきた。ありとあらゆる香りや悪臭だ。お互いに追っかけ合ったり、場所を取ったり、逃げたり、戻って来たり。鳩たちのいる屋上の臭い、鳩たちのいない屋上の臭い、結婚して初めてどんな臭いなのか知った漂白剤の嫌な臭い。死の臭いの前触れみたいな血の臭いも。そしてロケット花火やネズミ花火の硫黄の臭い、ダイヤモンド広場の。紙の造花の紙の臭い。アスパラガスの乾いた臭い。粉々になって床に積もっていく小さな、小さなかけらは枝から逃げ出した緑。そしてとても強い海の香り。私は手で目を擦《こす》った。私は悪臭はどうして悪臭っていうんだろう、香りはどうして香りっていうんだろう、なんで香りの悪臭とか、悪臭の香りとかいえないんだろう、なんて考えていた。するとき起きているときのアントニの臭いと、寝ているときのアントニの臭いがしてきた。で、私はキメットに言った。もしかすると木の虫は外から中へと入って行くんじゃなくって、中から外に出て来るんじゃないかしら、それで丸い小さな穴から頭を突き出して、自分が働いている悪事のことを考えるの、って。それに小さかったころの子どもたちの臭い――お乳や唾の臭い、新鮮なミルクの臭いやちょっと古くなったミルクの臭い。アンリケタおばさんは、私たちにはたくさんの人生があるんだ、って言っていた。それがお互いに絡み合っているんだけど、死や結婚がときには――必ずではなくて――ほぐしてしまうことがあって、そのときこそ本当の人生は、絡みつくあらゆる種類の小さな人生の糸から解き放たれて、生きることができるんだ。小さくて悪い人生が放っておいてくれたら、本来そうなったであろう形で、って。それから、絡み合った人生はお互いに争うんで、私たちが辛い思いをするんだけど、そんなことは私たちにはわからない。それは私たちが心臓の頑張りや内臓の苦しみを知らないのと同じことだ、とも言っていた…私の体とアントニの体を一杯に含んだシーツの臭い。人間の臭いを吸って疲れたシーツのあの臭い。枕の上の髪の毛の臭い、ベッドの足元に足が押し込める糸くずの臭い、昼間着て、夜中に椅子の上に放ってある服の臭い…穀物の粒とジャガイモの臭い、塩酸の大瓶の臭い…ナイフの取っ手には三本の釘が通してあって、頭がつぶしてあるので二度と外れることはない。私は手に靴を持っていた。中庭に出ると、体の中から出てきたわけでもなければ体の外からきたわけでもない力に引っ張られて、バルコニーのドアをそっと閉めて、柱に寄りかかって靴を履いた…最初の荷車の音がしたように思った——どこか遠くで、明けようとしている夜の中で半分道に迷っているような…桃の木の、街灯に照らされた何枚かの葉が動いて、何枚かの小鳥の羽が逃げて行った。小さな枝が震えた。空は濃い青だった。そのすごく高いところにある青を背景に、通りの反対側の、屋内物干し場が向かい合って建っている二棟のアパートの屋上が黒く浮き上がっている。私のいまやっていることは、前にもやったことがあることのように思えた。どこで、いつだかはわからないけれど。まるですべてが記憶のない時間のなかに根を張ってそこから生えてきているかのように…私は顔を触ってみた。それは私の顔だった。肌も、鼻も、頬も。でも私ではあるんだけど、なにもかもが霞んで見えた。死んでいるわけではないけれど。まるで上から雲が落ちてきたみたいに、塵の雲が…私は、市場の手前、お人形を売っている店よりはもっと下で通りを左に曲がって、グラン通りの方へ向かった。グラン通りに着くと、敷石から敷石へとたどって歩いて、角の細長い石のところまで来た。そこで私の体は木像のようになって、体の中を、あらゆるものが心臓から頭へと昇っていった。市電が通る。車庫から出たばかりの一番電車だろう。いつものように、他のどの市電とも同じように、色あせた古い車両——この市電はもしかすると、キメットに追いかけられてダイヤモンド広場から、気が狂ったネズミみたいに走り出て来た私を見ていた市電かもしれない。喉ぼとけに豆でもひっかかったように、喉が変な感じだった。気分が悪くなってきたので目を閉じた。市電が通るときの風に押されて私は前に足を踏み出した。まるで命が体から抜けていくように。一歩目のときはまだ、市電が車輪と線路の間に散らす赤と青の火花が見えていた。空中を歩いているようだった。目は開いていても見えていない。自分は今にも沈んでしまうんだ、と絶えず考えている。私はナイフを強く握って、青い明かりを見ないようにして通りを渡った…通りを渡ると私は振り返った。そして目と魂で見た。あり得ないことのように思えた。私は通りを渡ってしまっていたのだ。私は自分の昔の人生を探しに歩き始めた。私たちのアパートの壁の前、出窓の下にたどりついた…扉は閉まっていた。上を見るとキメットが見えた。海際の野原の真ん中で、アントニを身ごもっている私に青い小さな花を一本くれて、それから私のことを鼻で笑った。上にあがりたかった。私のアパートまで、私の屋上まで。天秤の落書きまであがって指でなぞる…何年も前、私はキメットの妻としてこの戸口から入った。そしてアントニと結婚するためにそこから出た。子どもたちを後ろに従えて。その通りは醜かったし、アパートも醜かった。道は荷車や馬用の砂利道だった。街灯は遠くにしかなくて、戸口は暗い。キメットが扉の錠の上に開けた穴を探したら、すぐにみつかった。錠の真上の穴はコルクで塞いであった。私はナイフの先でコルクを少しずつ崩し始めた。コルクはちょっとずつ粉々になって落ちた。コルクは全部取り除いたけれど、入れないということがわかった。指では中の紐をつかんで外に引き出して、引っ張って扉を開けることができないのだ。鉤にする針金を持って来なければならなかったんだ。拳で扉を二度たたいてみようとしたけれど、あまりに大きな音がしすぎると思って、壁の方をたたいたら、手がすごく痛かった。私は扉に背を向けて、休憩した。私の中にはまだ「早朝」がたくさん残っていた。私は扉の方に向き直って、ナイフの先で、活字体で「クルメタ」と深く刻み付けた。それから何も考えずに歩き始めた。足ではなく壁に導かれて、私はダイヤモンド広場に入った。古い家々の上を空が蓋している空《から》の箱のような広場。その蓋の真ん中に何か小さな影がいくつか飛んでいるのが目に入った。すると、すべての家が揺れ始めた。まるで全部水の中に浸けられて、誰かが水をゆっくりと動かしているみたいに。家々の壁は上へ上へと伸びていって、お互いにもたれ合い始めた。蓋の役目をしていた空はどんどん小さくなって、その穴が漏斗の出口になった。私は誰か連れに手を握られるのを感じた。それはマテウの手だった。彼の肩にサテンのネクタイをした鳩が止まった。私はそんな鳩は一羽も見たことがなかったけれど、羽根は玉虫色だった。漏斗の中で渦を巻く暴風を感じた。漏斗の出口はもうほとんど閉じかけている。私は何を避けようとしているのかわからないまま両腕で顔を覆って、地獄の叫びをあげた。もう何年も前から私の体の中に閉じ込められていたに違いない叫びだ。その叫びはあんまり幅が広いんで、私の喉を通って口から出てくることができずにいたんだけど、その叫びと一緒に、「無」のかけらが、まるで唾でできたゴキブリのように飛び出した…その、ずいぶん長いこと私の中に閉じ込められていた「無」のかけらは、何だかわからない叫び声とともに逃げ去っていく私の若さなんだろうか…私は放っておかれるの？ 誰かが私の腕に触った。とくに驚くこともなく、私は振り返った。年配の男性が、気分が悪いのですか？ と聞いた。上のバルコニーの窓が開く音がした。気分でも悪いの？ 年輩の女性も近づいてきて、年配の男性と一緒に私の目の前でじっと立っている。バルコニーには白い影が見えていた。もう大丈夫です、と私は答えた。さらに人が集まって来た。少しずつ、少しずつ、まるで夜明けの光のように。もう大丈夫です、本当に平気です、ちょっとふらっとしただけで、何でもありません、大したことじゃないんです…と私は言った。そしてまた、同じ道を戻り始めた。

振り返ったら、年配の二人はじっと立ったまま、私を目で追っている。明け始めた空のかすかな光の中では、その姿は現実のものとは思えなかった…ありがとうございます、ありがとうございます、ありがとうございます。アントニは何年も何年も、ありがとうございます、と言い続けてきた。私ときたら、アントニに一度もありがとうと言ったことがない。ありがとう…グラン通りの歩道の縁の石に足を置いて、市電が来ないかどうか右左をよく見てから、走って渡った。善き人生の側に着いてしまってから、私の頭をあんなにおかしくしてしまった「無」のかけらがまだ追いかけてきていないかどうか見るために振り返った。何もついてきてはいなかった。家々やいろんなものがもう色づいてきている。市場へつながる通りを荷車やトラックが通って行く。屠殺所の人たちが血だらけの上っ張りに子牛の半身を担いで、歩いて市場に入って行く。花屋のおばさんたちが、水がいっぱいに入った円錐形の鉄の入れ物に花をどんどん投げ入れていくと大きな花束ができあがる。菊が苦い臭いをふりまいている。ハチの巣のような賑わいが始まっていた。私は自分の通りをのぼって行った。早朝に荷車が通る通りだ。何年も前に、おじさんが桃や梨や、食べ過ぎると下痢をするスモモを売っていた幅の広い出入り口を見ながら通り過ぎた。おじさんは真鍮や鉄の分銅を使う古い秤を持っていた。秤の上の鉤に指をひっかけて使うのだ。地面には藁や、小さな木くずや、くしゃくしゃになって汚れた薄い紙が落ちていた。いいえ、けっこうです。空の高いところで最後の小鳥たちの鋭い鳴き声がする。震える青い空へと震えながら逃げていく小鳥たち。私は格子扉の前で立ち止まった。いくつもの屋内物干し場が重なり合うように上の方に見える。まるで見知らぬ、棚式のお墓のようだ。紐で巻き上げるようになっている緑一色の日よけシャッターが上がっているところも、降りているところもある。針金に干されている洗濯物。ときどき目につく色付きの染みはゼラニウムの鉢植え。弱々しくて色の薄い一筋の陽の光が桃の木の葉っぱに染みをつけようとしているときに私は中庭に入った。バルコニーの窓ガラスに鼻を押し付けるようにして私を待っているアントニがいた。私は一歩、また一歩と、わざとゆっくりと入って行った…足が私を運んでいく。散々歩き回った足が。私が死んだら、もしかするとリタがこの両足を離れないように安全ピンで留めるのかもしれない。アントニはバルコニーを開けて、震える声で聞いた。どうしたんだい？

ずいぶん前から心配して待ってたんだ、何か悪いことが起こったことのお告げのように突然目が覚めたと思ったら、お前が横にも、どこにもいないんだもの、と言った。足が冷えるわよ…と私は言った。それから、暗いうちに目が覚めちゃって、眠れなくなったから外の空気が吸いたくなったの、なんでだかわからないけど息苦しくて…とも。アントニは何も言わずにベッドへ戻って行った。まだ眠る時間はあるわ、と彼に言った。

こちらに背中を向けている姿を見ると、うなじの毛が少し伸びすぎている。耳が悲しげに白い。寒いといつも白くなるのだ…私はナイフをコンソール・テーブルの上に置いて服を脱ぎ始めた。その前に鎧戸を閉めた。細い隙間から入って来る陽の明かりの中で私はベッドへ行って座ると、靴を脱いだ。

ベッドが少しきしんだ。もう古いので、だいぶ前からスプリングを二本ほど替えなければならないのだ。私はストッキングを脱いだ。まるでとても長い皮膚を脱いでいるようだ。厚い靴下を履いてはじめて、体が凍りそうになっているのに気が付いた。洗い過ぎて色の褪せた寝間着を着る。ボタンを一つ一つ、首の一番上まで留めていく。きちんとよじれを伸ばす。両袖のボタンも留めた。寝間着を足まで降ろしてベッドに入って、丸くなった。私は、今日はいい天気よ、と言った。ベッドは小鳥のお腹みたいに温かかったけど、アントニは震えていた。上の歯が下の歯に当たるカチカチという音が聞こえた。下の歯が上の歯に当たっているのかもしれない。こちらに背を向けているので、私は彼の腕の下に腕を入れて胸のあたりで抱きしめた。それでもまだ寒そうだった。私は彼の足を私の足と絡ませて足の先まで触れ合うようにした。手を下に下げさせて腰の紐を解いて楽に呼吸ができるようにしてあげた。頬を彼の背中に押し付けた。丸っこい骨に。そうするとまるで、彼の中で生きているものすべてを感じられるようだった。それは彼そのものでもあった。まず心臓、それから肺に肝臓、全部が体液と血の中に浸かっている。

それから私はゆっくりと彼のお腹を撫で始めた。体の不自由な気の毒なこの人は私のものなのだから。頭を彼の背中にくっつけて、死んじゃ嫌だって思った。彼に私が考えていることを全部言いたかった。私はことばにするよりもたくさんのことを考えているんだって。ことばにすることができないことも。でも何も言わなかった。私の足が温かくなってきた。そのまま二人で寝てしまった。眠りに落ちる前、お腹を撫でているときに、おへそに出くわしたので、私は中に指をつっこんで蓋をした。彼の全部がそこから外に出てしまわないように……生まれる前はみんな梨みたいなものよ……彼の全部がストッキングみたいに滑り出てしまわないように。悪い魔女が彼をおへそから吸い取ってしまって私のアントニがいなくなってしまわないように……そうやっているうちにだんだんと私たちは、神様の二人の天使のように眠りに落ちていった。彼は八時まで、私は十二時をだいぶ過ぎるまで寝ていた……石の眠りから目覚めると、口はカラカラで苦い味がした。私はいつもの夜から抜け出していたのだけれども、その日は朝がお昼だった。私は起きていつものように、すこし機械的に服を着始めたけれど、心はまだ眠りの殻の中に納まっていた。立ったまま、両手をこめかみに当てて頭を支えた。何かいつもと違うことをしたのはわかっていた。でも、何をしたのか思い出すのが難しかった。したことは、現実にしたことだったのか、したときに少しは目が覚めていたのか、それとも寝ぼけていたのか、私はわからなかった。水で顔を洗ってやっと、意識がはっきりした…頬に色が戻り、目の焦点も合った…朝ごはんは要らない、もう遅すぎる。熱くなっている口の中を冷ますために水を一口飲もう…水は冷たかった。私は思い出した。結婚式の前日も、昨日の朝も、そして式のときも大雨だったので、夕方いつものように公園に行くときには小道に水たまりがあるだろうな…って思ったことを。一つ一つの水たまりの中に、それがどんなに小さくても空があって…小鳥がときどきその空をかき乱す…喉が渇いた小鳥がそうとは知らずにくちばしで乱してしまう水の空…木の葉っぱから稲妻のように降りてきてピーピーとうるさく鳴く小鳥たち。水たまりの中に入って、羽根を逆立てて水浴びをしている。くちばしと羽で空を泥とを混ぜこぜにして。嬉しそうに……

ジュネーブにて、一九六〇年二月—九月

解説

ガルシア＝マルケスとマルセー・ルドゥレダ

「『ダイヤモンド広場』は、私の意見では、内戦後にスペインで出版された最も美しい小説である。」とコロンビア出身のノーベル賞作家ガブリエル・ガルシア＝マルケスは書いている。（「マルセー・ルドゥレダを知っていますか？」一九八三年五月十八日付のスペインの「エル・パイス」紙）

『百年の孤独』などの作品で現代文学の一つの頂点を極めたガルシア＝マルケスのことばだけに重みがある。しかも、ガルシア＝マルケスはこの小説を単に一読して印象を語ったわけではない。「初めてこの小説のスペイン語訳を読んだとき、私は目がくらむような衝撃を受けた。そしてそれから何度読み直したことか。そのうち何回かはカタルーニャ語で読んだのである」という執心ぶりである。しかも、生前のルドゥレダに会いにさえ行っている。「たぶん、ルドゥレダは、私が知り合いでもないのに訪ねて行った唯一の作家だと思う」ジュネーブからバルセロナに一時的に戻っていた、彼より二十ほど年上のこの女性作家と、共通の趣味である園芸について話し、お互いの作品について語り合う。ルドゥレダが、ガルシア＝マルケスの作品の中で一番気になる存在は『大佐に手紙は来ない』に出てくる闘鶏だと言えば、ガルシア＝マルケスは彼女に、ダイヤモンド広場の抽選の賞品であるコーヒーポットが気になる、と答える……帰り際にルドゥレダに「あなたはとてもユーモアのセンスがおありなのね」と言われてガルシア＝マルケスはすこし当惑したのだった。それから十二年後、バルセロナの書店の店員に、ルドゥレダは最近どうしてる？と聞いて、ひと月前に亡くなったと聞かされたガルシア＝マルケスは愕然とするのだった。

ルドゥレダの死後ほどなくこの記事が書かれたきっかけは、彼女の死もさることながら、自分がそれほどまでに評価していた作家の死のニュースが自分の耳に届いていなかったということだった。『ダイヤモンド広場』の評価は国際的にはとても高く、すでに三十以上の言語に翻訳されている。もちろんスペイン語にも。しかし、ガルシア＝マルケスが指摘するように、スペイン語圏での知名度はいま一つである。その理由は明らかではないが、一つ言えるのは、カタルーニャ語で書かれた小説のスペイン語訳はヒットしない、ということがカタルーニャ語の作家や出版関係者の中では「常識」のようになっているということである。後述するスペインとカタルーニャの歴史的な関係がもたらす、カタルーニャ・アレルギーのようなものがあるのかもしれない。

マルセー・ルドゥレダについて

マルセー・ルドゥレダは一九〇八年、芸術を愛する両親の一人娘としてバルセロナの山の手サン・ジャルバジ地区で生まれた。ボヘミアン的傾向があった両親は、宗教的倫理感に縛られた学校で学べることは限られていると考え、マルセーに二年間で小学校をやめさせ、以後は家庭で教育した。このように自由な家風の中で育ったマルセーであったが十三歳のとき、叔父ペラが同居するようになって状況が一変する。当時二十七歳の叔父は伝統的な考え方を持つ厳格な人物であった。ところが意外にもマルセーはこの叔父に強く惹かれるようになったのである。そこに自分の知らない世界観を見出したのかもしれない。結局、七年後、マルセーの二十歳の誕生日に二人は結婚することとなった。あまりに近い血縁関係だったためにローマ教皇庁の許可を要する結婚であった。

一九二九年、男児を出産。この頃から文章を書き始め、一九三二年には初めて雑誌に記事を投稿している。一時は、今や夫となった叔父のきちんとした生活にあこがれたものの、自由な家庭で育まれた奔放な性格を持つ彼女にとって、結婚生活は徐々に息苦しいものとなっていった。書くことによって自らを解放するとともに、自立の道を求めたのではないか。この間、スペインでは国王が退位し、一九三一年、二度目の共和制が実現していた。世の中は騒然としてはいたが、同時に一種の活気と新しい社会への希望に満ちあふれていた時代でもあった。女性の権利にたいする意識も高まり、その社会進出の道も開かれつつあった。

一九三六年、スペイン内戦が勃発する。ルドゥレダはカタルーニャ自治政府の広報局で校正者として働いていた。いくつもの習作的作品を経てやっと書き上げた初の本格的小説 Aloma「アロマ」で一九三七年、ジュアン・クラシェイス賞を受賞し、作家デビューを果たす。仕事を通じていろいろな文化人たちと交流することで世界が広がったルドゥレダには夫婦生活はますます耐え難いものとなり、この年、夫と別居している。また、この頃バルセロナで活動していた著名なトロツキスト、アンドレウ・ニンと恋愛関係にあったが、ニンはおそらくはソ連の秘密警察に捕えられて拷問の末、殺害されている。

一九三九年、戦況は共和国側にとって圧倒的に不利となり、このままバルセロナが反乱軍に占領された場合、カタルーニャ自治政府で働いていた者たちに害がおよぶことは明らかであった。ルドゥレダはほかの多くの人々とともにスペインを脱出すべくフランスを目指して北に向かう。必死の思いでパリに到着したルドゥレダは、郊外の文化人のための避難民収容施設に落ち着く。ここで多くの作家たちと知り合うのだが、その中に、生涯の伴侶となる、作家で評論家のアルマン・ウビオルスがいた。ただ、彼は既婚者で妻子をバルセロナに残して来ていたので、必ずしも幸せな恋愛ではなかった。ウビオルスは鋭い批判眼で知られており、その後のルドゥレダの作家としてのキャリアに計り知れない影響を与えることとなった。

ナチスドイツのフランス侵攻に伴い、二人は各地を転々とし、厳しい亡命生活を余儀なくされる。ルドゥレダは洋裁などで生計を立てざるを得ず、さらには健康を害したこともあって、創作のためのまとまった時間はなかなか取ることができなかった。一九五四年、二人はジュネーブに移り住む。ルドゥレダはこの頃からようやく執筆活動に専念できるようになった。ところがその四年後、後に発覚するようにウビオルスはルドゥレダに隠れて別の女性と関係を持ち始め、その関係は彼の死まで続いたのだった。

一九五九年、ルドゥレダは、代表作となる『ダイヤモンド広場』を「クルメタ」という題名で書き始めている。彼女は書き上がった小説をカタルーニャ語文学最高の賞であるサン・ジョルディ文学賞に応募するが、受賞は逃した。しかし、El Club dels Novel·listes 社の編集者ジュアン・サラス(名作『不確かな栄光』の著者)は、この小説を一読して感銘を受け、すぐさまルドゥレダに連絡をとった。こうして『ダイヤモンド広場』はサラスやウビオルスの助言を受けて加筆された上で一九六二年、出版されたのだった。ルドゥレダは一九六六年、『カメリア通り』で待望のサン・ジョルディ文学賞ほかいくつもの賞を受賞、さらに一九七四年に出版された『割れた鏡』も大きな成功をおさめた。

一九七二年、カタルーニャ北部のコスタ・ブラバ海岸近くの村の友人の別荘でひと夏を過ごす。これをきっかけにおよそ四十年ぶりに故郷に戻ることを考えはじめ、一九七九年、同じ村に居を構える。ルドゥレダは小説、戯曲、詩と著作を続け、いくつもの重要な賞を受賞し、作家として確固たる地位を築いていく。そして帰国四年後、病を得てジロナ市の病院で死去する。パートナーのウビオルスはルドゥレダと共に帰国はせず、一九七一年にウィーンで他界していた。晩年ルドゥレダはその背信に気付いていたといわれている。

ルドゥレダが語る『ダイヤモンド広場』

ルドゥレダは一九八二年に新たに書かれた『ダイヤモンド広場』への「まえがき」の中で、「私はこの小説をカフカ的な小説にしたかった。きわめてカフカ的な。もちろんそれは、たくさんの鳩が出て来る不条理なものである。小説の最初から最後まで、鳩が主人公を埋没させてしまうような」と書いている。カフカ的な世界が、時間と空間、原因と結果、というような経験的な秩序にとらわれない夢のような世界(筑摩書房『世界文学大系58　カフカ』原田義人の解説による)であるならば、ルドゥレダは当初の意図を実現できなかったといってもいいのではないか。それは読者にとって、ある意味、幸運であったと言えよう。

むしろこの小説の重要な要素は、著者自身が同じ「まえがき」の中で認めているように「ノスタルジー」である。「グラシア街の思い出はすべて、とても懐かしいものだ。ノスタルジーに首まで浸ってそれを想うと心が安らぐ。さまざまな環境の中で、そしていく度も、こういった思い出は私の慰めであった」。それは後述する「グラシア街」という特別なコノテーションを持つ土地の雰囲気と、著者自身の幼年・青春時代が惹起する感情だろう。もっとも、ルドゥレダ自身はグラシア街の出身ではない。今では高級住宅地となっている、バルセロナの山の手、サン・ジャルバジ地区の出身である。この地区はグラシア街とは隣接していて、彼女は日常的にそこに出入りしていたのだが、この小説が亡命先で書かれたこともあり、「実際のダイヤモンド広場がどんなだったか、本当はよく覚えていない」と告白している。

また、ルドゥレダは「私は声を大にして言いたい。『ダイヤモンド広場』はまずなによりも、恋愛小説だと。ただし、一滴たりとも感傷的なものを含まない恋愛小説である。クルメタが過去の死の世界から夜明けに帰還して家に入り、二人目の伴侶、彼女を救ってくれた男を抱擁する場面は、深い愛を表現しているのだ」とも述べている。そしてなんといっても、この「恋愛小説」を成功に導いたのは「クルメタ」(小鳩ちゃん)ことナタリアという主人公の造形である。一見はかなげながら、その存在感には圧倒的なものがある。「この小説を書き終わったものの、頭の中がクルメタでいっぱいだったので、しばらくの間、ほかの小説の主人公像が思い浮かばなかった」ほどに――これは一九八二年版に研究者マリチェイ・タラベラが寄せている「あとがき」に紹介されているルドゥレダのことばである。

カタルーニャの現代文学の大家バルタサル・プルセルがこの『ダイヤモンド広場』を大絶賛しながらも、主人公のクルメタは間抜けなお人好しだと述べたことがあった。ルドゥレダは、プルセルとは友人であったものの、これに激しく反発した。曰く、「クルメタは間抜けなお人好しとは程遠い。むしろボバリー夫人やアンナ・カレーニナを上回る知性の持ち主だ。彼女は与えられた環境の中で、天賦の才能をいかんなく発揮している」。出自や環境こそ違うが、著者はクルメタの中に自分と同じ、「この世で迷子になったような」ところを見出して共感しているのである。同じようにスペイン内戦に翻弄された経験を持つ同志として。

この小説は一九八二年に映画化されている。女優シルビア・ムンがみごとにクルメタを演じ切り好評を博した。ところがクルメタのイメージがあまりに強く、気の毒なこの女優は以後、しばらく役に恵まれなかった。これもまたクルメタの個性の強烈さがなせる業かもしれない。

この小説を読むと、身の回りの事物が執拗に描写されているのに気づくと思う。ときには過剰と思えるほどに。ルドゥレダにもその意識は明確にあった。「『ダイヤモンド広場』には事物がたくさん出てくる。漏斗、巻き貝、ビニールクロス屋の人形…家具や呼び鈴や屋敷の扉の細々とした描写。いざというときのためにジュアン神父がくれた金貨。階段の途中にある天秤の落書き。セックスのシンボルであるナイフ。そのナイフでクルメタは本の最後の方で、以前住んでいた家の扉に自分の名前を彫り付ける」ナイフがセックスのシンボルとして使われていたとは気づかなかったが、いずれにせよ、物と、物の描写の氾濫は明らかで、それは「事物は小説の中にあってきわめて重要である。それは今も昔も変わりない。ロブ＝グリエが『覗くひと』を書くずっと以前から」と彼女が考えていたからにほかならない。そうである以上、それに付き合うのがこの小説の「正しい」読み方なのだろう。ただし、読者も気付いたのではないかと思うが、小説に出てくる建物の構造や部屋の配置はかなりわかりにくい。図に描いてみようとしてもつじつまが合わないことも少なくない。ルドゥレダは細部に関心はあったものの、空間把握はあまり得意でなかったのかもしれない。

スペイン内戦について

『ダイヤモンド広場』の背景にはスペイン内戦がある。というより、この作品はスペイン内戦の一部を切り取ったものだ、といっていいだろう。スペイン文学もそうなのだが、カタルーニャ文学では、いわゆる純文学の作品の多くは未だにどこかでスペイン内戦を引きずっている。同じ国民同士が、ときには肉親同士が戦うということはそれほど深い傷跡を残すものなのだろう。カタルーニャ現代文学で、この作品とならんで二大傑作のひとつに挙げられるジュアン・サラスの『不確かな栄光』も内戦に題材を得たものである。（サラスは前述のように『ダイヤモンド広場』を担当した編集者である。）『不確かな栄光』がまさに内戦のカタルーニャ側の最前線を舞台にした小説であるのに対し、『ダイヤモンド広場』は、少し古臭い言い方をすれば、銃後の人々の物語である。

この作品のよりよい理解のためにはスペイン内戦の知識が必要だと思うので、ここで簡単にまとめておく。

一九二三年から続いていたプリモ・デ・リベラ将軍の独裁制が崩壊したものの、独裁を容認していたスペイン国王アルフォンソ十三世は国民の支持を得ることができず、一九三一年、国外に亡命する。こうしてスペインで二回目の共和制が実現する。しかし、左派が主導する共和国政府が実施したさまざまな改革に王党派、教会、地主など旧来の支配層は不満を抱いていた。そしてこれらの勢力のバックアップを受けて、一九三六年にフランコ将軍がクーデターを起こし内戦が勃発する。当初、反乱軍は各地で政府軍や官憲に鎮圧されたものの、ドイツやイタリアといったファシズム勢力の支援を受けて勢いを盛り返す。他方、フランス、イギリスなどは共産主義の拡大を懸念し左派の共和国政府を支援せず、不干渉政策をとった。共和国を支援したのはソ連とメキシコだけであった。こうして内戦は当初の予想に反して長期化した。

キメットが従軍していたアラゴン戦線での戦闘が激しくなるのは一九三七年のことである。本文中には「毎日の生活は、小さな頭の痛い問題はいくつかあったけれど、こんな風に流れていた。スペインが共和国になるまでは。キメットは浮かれちゃって、叫んだり、どこから引っ張り出してきたのか私にはついにわからなかった旗を振ったりしながら通りを行進している。」とある。キメットが民兵として戦線に赴くのは第二共和制成立のわずか後である。したがって、この小説内の時間の流れは史実に即していないことになる。もちろん、フィクションにはフィクションの時間があっていいわけで、このことが内容の質をいささかも損なうものではないが、疑問に思う読者もいるかもしれないので一応指摘しておく。

本来、一丸となって反乱軍から国を守らねばならないはずの共和国側の内部は一枚岩どころか、「内戦の中の内戦」の様相を呈していた。それが敗戦の一因であったことは明らかである。その頃のバルセロナの状況についてはジョージ・オーウェルの『カタロニア讃歌』に詳しい。要するに、ソ連を後ろ盾に、戦争の勝利を最優先する共産党と、まず革命の遂行を第一目標に掲げるアナキストと反スターリンのマルクス主義党との対立である。ときに武力衝突や、陰惨な殺し合いがあり、最終的には共産党が主導権を握り、他勢力を非合法化して弾圧した。前述のようにルドゥレダの愛人アンドレウ・ニンがおそらく共産党によって惨殺されたのは彼がマルクス主義党のリーダーだったからである。(オーウェルはマルクス主義党に属していた。)キメットやその友人たちが参加したのは装備などから察するにアナキストのグループではないかと思われる。

本文中にある聖職者の処刑や、資本家の屋敷の没収、労働者による工場の管理なども現実にあったことである。内戦末期にはバルセロナは実際に爆撃を受けた。多くの人々が戦後の弾圧を恐れて、フランスへと脱出した。実際、内戦終了後には、共和国を支持していたとみなされる者たちは、食料の配給で差別されたり、職に就くことを制限されたほか、社会的な差別も受けた。経済的に追い詰められた社会的に地位のある女性たちの中には売春婦に身を落とすものも少なからずいた。脱出した何十万もの人々も、やがてナチスの勢力下にはいるフランスで厳しい現実に直面せざるを得なかった。

グラシア街について

この小説の舞台となっている「グラシア街」(Barri de Gràcia)はバルセロナの中で、過去から現在に至るまで、独特の個性を持った地区だ。

バルセロナの市街図を広げてみると、港近くにごちゃごちゃとした地区がある。古代、中世以来人が住み続けている旧市街である。ここは元は城壁で囲まれていた。一八五〇年代に城壁が壊されて新しく開かれた地区が、きれいな碁盤目になっているアシャンプラ地区だ。そして旧市街の真上、右下がりに走る大通りディアグナル通りを越えたあたりに再びごちゃごちゃした地区が見える。ここがグラシア街である(地図参照)。

ここに足を踏み入れたとたん、観光客がよく訪れるガウディの建築物などがあるほかの地域とは雰囲気がまったく違うことがすぐにわかる。建物は低層のものが多く、道は狭い。アクセサリー店、クラフト製品店、服や小物のこぢんまりとしたセレクトショップ、食料品の個人商店、画廊、雰囲気のあるバルやレストラン…とくにボヘミアン志向の若者をひきつける店が軒を連ねる。一九七六年に劇作家、演出家、俳優の有志によって設立されて以来、民衆のための演劇を旗印に、バルセロナの演劇シーンを牽引してきた「自由劇場」(Teatre Lliure)も。しかも大きな市場が二つもあり、昔からの住民も少なからず居て、雰囲気は庶民的だ。若い人を中心にここに居心地の良さを感じる人は多く、従って、意外なほどに地価は高い。

そもそもグラシアは、バルセロナ市外の村だった。それが十九世紀末に、拡大するバルセロナに編入されてその一地区となった。小説の中に出てくる「グラン通り」(carrer Gran de Gàcia)は「大通り」という意味だが、実際には「大」の字に似つかわしくない狭い通りでしかない。それは、この通りが、「グラシア村」のメインストリートだったからである。そして元々のバルセロナとグラシア村をつなぐ街道であった通りが、現在、バルセロナ一ファッショナブルな通りとして知られる「グラシア通り」(Passeig de Gràcia)なのである。この堂々たる大通りの「グラシア通り」は、ささやかな「大通り」の「グラン通り」とつながっている。

グラン通りを少し上って右手に入る通りがクルメタとキメットのアパートがあった「ムンセニィ通り」(carrer Montseny)である。「ダイヤモンド広場」はこの道から二ブロックほどのところにある。グラシア街にいくつもある広場の中では、一目でざっと見渡せる、中ぐらいの広さのありふれた広場だ。それになぜ「ダイヤモンド広場」というきらびやかな名前がついているのか。地図を見ると、この広場だけではなく、周りの通りには、「黄金」「真珠」「ルビー」「トパーズ」と、およそ庶民的な雰囲気の通りにはふさわしくない名前がついている。かつてこの辺りの土地を買って開発した宝石商ジュゼップ・ルゼイが自らの商売に因んで命名したからだ。

ルドゥレダが自分の出身地区ではなく、この街を舞台に選んだのには相応の理由があったはずだ。ここを訪れてみれば、なるほど納得がいく。

カタルーニャ語で書くということ

ルドゥレダは一九八二年版への「まえがき」で次のように述べている。

「私は私の小説を読んでくれるすべての読者に私の感情を共有して欲しい。何千もの読者が私の小説を読んでくれ、これからもたくさんの読者が読んでくれるだろうということがとても嬉しい。その中にはこれまでカタルーニャ語で書かれたものを一冊も読んだことがない人もいるはずで、そういう人たちはこの小説を読むことで、私たちのことばが格式のある重要な文明語なんだということを発見したのだと思う。またこの単純な人間ドラマが、グラシア街の「ダイヤモンド広場」を、そしてカタルーニャという名前を遠い国々にまで広めたことを考えるととても幸せな気分になるのだ」

「カタルーニャ語で書かれたものを一冊も読んだことがない」カタルーニャの読者？このいかにも奇妙なフレーズが、カタルーニャ語の歴史と現状を雄弁に物語っている。

カタルーニャ語はローマ帝国の言語であったラテン語が、帝国の衰退と共に地域ごとに勝手な進化（劣化？）を遂げた結果できあがった、いわゆる「ロマンス諸語」の一つで、スペイン語、フランス語、ポルトガル語、イタリア語などとは姉妹関係にある。十二世紀ごろにはすでに独立した言語として存在していたことが確認されている。

しかし、ほかの主なロマンス語がその後順調な発達をしたのに対し、カタルーニャ語は政治の荒波にもまれ続けた。中世にはカタルーニャは地中海に貿易と軍事力で覇を唱え、それと共にカタルーニャ語にも黄金期が訪れる。セルバンテスが『ドン・キホーテ』の中で絶賛している、十五世紀末の騎士道小説『ティラン・ロ・ブラン』（岩波文庫）がその象徴である。しかし、十八世紀初頭の、ハプスブルク家とブルボン家の争い「スペイン継承戦争」では、負けた側についていたのでカタルーニャは戦後成立したブルボン王朝から厳しい弾圧を受け、カタルーニャ語の使用も禁止されてしまう。その後、前近代的なスペインが停滞する中、勤勉な国民性のおかげでカタルーニャは十九世紀後半にスペインで唯一の産業革命を実現し、経済の牽引車となる。それとともにカタルーニャ文化、カタルーニャ語も復興を果たし、いよいよその成果が満開か、と思われたときにスペイン内戦が勃発する。そして一九三九年、戦後成立したフランコ独裁政権は、「強い統一スペイン」を標榜して国内の異文化を弾圧、カタルーニャはその標的となった。カタルーニャ語の使用、教育はかつてないほど厳しく禁止された。公的な使用や教育はもちろん、個人名でさえスペイン語化を強要された。フランコ政権はおよそ四十年継続し、この間、カタルーニャ語の厳しい制限は続いた。多くの作家は国外亡命を余儀なくされ、そこでカタルーニャ語による創作活動を行った。マルセー・ルドゥレダもその一人であった。

スペインでは一九七五年にフランコが死ぬと、緩やかに民主化が実現された。一九七八年に現在の憲法の下、カタルーニャ語やバスク語などスペイン語以外の言語も、スペインの文化財として認められ、各自治州での公用語となる道が開かれた。しかし、カタルーニャ語の使用や教育の四十年間の空白を埋めるのは並大抵ではなく、今なおカタルーニャ語の完全な回復の努力は続けられている。

作家にとって、カタルーニャ語で書くことを選択するのは相当の覚悟がいる。カタルーニャ人のほとんどはスペイン語とのバイリンガルである。いや、長きにわたるカタルーニャ語教育の不在のため、むしろスペイン語で書く方が楽だという人も少なくない。さらには、スペイン語で書けばおよそ三億人の潜在的な読者がいるのに対し、カタルーニャ語ではたったの六百万人程度である。書くことだけで生きていけるカタルーニャ語作家はほんの一握りである。それに加え、最近のスペイン中央政府の右傾化を見ていると、いつまたカタルーニャ語に冬の時代がやって来るとも知れない。そんな不利な状況の中で、何故カタルーニャ語で書くことを選ぶのか？　その答えは自分の文化、自分の言語に対する愛情とプライド故、しかないだろう。

ルドゥレダが言っているのはそういうことなのである。

「ダイヤモンド広場」にはすでに朝比奈誼による邦訳(一九七四)がある。ただ、この翻訳はフランス語を経由したいわゆる重訳である。翻訳によってこぼれ落ちるものが多いことはよく知られている。それはやむをえぬことにせよ、せめて翻訳は直接原文から行いたい。また、右に記したルドゥレダはじめカタルーニャの人々の切なる思いを考えれば、カタルーニャ語からの翻訳があって然るべきだろう。

それがこのたび岩波文庫で実現したことはまことに喜ばしい。しかもこれによって、カタルーニャ語文学の二大金字塔、中世の『ティラン・ロ・ブラン』と現代の『ダイヤモンド広場』の日本語訳がそろったのだから素晴らしい。文庫編集部の入谷芳孝氏のご尽力に心から感謝したい。

「ダイヤモンド広場」はたいへん口語的なカタルーニャ語、とくにグラシア街あたりの人々のしゃべり方を用いて書かれていて、標準的なカタルーニャ語の知識だけでは意味を取りにくい個所がいくつかある。Àngels Santamaria 氏、Marcel·la Matheu 氏、そして Àlex Susanna 氏は、訳者のさまざまな疑問に丁寧に答えてくれた。この場を借りてお礼を申し上げる。

なお翻訳にあたっては Club Editor 社刊の一九六二年の初版および二〇一六年版を底本とした。

二〇一八年十二月

田　澤　耕

ダイヤモンド広場《ひろば》　マルセー・ルドゥレダ作

2019年8月20日　第1刷発行

訳　者　田《た》澤《ざわ》　耕《こう》

発行者　岡本　厚

発行所　株式会社　岩波書店
〒101-8002 東京都千代田区一ツ橋2-5-5

案内 03-5210-4000　営業部 03-5210-4111
文庫編集部 03-5210-4051
https://www.iwanami.co.jp/

印刷・三秀舎　カバー・精興社　製本・中永製本

ISBN 978-4-00-327391-3　　Printed in Japan

読書子に寄す

——岩波文庫発刊に際して——

岩波茂雄

真理は万人によって求められることを自ら欲し、芸術は万人によって愛されることを自ら望む。かつては民を愚昧ならしめるために学芸が最も狭き堂宇に閉鎖されたことがあった。今や知識と美とを特権階級の独占より奪い返すことはつねに進取的なる民衆の切実なる要求である。岩波文庫はこの要求に応じそれに励まされて生まれた。それは生命ある不朽の書を少数者の書斎と研究室とより解放して街頭にくまなく立たしめ民衆に伍せしめるであろう。近時大量生産予約出版の流行を見る。その広告宣伝の狂態はしばらくおくも、後代にのこすと誇称する全集がその編集に万全の用意をなしたるか。千古の典籍の翻訳企図に敬虔の態度を欠かざりしか。さらに分売を許さず読者を繫縛して数十冊を強うるがごとき、はたしてその揚言する学芸解放のゆえんなりや。吾人は天下の名士の声に和してこれを推挙するに躊躇するものである。このときにあたって、岩波書店は自己の責務のいよいよ重大なるを思い、従来の方針の徹底を期するため、すでに十数年以前より志して来た計画を慎重審議この際断然実行することにした。吾人は範をかのレクラム文庫にとり、古今東西にわたって文芸・哲学・社会科学・自然科学等種類のいかんを問わず、いやしくも万人の必読すべき真に古典的価値ある書をきわめて簡易なる形式において逐次刊行し、あらゆる人間に須要なる生活向上の資料、生活批判の原理を提供せんと欲する。この文庫は予約出版の方法を排したるがゆえに、読者は自己の欲する時に自己の欲する書物を各個に自由に選択することができる。携帯に便にして価格の低きを最主とするがゆえに、外観を顧みざるも内容に至っては厳選最も力を尽くし、従来の岩波出版物の特色をますます発揮せしめようとする。この計画たるや世間の一時の投機的なるものと異なり、永遠の事業として吾人は微力を傾倒し、あらゆる犠牲を忍んで今後永久に継続発展せしめ、もって文庫の使命を遺憾なく果たさしめることを期する。芸術を愛し知識を求むる士の自ら進んでこの挙に参加し、希望と忠言とを寄せられることは吾人の熱望するところである。その性質上経済的には最も困難多きこの事業にあえて当たらんとする吾人の志を諒として、その達成のため世の読書子とのうるわしき共同を期待する。

昭和二年七月

《南北ヨーロッパ他文学》〔赤〕

- ダンテ 神曲 全三冊 — 山川丙三郎訳
- ダンテ 新生 — 山川丙三郎訳
- 抜目のない未亡人 — ゴルドーニ 平川祐弘訳
- 珈琲店・恋人たち — ゴルドーニ 平川祐弘訳
- 夢のなかの夢 — タブッキ 和田忠彦訳
- ルネッサンス巷談集 — フランコ・サケッティ 杉浦明平訳
- カルヴィーノ イタリア民話集 全二冊 — 河島英昭編訳
- むずかしい愛 — カルヴィーノ 和田忠彦訳
- パロマー — カルヴィーノ 和田忠彦訳
- カルヴィーノ アメリカ講義 —新たな千年紀のための六つのメモ — 米川良夫 和田忠彦訳
- まっぷたつの子爵 — カルヴィーノ 河島英昭訳
- 愛神の戯れ —牧歌劇『アミンタ』 — トルクァート・タッソ 鷲平京子訳
- タッソ エルサレム解放 — A.ジュリアーニ編 鷲平京子訳
- わが秘密 — ペトラルカ 近藤恒一訳
- ペトラルカ 無知について — 近藤恒一訳
- 無関心な人びと 全二冊 — モラーヴィア 河島英昭訳

- 流刑 — パヴェーゼ 河島英昭訳
- 祭の夜 — パヴェーゼ 河島英昭訳
- 月と篝火 — パヴェーゼ 河島英昭訳
- シチリアでの会話 — ヴィットリーニ 鷲平京子訳
- ウンベルト・エーコ 小説の森散策 — 和田忠彦訳
- バウドリーノ 全二冊 — ウンベルト・エーコ 堤康徳訳
- タタール人の砂漠 — ブッツァーティ 脇功訳
- 七人の使者・神を見た犬 他十三篇 — ブッツァーティ 脇功訳
- ラサリーリョ・デ・トルメスの生涯 — 会田由訳
- ドン・キホーテ 前篇 全三冊 — セルバンテス 牛島信明訳
- ドン・キホーテ 後篇 全三冊 — セルバンテス 牛島信明訳
- セルバンテス短篇集 — 牛島信明編訳
- 人の世は夢・サラメアの村長 — カルデロン 高橋正武訳
- 恐ろしき媒 — ホセ・エチェガライ 永田寛定訳
- 作り上げた利害 — ベナベンテ 永田寛定訳
- エスピノーサ スペイン民話集 — 三原幸久編訳
- エル・シードの歌 — 長南実訳

- 娘たちの空返事 他一篇 — モラティン 佐竹謙一訳
- プラテーロとわたし — J.R.ヒメーネス 長南実訳
- オルメードの騎士 — ロペ・デ・ベガ 長南実訳
- 父の死に寄せる詩 — ホルヘ・マンリーケ 佐竹謙一訳
- サラマンカの学生 他六篇 — エスプロンセーダ 佐竹謙一訳
- セビーリャの色事師と石の招客 他一篇 — ティルソ・デ・モリーナ 佐竹謙一訳
- ティラン・ロ・ブラン 全四冊 — J.マルトゥレイ M.J.ダ・ガルバ 田澤耕訳
- 完訳アンデルセン童話集 全七冊 — 大畑末吉訳
- 即興詩人 全二冊 — アンデルセン 大畑末吉訳
- 絵のない絵本 — アンデルセン 大畑末吉訳
- ヴィクトリア — クヌート・ハムスン 冨原眞弓訳
- フィンランド叙事詩 カレワラ 全二冊 — リョンロット編 小泉保訳
- イプセン 人形の家 — 原千代海訳
- イプセン ヘッダ・ガーブレル — 原千代海訳
- ポルトガリヤの皇帝さん — ラーゲルレーヴ イシガオサム訳
- アミエルの日記 全四冊 — 河野与一訳
- スイスのロビンソン 全二冊 — ウィース 宇多五郎訳

クオ・ワディス 全三冊	シェンキェーヴィチ 木村彰一訳
おばあさん	ニェムツォヴァー 栗栖継訳
兵士シュヴェイクの冒険 全四冊	ハシェク 栗栖継訳
山椒魚戦争	カレル・チャペック 栗栖継訳
ロボット（R・U・R）	チャペック 千野栄一訳
絞首台からのレポート	ユリウス・フチーク 栗栖継訳
尼僧ヨアンナ	イヴァシュキェヴィッチ 関口時正訳
灰とダイヤモンド 全二冊	アンジェイェフスキ 川上洸訳
牛乳屋テヴィエ	ショレム・アレイヘム 西成彦訳
冗談	ミラン・クンデラ 西永良成訳
小説の技法	ミラン・クンデラ 西永良成訳
ルバイヤート	オマル・ハイヤーム 小川亮作訳
中世騎士物語	ブルフィンチ 野上弥生子訳
コルタサル短篇集 悪魔の涎・追い求める男 他八篇	木村榮一訳
遊戯の終わり	コルタサル 木村榮一訳
ペドロ・パラモ	ファン・ルルフォ 杉山晃 増田義郎訳
伝奇集	J・L・ボルヘス 鼓直訳
創造者	J・L・ボルヘス 鼓直訳
続審問	J・L・ボルヘス 中村健二訳
七つの夜	J・L・ボルヘス 野谷文昭訳
詩という仕事について	J・L・ボルヘス 鼓直訳
汚辱の世界史	J・L・ボルヘス 中村健二訳
ブロディーの報告書	J・L・ボルヘス 鼓直訳
アレフ	J・L・ボルヘス 鼓直訳
語るボルヘス ―書物・不死性・時間ほか	J・L・ボルヘス 木村榮一訳
グアテマラ伝説集	M・A・アストゥリアス 牛島信明訳
緑の家 全二冊	バルガス＝リョサ 木村榮一訳
密林の語り部	バルガス＝リョサ 西村英一郎訳
弓と竪琴	オクタビオ・パス 牛島信明訳
失われた足跡	カルペンティエル 牛島信明訳
アフリカ農場物語 全二冊	オリーヴ・シュライナー 大井真理子・都築忠七訳
やし酒飲み	エイモス・チュツオーラ 土屋哲訳
薬草まじない	エイモス・チュツオーラ 土屋哲訳
ジャンプ 他十一篇	ナディン・ゴーディマ 柳沢由実子訳
マイケル・K	J・M・クッツェー くぼたのぞみ訳

《イギリス文学》〔赤〕

ユートピア　トマス・モア　平井正穂訳
完訳カンタベリー物語　全三冊　チョーサー　桝井迪夫訳
ヴェニスの商人　シェイクスピア　中野好夫訳
ジュリアス・シーザー　シェイクスピア　中野好夫訳
十二夜　シェイクスピア　小津次郎訳
ハムレット　シェイクスピア　野島秀勝訳
オセロウ　シェイクスピア　菅泰男訳
リア王　シェイクスピア　野島秀勝訳
マクベス　シェイクスピア　木下順二訳
ソネット集　シェイクスピア　高松雄一訳
ロミオとジューリエット　シェイクスピア　平井正穂訳
対訳シェイクスピア詩集 ―イギリス詩人選(1)―　柴田稔彦編
失楽園　全二冊　ミルトン　平井正穂訳
ロビンソン・クルーソー　全二冊　デフォー　平井正穂訳
ガリヴァー旅行記　スウィフト　平井正穂訳
ジョウゼフ・アンドルーズ　全二冊　フィールディング　朱牟田夏雄訳

ウェイクフィールドの牧師 ―むだばなし―　ゴールドスミス　小野寺健訳
幸福の探求 ―アビシニアの王子ラセラスの物語―　サミュエル・ジョンソン　朱牟田夏雄訳
対訳バイロン詩集 ―イギリス詩人選(8)―　笠原順路編
対訳ブレイク詩集 ―イギリス詩人選(4)―　松島正一編
ブレイク詩集　寿岳文章訳
ワーズワース詩集　田部重治選訳
対訳ワーズワス詩集 ―イギリス詩人選(3)―　山内久明編
キプリング短篇集　橋本槙矩編訳
高慢と偏見　全二冊　ジェーン・オースティン　富田彬訳
説きふせられて　ジェーン・オースティン　富田彬訳
エマ　全二冊　ジェーン・オースティン　工藤政司訳
対訳テニスン詩集 ―イギリス詩人選(5)―　西前美巳編
虚栄の市　全四冊　サッカリー　中島賢二訳
床屋コックスの日記・馬丁粋語録　サッカレ　平井呈一訳
デイヴィッド・コパフィールド　全五冊　ディケンズ　石塚裕子訳
ディケンズ短篇集　小池滋　石塚裕子訳
炉辺のこほろぎ　ディケンズ　本多顕彰訳

ボズのスケッチ 短篇小説篇　全二冊　ディケンズ　藤岡啓介訳
アメリカ紀行　全二冊　ディケンズ　伊藤弘之・下笠徳次・隈元貞広訳
イタリアのおもかげ　ディケンズ　伊藤弘之・下笠徳次・隈元貞広訳
大いなる遺産　全二冊　ディケンズ　石塚裕子訳
荒涼館　全四冊　ディケンズ　佐々木徹訳
鎖を解かれたプロメテウス　シェリー　石川重俊訳
対訳シェリー詩集 ―イギリス詩人選(9)―　アルヴィ宮本なほ子編
ジェイン・エア　全二冊　シャーロット・ブロンテ　河島弘美訳
嵐が丘　全二冊　エミリー・ブロンテ　河島弘美訳
教養と無秩序　マシュー・アーノルド　多田英次訳
ハーディ テス　全二冊　井上宗次　石田英二訳
緑の木蔭 ―和蘭派田園画―　トマス・ハーディ　阿部知二訳
緑の館 ―熱帯林のロマンス―　ハドソン　柏倉俊三訳
宝島　スティーヴンスン　阿部知二訳
ジーキル博士とハイド氏　スティーヴンスン　海保眞夫訳
プリンス・オットー　スティーヴンスン　小川和夫訳
新アラビヤ夜話　スティーヴンスン　佐藤緑葉訳

南海千一夜物語　スティーヴンスン　中村徳三郎訳
若い人々のために 他十一篇　スティーヴンスン　岩田良吉訳
マーカイム・壜の小鬼 他五篇　スティーヴンソン　高松雄一・高松禎子訳
怪談 —不思議なことの物語と研究　ラフカディオ・ハーン　平井呈一訳
サロメ　ワイルド　福田恆存訳
人と超人　バーナド・ショー　市川又彦訳
ヘンリ・ライクロフトの私記　ギッシング　平井正穂訳
闇の奥　コンラッド　中野好夫訳
コンラッド短篇集　中島賢二編訳
対訳イエイツ詩集　高松雄一編
月と六ペンス　モーム　行方昭夫訳
読書案内 —世界文学　W・S・モーム　西川正身訳
人間の絆 全三冊　モーム　行方昭夫訳
夫が多すぎて　モーム　海保眞夫訳
サミング・アップ　モーム　行方昭夫訳
モーム短篇選 全二冊　行方昭夫編訳
お菓子とビール　モーム　行方昭夫訳

荒地　T・S・エリオット　岩崎宗治訳
悪口学校　シェリダン　菅泰男訳
オーウェル評論集　小野寺健編訳
パリ・ロンドン放浪記　ジョージ・オーウェル　小野寺健訳
動物農場 —おとぎばなし　ジョージ・オーウェル　川端康雄訳
対訳キーツ詩集 —イギリス詩人選(10)　宮崎雄行編
キーツ詩集　中村健二訳
阿片常用者の告白　ド・クインシー　野島秀勝訳
20世紀イギリス短篇選 全二冊　小野寺健編訳
イギリス名詩選　平井正穂編
タイム・マシン 他九篇　H・G・ウエルズ　橋本槇矩訳
透明人間　H・G・ウエルズ　橋本槇矩訳
トーノ・バンゲイ 全二冊　ウェルズ　中西信太郎訳
回想のブライズヘッド 全二冊　イーヴリン・ウォー　小野寺健訳
愛されたもの　イーヴリン・ウォー　中村健二・出淵博訳
イギリス民話集　河野一郎編訳
白衣の女 全三冊　ウィルキー・コリンズ　中島賢二訳

夢の女・恐怖のベッド 他六篇　ウィルキー・コリンズ　中島賢二訳
対訳英米童謡集　河野一郎編訳
完訳ナンセンスの絵本　エドワード・リア　柳瀬尚紀訳
灯台へ　ヴァージニア・ウルフ　御輿哲也訳
船出 全二冊　ヴァージニア・ウルフ　川西進訳
夜の来訪者　プリーストリー　安藤貞雄訳
イングランド紀行 全二冊　プリーストリー　橋本槇矩訳
アーネスト・ダウスン作品集　南條竹則編訳
スコットランド紀行　エドウィン・ミュア　橋本槇矩訳
狐になった奥様　ガーネット　安藤貞雄訳
ヘリック詩鈔　森亮訳
たいした問題じゃないが —イギリス・コラム傑作選　行方昭夫編訳
文学とは何か —現代批評理論への招待 全二冊　テリー・イーグルトン　大橋洋一訳

《アメリカ文学》〔赤〕

- ギリシア・ローマ神話 付インド・北欧神話 — ブルフィンチ 野上弥生子訳
- 中世騎士物語 — ブルフィンチ 野上弥生子訳
- フランクリン自伝 — 松本慎一 西川正身訳
- フランクリンの手紙 — 蕗沢忠枝編訳
- スケッチ・ブック 全二冊 — アーヴィング 齊藤昇訳
- アルハンブラ物語 全二冊 — アーヴィング 平沼孝之訳
- ウォルター・スコット邸訪問記 — アーヴィング 齊藤昇訳
- ブレイスブリッジ邸 — アーヴィング 齊藤昇訳
- 完訳 緋文字 — ホーソーン 八木敏雄訳
- 哀詩 エヴァンジェリン — ロングフェロー 斎藤悦子訳
- 黒猫・モルグ街の殺人事件 他五篇 — ポオ 中野好夫訳
- 対訳 ポー詩集 —アメリカ詩人選(1) — 加島祥造編
- 黄金虫・アッシャー家の崩壊 他九篇 — ポオ 八木敏雄訳
- ポオ評論集 — 八木敏雄編訳
- 森の生活 (ウォールデン) 全二冊 — ソロー 飯田実訳
- 白鯨 全三冊 — メルヴィル 八木敏雄訳

- 幽霊船 他一篇 — ハーマン・メルヴィル 坂下昇訳
- 対訳 ホイットマン詩集 —アメリカ詩人選(2) — 木島始編
- 対訳 ディキンソン詩集 —アメリカ詩人選(3) — 亀井俊介編
- 不思議な少年 — マーク・トウェイン 中野好夫訳
- 王子と乞食 — マーク・トウェーン 村岡花子訳
- 人間とは何か — マーク・トウェイン 中野好夫訳
- ハックルベリー・フィンの冒険 全二冊 — マーク・トウェイン 西田実訳
- いのちの半ばに — ビアス 西川正身訳
- 新編 悪魔の辞典 — ビアス 西川正身編訳
- ビアス短篇集 — 大津栄一郎編訳
- ヘンリー・ジェイムズ短篇集 — 大津栄一郎編訳
- 大使たち 全二冊 — ヘンリー・ジェイムズ 青木次生訳
- あしながおじさん — ジーン・ウェブスター 遠藤寿子訳
- 赤い武功章 他三篇 — クレイン 西田実訳
- シカゴ詩集 — サンドバーグ 安藤一郎訳
- 大地 全四冊 — パール・バック 小野寺健訳
- シスター・キャリー 全二冊 — ドライサー 村山淳彦訳

- 熊 他三篇 — フォークナー 加島祥造訳
- 響きと怒り 全二冊 — フォークナー 平石貴樹 新納卓也訳
- アブサロム、アブサロム! 全二冊 — フォークナー 藤平育子訳
- 八月の光 全二冊 — フォークナー 諏訪部浩一訳
- 楡の木陰の欲望 — オニール 井上宗次訳
- 日はまた昇る — ヘミングウェイ 谷口陸男訳
- ヘミングウェイ短篇集 全二冊 — 谷口陸男編訳
- 怒りのぶどう 全三冊 — スタインベック 大橋健三郎訳
- ブラック・ボーイ —ある幼少期の記録 全二冊 — リチャード・ライト 野崎孝訳
- オー・ヘンリー傑作選 — 大津栄一郎訳
- 小公子 — バアネット 若松賤子訳
- アメリカ名詩選 — 亀井俊介 川本皓嗣編
- 20世紀アメリカ短篇選 全二冊 — 大津栄一郎編訳
- 孤独な娘 — ナサニエル・ウエスト 丸谷才一訳
- 魔法の樽 他十二篇 — マラマッド 阿部公彦訳
- 青白い炎 — ナボコフ 富士川義之訳
- 風と共に去りぬ 全六冊 — マーガレット・ミッチェル 荒このみ訳

《ドイツ文学》〔赤〕

ニーベルンゲンの歌 全二冊　相良守峯訳
若きウェルテルの悩み　ゲーテ　竹山道雄訳
ヴィルヘルム・マイスターの修業時代 全三冊　ゲーテ　山崎章甫訳
イタリア紀行 全三冊　ゲーテ　相良守峯訳
ファウスト 全二冊　ゲーテ　相良守峯訳
ゲーテとの対話 全三冊　エッカーマン　山下肇訳
ヴィルヘルム・テル　シラー　桜井政隆・桜井国隆訳
ヘルダーリン詩集　川村二郎訳
青い花　ノヴァーリス　青山隆夫訳
夜の讃歌・サイスの弟子たち 他一篇　ノヴァーリス　今泉文子訳
完訳グリム童話集 全五冊　金田鬼一訳
ホフマン短篇集　池内紀編訳
水妖記（ウンディーネ）　フーケー　柴田治三郎訳
O侯爵夫人 他六篇　クライスト　相良守峯訳
影をなくした男　シャミッソー　池内紀訳
ハイネ 歌の本 全二冊　井上正蔵訳

流刑の神々・精霊物語　ハイネ　小沢俊夫訳
冬物語 ―ドイツ　ハイネ　井汲越次訳
ユーディット 他一篇　ヘッベル　吹田順助訳
芸術と革命 他四篇　ワーグナー　北村義男訳
ブリギッタ・森の泉 他一篇　シュティフター　宇多五郎・高安国世訳
みずうみ 他四篇　シュトルム　関泰祐訳
美しき誘い 他一篇　シュトルム　国松孝二訳
聖ユルゲンにて・後見人カルステン 他一篇　シュトルム　国松孝二訳
村のロメオとユリア　ケラー　草間平作訳
沈鐘　ハウプトマン　阿部六郎訳
地霊・パンドラの箱 ルル二部作　F・ヴェデキント　岩淵達治訳
春のめざめ　F・ヴェデキント　酒寄進一訳
夢小説・闇への逃走 他一篇　シュニッツラー　池内紀・武村知子訳
花・死人に口なし 他七篇　シュニッツラー　番匠谷英一・山本有三訳
リルケ詩集　高安国世訳
ドゥイノの悲歌　リルケ　手塚富雄訳
ブッデンブローク家の人びと 全三冊　トーマス・マン　望月市恵訳

トオマス・マン短篇集　実吉捷郎訳
魔の山 全二冊　トーマス・マン　関泰祐・望月市恵訳
トニオ・クレエゲル　トオマス・マン　実吉捷郎訳
ヴェニスに死す　トオマス・マン　実吉捷郎訳
車輪の下　ヘルマン・ヘッセ　実吉捷郎訳
漂泊の魂《クヌルプ》　ヘルマン・ヘッセ　相良守峯訳
デミアン　ヘルマン・ヘッセ　実吉捷郎訳
シッダルタ　ヘッセ　手塚富雄訳
ルーマニア日記　カロッサ　高橋健二訳
美しき惑いの年　カロッサ　手塚富雄訳
若き日の変転　カロッサ　斎藤栄治訳
幼年時代　カロッサ　斎藤栄治訳
指導と信従　カロッサ　国松孝二訳
マリー・アントワネット 全二冊　シュテファン・ツワイク　高橋禎二・秋山英夫訳
ジョゼフ・フーシェ ―ある政治的人間の肖像　シュテファン・ツワイク　高橋禎二・秋山英夫訳
変身・断食芸人　カフカ　山下肇・山下萬里訳
審判　カフカ　辻瑆訳

- カフカ短篇集　池内紀編訳
- カフカ寓話集　池内紀編訳
- 肝っ玉おっ母とその子どもたち　ブレヒト　岩淵達治訳
- 天と地との間　オットー・ルートヴィヒ　黒川武敏訳
- 憂愁夫人　ズーデルマン　相良守峯訳
- 短篇集 死神とのインタヴュー　ノサック　神品芳夫訳
- 悪童物語　ルウドヰヒ・トオマ　実吉捷郎訳
- 大理石像・デュランデ城悲歌　アイヒェンドルフ　関泰祐訳
- 改訳 愉しき放浪児　アイヒェンドルフ　関泰祐訳
- ホフマンスタール詩集　川村二郎訳
- 陽気なヴッツ先生 他一篇　ジャン・パウル　岩田行一訳
- 蜜蜂マアヤ　ボンゼルス　実吉捷郎訳
- インド紀行 全二冊　ボンゼルス　実吉捷郎訳
- ドイツ名詩選　生野幸吉・檜山哲彦編
- 蝶の生活　シュナック　岡田朝雄訳
- 聖なる酔っぱらいの伝説 他四篇　ヨーゼフ・ロート　池内紀訳
- ラデツキー行進曲 全二冊　ヨーゼフ・ロート　平田達治訳

- ボードレール 他五篇 —ベンヤミンの仕事2　ヴァルター・ベンヤミン　野村修編訳
- 人生処方詩集　エーリヒ・ケストナー　小松太郎訳
- 三十歳　インゲボルク・バッハマン　松永美穂訳

《フランス文学》〔赤〕

- ラブレー第一之書 ガルガンチュワ物語　渡辺一夫訳
- ラブレー第二之書 パンタグリュエル物語　渡辺一夫訳
- ラブレー第三之書 パンタグリュエル物語　渡辺一夫訳
- ラブレー第四之書 パンタグリュエル物語　渡辺一夫訳
- ラブレー第五之書 パンタグリュエル物語　渡辺一夫訳
- トリスタン・イズー物語　ベディエ編　佐藤輝夫訳
- ピエール・パトラン先生　渡辺一夫訳
- 日月両世界旅行記　シラノ・ド・ベルジュラック　赤木昭三訳
- ロンサール詩集　ロンサール　井上究一郎訳
- エセー 全六冊　モンテーニュ　原二郎訳
- ラ・ロシュフコー箴言集　二宮フサ訳
- ドン・ジュアン —石像の宴　モリエール　鈴木力衛訳
- 完訳 ペロー童話集　新倉朗子訳

- カラクテール —当世風俗誌 全三冊　ラ・ブリュイエール　関根秀雄訳
- 偽りの告白　マリヴォー　鈴木力衛訳
- 贋の侍女・愛の勝利　マリヴォー　佐藤実枝・井村順一訳
- カンディード 他五篇　ヴォルテール　植田祐次訳
- 哲学書簡　ヴォルテール　林達夫訳
- 孤独な散歩者の夢想　ルソー　今野一雄訳
- フィガロの結婚　ボオマルシェエ　辰野隆訳
- 危険な関係 全二冊　ラクロ　伊吹武彦訳
- 美味礼讃 全二冊　ブリア＝サヴァラン　関根秀雄・戸部松実訳
- 恋愛論 全二冊　スタンダール　杉本圭子訳
- 赤と黒 全二冊　スタンダール　桑原武夫・生島遼一訳
- パルムの僧院 全二冊　スタンダール　生島遼一訳
- ヴァニナ・ヴァニニ 他四篇　スタンダール　生島遼一訳
- 知られざる傑作 他五篇　バルザック　水野亮訳
- サラジーヌ 他三篇　バルザック　芳川泰久訳
- 艶笑滑稽譚 全三冊　バルザック　石井晴一訳
- レ・ミゼラブル 全四冊　ユーゴー　豊島与志雄訳

死刑囚最後の日　ユーゴー　豊島与志雄訳
ライン河幻想紀行　ユーゴー　榊原晃三編訳
ノートル＝ダム・ド・パリ　全二冊　ユーゴー　辻昶・松下和則訳
エルナニ　ユーゴー　稲垣直樹訳
モンテ・クリスト伯　全七冊　アレクサンドル・デュマ　山内義雄訳
三銃士　全二冊　デュマ　生島遼一訳
カルメン　メリメ　杉捷夫訳
メリメ怪奇小説選　杉捷夫編訳
愛の妖精（プチット・ファデット）　ジョルジュ・サンド　宮崎嶺雄訳
ボオドレール 悪の華　鈴木信太郎訳
ボヴァリー夫人　全二冊　フローベール　伊吹武彦訳
感情教育　全二冊　フローベール　生島遼一訳
紋切型辞典　フローベール　小倉孝誠訳
椿姫　デュマ・フィス　吉村正一郎訳
月曜物語　ドーデー　桜田佐訳
サフォ　パリ風俗　ドーデ　朝倉季雄訳
プチ・ショーズ　ある少年の物語　ドーデ　原千代海訳

神々は渇く　アナトール・フランス　大塚幸男訳
ジェルミナール　全三冊　エミール・ゾラ　安士正夫訳
獣人　全二冊　エミール・ゾラ　川口篤訳
制作　全二冊　エミール・ゾラ　清水正和訳
水車小屋攻撃　他七篇　エミール・ゾラ　朝比奈弘治訳
氷島の漁夫　ピエール・ロチ　吉氷清訳
マラルメ詩集　渡辺守章訳
脂肪のかたまり　モーパッサン　高山鉄男訳
女の一生　モーパッサン　杉捷夫訳
ベラミ　全二冊　モーパッサン　杉捷夫訳
モーパッサン短篇選　高山鉄男編訳
地獄の季節　ランボオ　小林秀雄訳
にんじん　ルナアル　岸田国士訳
ぶどう畑のぶどう作り　ルナアル　岸田国士訳
博物誌　ルナール　辻昶訳
ジャン・クリストフ　全四冊　ロマン・ローラン　豊島与志雄訳
ベートーヴェンの生涯　ロマン・ロラン　片山敏彦訳

ミケランジェロの生涯　ロマン・ロラン　高田博厚訳
フランシス・ジャム詩集　手塚伸一訳
三人の乙女たち　フランシス・ジャム　手塚伸一訳
背徳者　アンドレ・ジイド　川口篤訳
続コンゴ紀行　チャド湖より還る　アンドレ・ジイド　杉捷夫訳
レオナルド・ダ・ヴィンチの方法　ポール・ヴァレリー　山田九朗訳
ムッシュー・テスト　ポール・ヴァレリー　清水徹訳
精神の危機　他十五篇　ポール・ヴァレリー　恒川邦夫訳
若き日の手紙　フィリップ　外山楢夫訳
朝のコント　フィリップ　淀野隆三訳
海の沈黙・星への歩み　ヴェルコール　河野與一・加藤周一訳
恐るべき子供たち　コクトー　鈴木力衛訳
地底旅行　ジュール・ヴェルヌ　朝比奈弘治訳
八十日間世界一周　ジュール・ヴェルヌ　鈴木啓二訳
海底二万里　全二冊　ジュール・ヴェルヌ　朝比奈美知子訳
プロヴァンスの少女（ミレイユ）　ミストラル　杉冨士雄訳
結婚十五の歓び　新倉俊一訳

キャピテン・フラカス 全三冊　ゴーティエ　田辺貞之助訳
モーパン嬢 全二冊　テオフィル・ゴーチエ　井村実名子訳
死都ブリュージュ　ローデンバック　窪田般彌訳
対訳 ペレアスとメリザンド　メーテルランク　杉本秀太郎訳
生きている過去　レニエ　窪田般彌訳
シュルレアリスム宣言・溶ける魚　アンドレ・ブルトン　巖谷國士訳
ナジャ　アンドレ・ブルトン　巖谷國士訳
不遇なる一天才の手記　ヴォーヴナルグ　関根秀雄訳
ジェルミニィ・ラセルトゥウ　ゴンクウル兄弟　大西克和訳
ゴンクールの日記 全二冊　斎藤一郎編訳
英国ルネサンス恋愛ソネット集　岩崎宗治編訳
文学とは何か ―現代批評理論への招待 全二冊　テリー・イーグルトン　大橋洋一訳
D・G・ロセッティ作品集　南條竹則　松村伸一　編訳
フランス名詩選　安藤元雄　入沢康夫　渋沢孝輔　編
繻子の靴 全二冊　ポール・クローデル　渡辺守章訳
A・O・バルナブース全集 全二冊　ヴァレリー・ラルボー　岩崎力訳
自由への道 全六冊　サルトル　海老坂武　澤田直訳

物質的恍惚　ル・クレジオ　豊崎光一訳
悪魔祓い　ル・クレジオ　高山鉄男訳
女中たち バルコン　ジャン・ジュネ　渡辺守章訳
楽しみと日々　プルースト　岩崎力訳
失われた時を求めて 全十四冊（既刊十一冊）　プルースト　吉川一義訳
丘　ジャン・ジオノ　山本省訳
子ども 全二冊　ジュール・ヴァレス　朝比奈弘治訳
シルトの岸辺　ジュリアン・グラック　安藤元雄訳
星の王子さま　サン＝テグジュペリ　内藤濯訳
プレヴェール詩集　小笠原豊樹訳
キリストはエボリで止まった　カルロ・レーヴィ　竹山博英訳
クァジーモド全詩集　河島英昭訳
冗談　ミラン・クンデラ　西永良成訳
小説の技法　ミラン・クンデラ　西永良成訳
世界イディッシュ短篇選　西成彦編訳

《ロシア文学》〔赤〕

パナーエフ 文学的回想 全二冊 井上満訳
オネーギン プーシキン 池田健太郎訳
スペードの女王・ベールキン物語 プーシキン 神西清訳
狂人日記 他二篇 ゴーゴリ 横田瑞穂訳
外套・鼻 ゴーゴリ 平井肇訳
死せる魂 全三冊 ゴーゴリ 平井肇・横田瑞穂訳
ディカーニカ近郷夜話 全二冊 ゴーゴリ 平井肇訳
平凡物語 全二冊 ゴンチャロフ 井上満訳
初恋 ツルゲーネフ 米川正夫訳
ツルゲーネフ 散文詩 神西清・池田健太郎訳
オブローモフ主義とは何か? 他一篇 ドブロリューボフ 金子幸彦訳
貧しき人々 ドストイェフスキイ 原久一郎訳
二重人格 ドストエフスキー 小沼文彦訳
罪と罰 全三冊 ドストエフスキー 江川卓訳
白痴 全二冊 ドストエーフスキイ 米川正夫訳
カラマーゾフの兄弟 全四冊 ドストエーフスキイ 米川正夫訳

釣魚雑筆 アクサーコフ 貝沼一郎訳
アンナ・カレーニナ 全三冊 トルストイ 中村融訳
幼年時代 トルストイ 藤沼貴訳
少年時代 トルストイ 藤沼貴訳
戦争と平和 全六冊 トルストイ 藤沼貴訳
トルストイ民話集 人はなんで生きるか 他四篇 中村白葉訳
トルストイ民話集 イワンのばか 他八篇 中村白葉訳
イワン・イリッチの死 トルストイ 米川正夫訳
クロイツェル・ソナタ トルストイ 米川正夫訳
復活 全二冊 トルストイ 藤沼貴訳
人生論 トルストイ 中村融訳
生ける屍 トルストイ 米川正夫訳
かもめ チェーホフ 浦雅春訳
桜の園 チェーホフ 小野理子訳
六号病棟・退屈な話 他五篇 チェーホフ 松下裕訳
サハリン島 全二冊 チェーホフ 中村融訳
シベリヤの旅 他三篇 チェーホフ 神西清訳

チェーホフ 妻への手紙 全二冊 湯浅芳子訳
ともしび・谷間 他七篇 チェーホフ 松下裕訳
サーニン 全二冊 アルツィバーシェフ 中村白葉訳
どん底 ゴーリキイ 中村白葉訳
芸術におけるわが生涯 全三冊 スタニスラフスキー 蔵原惟人・江川卓訳
魅せられた旅人 レスコーフ 木村彰一訳
かくれんぼ・毒の園 他五篇 ソログープ 中山省三郎・昇曙夢訳
ベリンスキー ロシヤ文学評論集 全二冊 除村吉太郎訳
われら ザミャーチン 川端香男里訳
プラトーノフ作品集 原卓也訳
巨匠とマルガリータ 全二冊 ブルガーコフ 水野忠夫訳
イワーン・イワーノヰッチとイワーン・ニキーフォロヰッチとが喧嘩をした話 ゴーゴリ 原久一郎訳

岩波文庫の最新刊

デ・アミーチス作／和田忠彦訳
クオーレ
少年マルコが母親を捜してイタリアから遠くアンデスの麓の町まで旅する「母をたずねて三千里」の原作を収録。親子の愛や家族の絆、博愛の精神を描く古典的名作の新訳。〔赤N七〇四-一〕　本体一一四〇円

サルスティウス著／栗田伸子訳
ユグルタ戦争　カティリーナの陰謀
古代ローマを震撼させた、北アフリカ王との戦争と、国家転覆未遂事件の記録。サルスティウスの端正なラテン語は、ローマ共和政の崩壊過程を克明に伝える。〔青四九九-一〕　本体一〇七〇円

柳井滋・室伏信助・大朝雄二・鈴木日出男・藤井貞和・今西祐一郎校注
源氏物語（六）
柏木―幻
年もわが世もけふや尽きぬる――。薫誕生、柏木・紫上の死、そして源氏は？「柏木」から「幻」までの六帖を、精緻な原文と注解で読む、千年の物語。（全九冊）〔黄一五-一五〕　本体一二〇〇円

バリントン・ムーア著／宮崎隆次、森山茂徳、高橋直樹訳
独裁と民主政治の社会的起源（下）
―近代世界形成過程における領主と農民―

各国が民主主義・ファシズム・共産主義に分かれた理由を、社会経済構造の差から説明した比較歴史分析の名著。下巻では日本とインドを分析する。（解説＝小川有美）（全二冊）〔白二三〇-二〕　本体一四四〇円

今月の重版再開

鈴木信太郎訳
ヴァレリー詩集
本体一〇二〇円　〔赤五六〇-一〕

キケロー著／大西英文訳
弁論家について（上）（下）
本体各一〇一〇円　〔青六一一-四〕〔青六一一-五〕

ガルシーア・ロルカ作／牛島信明訳
三大悲劇集　血の婚礼　他二篇
本体九二〇円　〔赤七三〇-一〕

定価は表示価格に消費税が加算されます

2019.7